**les
plats
apatrides**

무국적 요리
©루시드폴 2013

초판 1쇄 발행일　2013년 1월 25일
초판 3쇄 발행일　2013년 2월 8일

지은이	루시드폴
펴낸이	배문성
편집	김세희
마케팅	채영진
북디자인	오진경, 선나리

펴낸곳	나무+나무
출판등록	제2012-000158호
주소	경기도 고양시 일산서구 가좌동 19-5
전화	031-922-5049
팩스	031-922-5049
전자우편	likeastone@daum.net

ISBN 978-89-98529-00-0　03810

· 나무나무는 나무+나무의 출판브랜드입니다.
· 이 책의 판권은 지은이와 나무+나무에 있습니다.
· 이 책 내용의 전부 또는 일부를 재사용하려면 반드시 양측의 동의를 받아야 합니다.

이 도서의 국립중앙도서관 출판시도서목록(CIP)은
e-CIP 홈페이지(http://www.nl.go.kr/ecip.php)에서 이용하실 수 있습니다.
(CIP제어번호 : CIP2013000244)

루시드 폴 소설

무국적 요리

les plats apatrides

나무나무

| 차례 |

탕 … 007

똥 … 055

기적의 물 … 081

애기 … 101

행성이다 … 137

싫어! … 183

추구 … 219

독 … 255

발문 / 웰컴 투 루시드폴 월드 … 289

탕

저녁 휴식시간이 끝나자 휴게실은 다시 적막해졌다. 텔레비전을 보던 사람들, 모여서 화투를 치던 사람들, 휴대폰으로 게임을 하던 사람들 모두 작업장으로 갔다. 텅 빈 휴게실에는 아직 잠에서 깨어나지 못한 몇 사람만 여기저기 흩어져 있었다. 마유도 입을 벌린 채 일인용 가죽소파에서 잠들어 있었다. 재깍재깍 돌아가는 동그란 벽시계의 초침 소리가 사람들의 귀를 툭, 툭, 쳤지만 깨어나는 사람은 아무도 없었다.

"일어나." 송내는 마유가 덮고 자던 작업복 점퍼를 들췄다. "가자." 마유가 눈을 반쯤 뜨고 몸을 일으키자 손에 쥐고 있던 뿔테안경이 장판 위로 툭, 떨어졌다. "벌써… 이렇게 됐나?" 송내는 기름때가 잔뜩 낀 마유의 안경을 집어 셔츠로 쓱쓱 닦아 씌워주었다. "인제 시계 보여?" 마유는 여전히 잔뜩 찌푸린 얼굴이었다. 송내는 여기저기 널브러진 사람들을 일일이 깨웠다. 그들은 조금만 툭툭 건드려도 오뚝이처럼 벌떡벌떡 일어났다. 그리고 멍하게 앉아 있다가 시계를 한번 쳐다보고는 어, 하며 문을 박차고 나갔다.

텔레비전은 아직 켜져 있었다. 라인업을 소개하는 프로야구 캐스터의 목소리가 휴게실에 울렸다. 카메라는 텅 빈 관객석에 앉아 어깨를 잔뜩 움츠린 채 벌벌 떨고 있는 연인들을 비췄다. 예비 타석에는 팀의 간판타자가 검은 모래주머니를 매단 배트를 붕붕 돌리고 있었다. 하얀 유니폼 탓인지 불룩한 배가 유난히 축 처져 보였다. 계속 배트를 돌리는 모습에 이어, 지난 경기에서 그가 타석에 들어서는 모습과 피처의 와인드업 장면이 이어지더니,

탕.

비 오는 밤하늘 높이 날아가는 공을 카메라가 집요하게 따라갔다. 아… 폴대를 아슬아슬하게 비껴가는 파울홈런이죠. 네, 그러네요. 아깝습니다. C8, 아쉬운 듯 중얼거리는 타자의 입 모양이 화면에 그대로 잡혔다. 그러자 해설자는 민망한 듯 황급히 한마디를 덧붙였다. 아… 네에… 좀 많이 아쉬워하죠?

가만가만, 쟤가 중학교 동창이던가. 고등학교 동창이던가. 계약금 30억에 연봉 5억, 옵션으로 게임당 천만 원씩 승리 수당을 받는다고. 중학곤가 고등학곤가… 동창인데. 불룩한 배와 그리스 신전 기둥처럼 튼튼해 보이는 28인치짜리 허벅지가 차례로 클로즈업되더니 띠리리리 소리와 함께 휙 사라졌다. 어깨 위에 모포를 걸친 채 멍하게 앉아 있던 옆반 일용직 아저씨가 벌떡 일어나며 텔

레비전을 끈 것이다. 띠리리리 소리와 함께 공도 하늘도 벌벌 떠는 연인도 캐스터의 목소리도 어둠 속으로 사라졌다.

마유의 부모님은 고향에서 할아버지가 물려준 목욕탕을 이대째 운영하고 있다. 아버지는 봉래탕(峯來湯)의 사장이자 이발사이자 세신사(洗身士) 겸 관리인이며, 어머니는 카운터에서 돈을 받는 경리 역할을, 초혼에 실패한 뒤 마유의 식구들과 함께 살고 있는 큰이모는 여탕 관리를 맡고 있다. 몇십 년 넘게 살아온 마유네 집은 목욕탕 위층에 있었다. 습한 목욕탕 냄새를 맡으며 모든 식구들이 다 같이 자고 먹고 싸우고 지지고 볶고 살아온 것이다.

고등학교를 마칠 때까지 고향을 떠나본 적이 없던 마유는 어디를 가든지 목욕탕 하나쯤은 당연히 있을 거라 생각했다. 일이 끝난 밤이나 주말 혹은 휴일에 뜨뜻하게 지친 몸을 풀어줄 수 있는 그런 목욕탕 말이다. 하지만 마유의 회사가 있는 산업단지 안은 물론이고 지금 마유가 사는 집 근처에도 목욕탕은 없었다. 동료들의 말에 의하면 차로 한 시간 이상 가야 하는 읍내에 꽤 큰 목욕탕이 하나 있다는데, 정작 가봤다는 사람은 없던 걸로 보아 다들 목욕에 그다지 관심이 없는 것 같았다. 차도 없고 매일 야근을 해야 하는 마유로서는 평일 밤에 목욕하러 읍내까지 간다는 건 거의 불가능한 일이었다. 주말이나 휴일에도 마유는 밀린 잠을 자느라 좀처럼 집 밖으로 나가지 않았다. 그저 집 근처에 작은 목욕탕 하나만 있다면 참 좋겠다는 마음뿐이었다.

"날이 추워지니까 잠 되게 오네." 마유는 자라처럼 목을 쑥, 집어넣고 어깨를 잔뜩 움츠린 채 휴게실을 나왔다. 송내가 걱정스러운 표정으로 물었다. "저녁 또 안 먹었지, 너?" 마유는 주머니에서 빵이 든 봉지를 꺼내더니 "밥보다 잠이 더 고파"라며 봉지를 뜯었다. "아까 안 먹은 거야." 마유가 빵을 한입 가득 물자 양 볼이 풍선처럼 빵빵해졌다.

"일 끝나고 애들하고 한잔해?" 송내의 물음에 입이 꽉 찬 마유는 그냥 고개만 끄덕끄덕했다. 빵을 삼킨 마유가 손바닥에 묻은 빵 부스러기를 털며 투덜댔다. "한잔하면 뭐하냐. 맨날 금방 헤어지잖어." "많이 마시면 아침에 너무 힘들어. 지각하다 잘리면 어쩔래?" 송내는 점퍼 주머니에서 하얀 듀폰 타이벡 토시를 꺼내 팔꿈치까지 끌어올리고는, "끝나고 전화하든가"란 말을 던지고 총총 사라졌다. 마유의 휴대폰에서 초록색 배터리 모양의 램프가 깜박거렸다. 충전해야겠는데… 아니야. 어디 전화 올 데도 없는데 뭐. 환하게 불이 켜진 작업장에서 우웅 하며 기계 소리가 들리고 지게차에 올라탄 반장이 어서 오라고 손짓을 했다. 마유는 안전화를 끌며 작업장으로 뛰어갔다.

밤 10시, 간단한 종례를 마친 동료들은 차를 나눠 타고 회사 근처 식당으로 갔다. 따로 시키지 않아도 주인아저씨는 사람 수에 맞춰 탕과 소주를 알아서 가져왔다. 음식이 나오기도 전에 다들 쉴 새 없이 잔을 부딪히며 쭉쭉, 잔을 비웠다. 한쪽 입으로 씹고 한쪽 입으로 마셨다. 빨리 먹고 빨리 집으로 돌아가고 싶은 것이다. 갓 입사한 젊은 친구들은 밤새 마시고 객기를 부려보기도 하지만, 10분이라도 지각해 아침체조에 빠지면 다음 달엔 어김없이 회사에서 사라졌다. 그렇게 쫓겨나는 동료를 보고 난 뒤엔 밤늦게까지 돌아다니며 마시고 놀려는 사람은 없었다. 그러니 2차를 가려는 사람도 없고 후다닥 흩어지는 게 보통이었다.

마유는 이렇게 헤어지는 것이 늘 아쉽고 쓸쓸했지만 어쩔 수 없었다. 혼자라도 집에서 딱 한 잔만 더 할까…. 마유는 단골 구멍가게 문을 열고 들어갔다. "안녕하세요." 짙은 체크무늬 셔츠에 진갈색 점퍼를 걸친 주인아저씨 앞에 빈 소주병이 두 개 놓여 있었다. 얼굴이 벌겋게 달아오른 걸로 보아 아저씨는 꽤 마신 것이 분명했다. 마유는 소주를 꺼내려다가 잔뜩 먼지를 뒤집어쓴 매대에서 과자 두 봉지만을 집어 들었다. 마유가 술을 사면 아저씨는 마유를 붙들고 같이 마시자고 할 것 같았다. 그건 싫었다.

"한잔할래?" 아저씨가 담배 한 개비를 입에 물고 불을 붙이며 말했다. "한 잔만 해라." 마유는 고개를 저었다. "마셨어요. 내일 아침 일찍 출근해야 돼요." 아저씨는 못 들은 척 소주를 종이컵에 벌컥벌컥 따르더니 마유의 코앞에 들이밀었다. "한 잔만 해라." 마유는 할 수 없이 잔을 받았다. "반만 마실게요" 하며 크으으으, 소주를 삼켰다.

"너, 요즘 얼굴 안 좋다." "언제는 뭐 좋았나요." "까칠해. 훤하게 생긴 놈이. 얼굴에 뭐라도 좀 바르고 다녀." "바르면 뭐해요. 작업하다 보면 똑같아져요." 마유는 턱 밑을 쓰다듬었다. 그러고 보니 오늘 아침에도 정신없이 나오느라 면도도 못 했구나. 추워진 날씨 때문인지 면도를 안 해서 그런지 정말 얼굴이 더 까칠해진 것 같기도 했다. 다시 목욕탕 생각이 났다. 습습하고 뿌연 탕의 습기, 온몸을 조이듯 데워주던 열탕의 뜨끈한 물, 날이 차가워질 무렵이면 더 화한 기운으로 몸을 데워주던 목욕탕의 훈기가 아득하게 그리웠다.

"아저씨. 이 동네 사람들은 목욕 안 해요?" 아저씨는 종이컵에 소주를 조르륵 따랐다. "목욕? 목욕탕 가서 하겠지." "이 동네에 목욕탕이 어딨어요? 읍내까지 가야 하나 있다던데. 일 마치면 당최 갈 시간이 있어야 말이죠. 전 차도 없고요." "아냐. 잘 모르는구먼. 이 동네, 목욕탕 많아. 곳곳에 숨어 있다고." 아저씨는 킥킥대더니 말을 이었다. "나야 워낙 잘 안 씻으니까 모르지만 하여튼 많아. 근데 갑자기 웬 목욕탕이야?" "아저씨 여기 오래 사셨잖아요. 아저씨가 모르면 어떡해요." 아저씨는 짝이 안 맞는 쇠젓가락으로 알타리김치를 집어들었다.

"너, 어디 살더라?" "교회 옆 골목 있잖아요, 손교상고 지나서 긴 골목이요. 다세대 쭉 있는… 거기요." "어 그러니까. 큰사랑교회 못 가서…" "네." "더 가. 쭉 더 가. 가면 큰길 하나 나오지? 도시고속도로 초입 있고." "모르겠어요. 그 너머까지 가본 적이 있어야죠." "아 있어. 거기서 왼쪽으로 꺾어져서 죽 가면 그 동네, 거기부터가 다 주택가야. 거기 원래 그 동네에서 오래 산 사람들 젤 많은 데야. 손교 2동, 3동." "아 그래요?" "그래. 거기 전부 가정집이야. 그리고 고 사이사이 쪼맨한 목욕탕들이 있다고. 50년 넘은 데도 있다고." 마유의 눈이 동그래졌다. "정말요? 전 거기까지 가본 적이 없어요. 워낙 어두컴컴하고 가기도 귀찮고요." 아저씨는 김치를 입에 넣고 꿀꺽, 삼켰다.

정말 그랬다. 마유는 이 동네에 이사 온 지 8개월이 되도록 그런 곳이 있는 줄도 몰랐다. 몇 달을 살든 몇십 년을 살든 모르는 곳은 모르는 곳일 뿐이다.

"그만 가볼게요." 마유가 고개를 꾸벅, 숙이며 인사를 하고 돌아서려는데, 소주병이 팔꿈치에 부딪히며 바닥으로 째앵, 떨어졌다. 소주 방울과 함께 유리조각들이 여기저기 흩어졌다. "죄… 죄송합니다. 아저씨." "괜찮아. 괜찮아." 아저씨는 계산대 아래에서 쓰레받기를 끄집어내 유리조각을 하나씩 손으로 주웠다. "죄송합니다. 죄송합니다." 허리를 숙이고 괜찮다는 손짓을 하며 유리조각을 줍는 아저씨를 뒤로하고 마유는 가게를 나왔다.

바람은 더 차가워진 듯했다. 마유는 지퍼를 목까지 올리고 단추를 채웠다. 며칠 전부터 밤이 되면 코가 더 맹맹해진 기분이 들었다. 유난히 몸이 으슬으슬 떨리는 것도 같았다. 감기 걸렸나. 술 마셔서 그런가. 마유는 양손을 점퍼 주머니 안으로 깊숙이 찔러 넣고 어깨를 잔뜩 움츠린 채 터벅터벅 걸어갔다. 손목에 대롱대롱 매달린 검은 봉지 안에서 과자봉지가 바스락거렸다. 아 어쩌지. 그제야 마유는 과자값을 계산하지 않은 걸 알았다. 다시 돌아가? 잠시 그 자리에 서 있던 마유는 그냥 내일 드려야겠다, 마음먹고 다시 집을 향해 걸어갔다.

오른쪽 담 너머로 연회색 손교상고 건물이 보였다. 각 층마다 초록색 비상구 불빛이 켜져 있었다. 굳게 닫힌 정문 바로 옆 경비실에선 텔레비전 불빛이 새나오고 이따금씩 터지는 박수 소리가 들려왔다. 가로등 불빛으로 노랗게 물든 시멘트 블록길을 조금 더 걷자, 벽돌색 다세대주택들이 늘어선 골목이 시작됐다. 다세대주택들은 모두 같은 모양 같은 높이로 다닥다닥 움츠린 채 붙어 있었다. 첫 번째, 두 번째 건물을 지나자 굵은 알루미늄 창살이 촘촘히 박힌 불투명 유리창이 마유의 발 옆으로 보였다. 마유의 집이다.

마유의 방은 항상 눅눅했다. 지난여름 장마가 온 뒤로 곰팡이까지 피기 시작했다. 벽 모서리와 화장실에 핀 곰팡이를 락스로 닦아내려다가 손바닥 껍질이 벗겨진 적도 있었고 락스 냄새에 취해 며칠 동안 고생을 하기도 했다. 옷에서는 늘 퀴퀴한 냄새가 났다. 몇 달 전 휴가를 받아 고향에 갔을 때 마유는 어머니를 안심시키려고 이렇게 말했다. "저, 저번 달에 이사했어요. 지상층으로요. 옆반 동생이랑 같이 살아요. 방 두 개, 부엌 하나짜리요." 하지만 어머니는 냄새만으로도 모든 걸 알고 있다는 듯 아무 말 없이 마유가 잔뜩 들고 온 빨래를 박박 문지를 뿐이었다.

이 방을 구했을 때만 해도 마유는 낯선 곳에 처음 마련한 작은 공간에 그저 감사할 뿐이었다. 하지만 감사하는 마음은 한 달도 가지 못했다. 지나가는 사람들의 발자국 소리, 오토바이 소리, 아이들 떠드는 소리 때문에 창문을 닫는 걸로도 모자라 비닐커튼까지 쳐야만 했다. 동생과 어머니가 올라오기 전에 무슨 일이 있어도 볕이 잘 드는 방으로 옮기겠다고 마음을 먹었다. 마유는 월급을 아껴 지상층으로 갈 보증금을 모으기 시작했다.

마유는 열쇠를 꺼내기 위해 점퍼 주머니를 뒤졌다. 하지만 열쇠 꾸러미는 만져지지 않았다. 비닐봉지를 문 앞에 내려놓고 작업복 점퍼 주머니를 샅샅이 뒤져보았다. 안주머니 바깥 주머니 어깨 주머니 어디에도 열쇠는 없었다. 바지 주머니도 마찬가지였다. 바지 앞주머니 뒷주머니는 물론, 허벅지에 달린 주머니, 심지어 동전 주머니 안에도 없었다. 이런… 두 다리에 힘이 풀렸다.

휴대폰 폴더를 열었다. 초록색 액정 화면 위로 '내일을 위해'라는 글자가 뜨더니 배터리 모양의 램프가 깜빡거렸다. 그러곤 통신사 마크가 빙빙 돌면서 스르륵, 전원이 꺼졌다. 아 어쩌지. 문 따주는 가게 전화번호도 모르겠고, 어떻게 번호를 알아내서 전화를 건다 쳐도 이 밤중에 얼마를 달라고 할지도 모르겠고, 거기다 근처 어디에 공중전화가 있는지도 모르겠고…. 어디로 가지? 어디서 하룻밤 자지? 분명히 작업대 위에 놔두고 온 거 같은데, 아니면 탈의실인데, 휴게실인가, 정신없이 자느라 휴게실 어디에 흘린 것도 같은데. 검은색 쪽문에 등을 기대자 귀뚜라미 우는 소리가 등 뒤로 가늘게 들려왔다.

마유는 대문 아래로 비닐봉지를 밀어 넣었다. 그리고 골목을 따라 조금 더 걸어가 보기로 했다. 아저씨가 말한 주택가… 골목을 따라 큰길을 지나서 왼쪽으로 꺾어지면 주택가가 나온다고 했지?

거기 어디쯤 공중전화 하나 정도는 있지 않을까. 송내한테 전화를 해볼까. 근처에 산다고 들었는데. 하룻밤만 신세를 질까. 가만 전화번호가… 127-5746… 맞나? 5746 아니면 5764 둘 중 하난데. 마유는 다시 생각했다. 2공장 3팀이 오늘 철야한다고 했으니까 공장으로 전화를 해서 물어볼까. 송내가 지난달까지 3팀이었으니까 아는 사람 있을 거 아냐. 그래 그러자.

마유는 자리에서 일어나 엉덩이를 툭, 툭, 털고 골목길을 따라 걸어갔다. 골목 왼쪽으로 교회가 보였다. 뾰족한 첨탑 아래로 '큰사랑교회'라는 글씨가 보이고 첨탑 끝에는 붉은 네온 십자가가 광선검처럼 하늘을 겨누고 있었다. 교회를 지나자 아저씨 말대로 큰 길이 하나 나왔다. 도로에는 사람도 차도 없었다. 노란 신호등 하나만 교차로 위에서 깜빡거리고 '도시고속도로'라고 적힌 이정표가 오른쪽 방향을 가리키고 있었다. 신호등 건너 보이는 붉은 벽돌 담 너머로 사오층 정도 되는 어두운 색조의 건물 몇 동이 서 있었다. 어찌 보면 학교 같기도 하고 또 어찌 보면 군부대 같기도 했다.

마유는 아저씨가 말한 '오래된 동네'라는 곳으로 가기 위해 왼쪽으로 꺾어진 길을 따라 계속 걸었다. 모든 상점이 문을 닫은 거리는 어둡고 조용했다. 막다른 삼거리까지 걸어가자 불 꺼진 옷가게, 다방, 식당 간판들이 보였다. 아무 인적도 없었다. 조금만 크게 발소리를 내도 모든 간판들에 일시에 불이 켜지고 셔터가 열리면서 사람들이 쏟아져 나와 조용히 해! 소리칠 것만 같았다. 적막한 거리를 조금 더 걷자 프랜차이즈 빵집 앞에 공중전화 부스 하나가 보였다. 마유는 잰걸음으로 다가갔다.

　부스의 유리문을 당기자 지독한 지린내가 코를 찔렀다. 프흡, 마유는 숨을 크게 들이쉰 뒤 수화기를 들었다. 짧은 신호음이 들리고 동전을 넣어주세요, 안내원의 목소리가 흘러나왔다. 마유는 동전을 하나, 둘, 셋… 넣었다. 다르르륵, 동전이 반환구로 떨어졌다. 수화기를 놓았다가 들었다. 동전을 넣어주세… 다르륵, 수화기를 놓고 레버를 몇 번 눌러보다가 다시 수화기를 들고 동전을… 다르륵 다르륵. 마유는 진동하는 지린내를 겨우 참고는, 부스 밖으로 튀어나가자마자 푸하, 거칠게 숨을 내쉬었다.

　마유는 빵집 옆으로 나 있는 좁은 길로 들어섰다. 차 두 대가 겨우 지나갈 수 있을 만한 도로 양쪽에는 차들이 빽빽하게 서 있고 어떤 차의 앞 유리에는 주차위반 딱지가 붙어 있었다. 아스팔트 바닥 위엔 비키니를 입은 여자 사진이 실린 명함들이 낙엽처럼 흩뿌려져 있었다. 고개를 들자 가늘고 창백한 그믐달 하나가 날카롭게 날을 세운 채 마유를 겨누며 노려보았다. 마치 어릴 때 소 꼴을 베다 손가락을 벤, 퍼렇게 날이 선 낫 같은 달이었다. 그때 길 끝 저 멀리에서 아주 환한 빛 덩어리가 다가왔다. 마유는 그 불빛을 향해 걸었다. 하얀 불빛 덩어리는 점점 환해지더니 주차된 자동차 보닛 위까지 번쩍거렸다. 갑자기 어디선가 아무도 받지 않는 듯 전화벨이 계속 울리더니 하얀 빛을 내뿜으며 우뚝 서 있는 신축건물이 마유의 눈앞에 나타난 순간, 소리가 뚝 끊겼다.

　날렵하지만 튼튼해 보이는 삼층 건물은 길 끝에 맞닿은 사거리

한가운데 서 있었다. 마유는 얼빠진 표정으로 건물을 올려다보았다. 건물은 주위에 늘어선 나지막한 주택 사이로 유난히 우뚝 솟아 있었다. 꼭대기 창에는 블라인드가 쳐져 있었고 그 틈새로 불빛이 새어나와 거리를 은은하게 비추고 있었다. 불빛과 함께 쿵, 쿵, 음악 소리가 흘러나왔다. 헬스클럽 아니면 에어로빅 강습소인 것 같았다. 그러나 건물 어디에도 간판은 없었다. 일층과 이층에는 창문이 없는 평범한 노출 콘크리트 건물이었다. 건물을 절반으로 자를 듯이 붙어 있는 길쭉한 통유리 창으로 한일자 모양의 불기둥 같은 할로겐 불빛이 환하게 새나왔다.

우아, 밝다. 마유의 입에서 감탄사가 흘러나왔다. 건물의 맞은편에는 작은 호프집이 영업 중이었다. 창가에 자리 잡은 젊은 남녀들이 깔깔대며 술잔을 치커들었다. 그 왼쪽에는 호프집과는 대조적으로 낡고 허름한 식당이 하나 있었다. 식당 입구 유리에 흰 비닐필름이 발라져 있어 내부는 잘 보이지 않았지만 문 위의 쪽창 너머로 허연 형광등이 보였다. 식당 앞 플라스틱 의자에는 앞치마를 두른 아주머니 두 명이 앉아 아무 말 없이 휴대폰을 만지작거리고 있었다.

건물의 정면 출입구에는 두 개의 작은 화환이 놓여 있었다. 노란 국화꽃으로 장식된 같은 모양 같은 색깔의 화환이었다. 한 화환에는 영어가 적힌 분홍색 리본이, 다른 화환에는 빨간 리본이 목도리처럼 칭칭 감겨 있었다. 빨간 리본의 끝에는 붓글씨체로 '개업을 축하합니다'라고 쓰여 있고 화환 아래 걸린 파란 종이에 큼직한 글씨가 인쇄되어 있었다.

'축. 개업. 손교탕'

목욕탕이다! 마유는 다시 화환을 쳐다보았다. 두 개의 화환이 마치 자신을 이곳으로 인도해준 쌍둥이 등대처럼 반짝거렸다. 지금 여기 내 앞에 목욕탕이 있단 말이야. 지금 내가 목욕탕 앞에 있다고. 마유는 숨을 크게 들이쉬었다. 분명히 목욕탕 냄새였다. 순간, 빙빙 도는 이발소 삼색 기둥, 조용히 앉아 있는 엄마의 얼굴, '수요일 정기휴일'이라고 적힌 나무간판, 고향 풍경들이 눈앞에 펼쳐졌다. 근데 문을 닫지는 않았을까? 우리 집처럼 늦게까지 문을 여는 목욕탕이면 좋을 텐데.

그랬다. 마유의 부모님은 자정을 넘어서도 문을 닫지 않았다. 늦게 목욕탕을 찾는 오랜 단골들을 생각해서 아버지는 꾸벅꾸벅 졸면서도 새벽 1시가 넘어서야 탕 청소와 뒷마무리를 하고 집으로 올라왔다. 그리고 다음 날 아침이면 또 어김없이 일찍 문을 열었다. 아침에는 아침 단골들이 찾아오니 말이다.

건물 내부는 바깥과 달리 따뜻한 분위기였다. 계단과 문은 모두 환한 색조의 무늬목이 덧대어져 있고, 흰 페인트로 X표시가 그려진 커다란 유리벽 안쪽 공간은 텅 비어 있었다. 이층으로 올라가는 계단에는 금속펜스가 계단을 가로질러 걸쳐 있고, 그 옆에는 담배꽁초가 꽉 찬 페트병이 뒹굴고 있었다. 계단 위에서 쿵, 쿵, 쿵, 음악 소리가 흘러내렸다. 마유는 지하층으로 내려갔다. 한 걸음씩 계단을 내려갈 때마다 나무판자 위로 안전화 발자국이 따박 따박 찍혔다. 좁은 지하실 끝에는 진갈색 나무문이 하나 있었다. 마유는 천천히 문을 열었다.

 카운터 위에는 일회용품들이 종이박스 안에 가지런히 담겨 있고, 목까지 단추를 잠근 회색 셔츠를 남색 털조끼 안에 받쳐 입은 반백의 할아버지가 돋보기를 쓴 채 신문을 읽고 있었다. 카운터를 사이에 두고 양쪽에 '여탕' '남탕'이라 쓰인 유리문이 있고 신발장 두 개가 있었다. 여탕 신발장 맨 위 칸에 놓인 텔레비전에서는 사극이 방영되고 있었지만 소리는 나지 않았다. 우유, 물, 탄산음료가 가득 들어 있는 냉장고 유리문에는 맥주맛 음료 광고가 큼지막한 초록색 고딕체로 쓰여 있었다.

 '0.00%의 기적. 같지만 다르다! 동삼맥주 좋'

 "실례합니다." 마유는 조심스럽게 카운터 앞으로 갔다. 할아버지가 코에 걸린 돋보기 위로 눈을 치켜떴다. "신발 벗어." "아… 죄송합니다." 마유는 급히 신발끈을 풀고 안전화를 벗었다. 신발장 버튼을 누르자 알루미늄 열쇠가 탁, 튕겨 나왔다. "몇 시까지 하나요?" "……" "실례지만, 몇 시까지…" 할아버지는 안경을 올려 쓰더니 신문을 한 장 넘기며 말했다. "아직 정식 오픈은 아니고. 한, 한 시간만 해." 할아버지의 등 뒤에 걸린 커다란 원형시계의 시침이 자정으로 달려가고 있었다. "아. 네. 고맙습니다. 고맙습니다." 대체 몇 달 만의 목욕인지 모른다. 여기서 모든 걸 견뎌낼 수 있는 희망 하나가 생긴 것 같았다.

 "수건하고요. 샴푸 칫솔 비누 다 주세요." 할아버지는 아무 말

없이 샴푸 칫솔 비누를 꺼내 마유 앞에 내놓고는 마유가 내민 지폐를 금전함에 넣었다. 그러곤 동전을 꺼내 느릿느릿 센 뒤 거스름돈을 카운터에 깔아놓은 하얀 수건 위에 턱, 올려놓았다. "몸 닦는 수건은 안에." "고맙습니다." 마유가 거스름돈과 일회용품을 받아 탕으로 들어가려고 할 때였다. "잠깐." 할아버지는 허리를 숙여 카운터 아래에서 무언가를 뒤적이더니 상기된 얼굴로 작은 캔 하나를 꺼내 카운터에 올려놓았다. '동삼맥주 烝' "이게… 뭔가요?" 할아버지는 아무 말도 없이 다시 신문을 집어 올렸다.

목욕탕 내부는 생각보다 작았지만 새로 지은 건물답게 단출하면서도 깔끔했다. 탈의실 한가운데에는 아직 니스 냄새가 나는 갈색 평상이 길게 놓여 있고 평상 왼쪽으로 보관함이 있었다. 오른쪽에 보이는 문에는 아무것도 쓰여 있지 않았지만 화장실로 보였다. 화장실 왼쪽에는 텅 빈 냉장고가 하나 있고 옷장 옆 한쪽 구석엔 안마의자가 있었다. 안마의자 뒤에는 가로로 길게 거울이 붙어 있고 선반 위에는 새것처럼 보이는 파란 스킨과 우윳빛 로션이 하나씩 놓여 있었다. 그리고 다양한 색깔의 빗이며 동전을 넣고 쓰는 아이보리색 헤어드라이어가 나무 바구니 안에 가지런히 놓여 있었다. 천장에는 기다란 형광등이 두 줄로 붙어 있고 탕 쪽 형광등은 꺼져 있었다.

탈의실에는 아무도 없었지만 유리문 너머로 탕에서 서로 등을 밀어주는 두 사람이 보였다. 마유는 옷을 벗어 가지런히 갠 뒤 안경과 함께 보관함에 넣었다. 보관함에서도 니스 냄새가 풍겼다. 마유는 평상 위에 올려둔 일회용품을 들고 유리로 된 탕 출입문으로 갔다. 유리문 오른쪽에는 신형 체중계가 있고, 왼쪽에는 공동 급수대처럼 생긴 세면대가 있었다. 세면대에는 수도꼭지가 세 개 붙어 있었지만 왼쪽 두 개에는 아직 비닐이 씌워져 있었다. 세면대 옆에는 짙은 분홍색 수건들이 잔뜩 쌓여 있었다.

마유는 거울 앞에 서서 몸을 비춰보았다. 안경을 벗었는데도 양쪽 허벅지 위에 난 발진이 또렷하게 보였다. 서너 달 전이었다. 허벅지에 붉은 발진이 하나둘 생기기 시작하자 놀란 마유는 공장 근처 병원으로 달려갔다. 정확한 원인을 알 수 없다며 의사는 연고 하나를 처방해주었는데 연고를 바르면 가려움은 조금 덜했지만 그때뿐이었다. 특히 날이 무더워지면 견딜 수 없을 만큼 가려워서 피가 날 때까지 긁기도 했다. 다른 병원에 가보고 싶었지만 좀처럼 시간 내기가 어려워 참고 있던 터였다.

후텁지근한 탕 냄새를 맡으며 마유는 한 손으로 문을 열었다. 하지만 미닫이 유리문은 꿈쩍도 하지 않았다. 마유는 세면대 위에 일회용품을 올려놓고 다시 양손으로 힘껏 문을 열었다. 역시나 문은 꿈쩍도 하지 않았다. 그때 탕 안에 있던 청년이 일어나더니 문 쪽으로 걸어 나와 마유를 도왔다. 청년의 몸에는 문신이 새겨져 있었다. 두 사람이 함께 양쪽에서 문을 밀자 탁, 문이 미끄러지며 열렸다.

"문이 좀 이상해. 사알짝 들어야 되더라고." 탕 안에 쪼그리고 앉아 있던 아저씨가 마유의 귀에 익숙한 억양으로 말했다. 굵직한 목소리가 탕 안에 쩌렁쩌렁 울렸다. 마유는 수건 한 장을 집어 들고 살짝 문을 닫았다가 다시 열어보았지만 문은 또 열리지 않았다. 끙끙대는 마유를 보던 아저씨가 벌떡 일어서더니 문 앞으로 왔다. "자 여기, 손잡이를 쫌 들어가 문을 사알…" 하면서 탕, 두드리자 스르륵, 문이 열렸다. "새로 지은 탕이 왜 이 모양이고?" 아저씨는 투덜대면서 한증탕으로 쏙 들어갔다. 흰 증기가 푹, 나오고 한증탕 문이 탕, 닫혔다.

마유는 아담한 탕 안이 마음에 들었다. 한증탕 옆으로는 온탕 세 개가 나란히 있었다. 가장 안쪽에 있는 탕에는 촌스러우리만큼 붉은 형광색의 물이 가득 차 있었다. 벽에는 다른 설명도 없이 '미인탕'이라고만 적혀 있었다. 한증탕 옆에는 '전기탕'이라고 써 붙인 작은 탕이 있었다. 그리고 두 탕 사이에는 거품이 보글보글 뿜어져 나오는 긴 열탕이 있었다. 마유는 미인탕 옆에 있는 앉은뱅이 의자에 앉아 일회용품과 수건을 바가지에 담았다.

'찰랑찰랑, 모든 게 하나로!'

사선으로 길게 광고문구가 적힌 샴푸봉지를 입으로 뜯어 손바닥에 짜 머리를 감았다. 그리고 세면대 위에 놓인 치약을 집어 일회용 칫솔에 짰다. 아르르르르르 입을 헹궈내곤 비누 포장을 뜯어 몸에 비누칠을 했다. 손가락 끝이 욱신거렸다. 쏴아아아, 샤워기 물의 세기도 온도도 뿜어져 나오는 소리도 좋았다.

"쫌 지나면 다 익숙해지드먼 넌 뭐 그려." 파를 잔뜩 집어 뜨거운 탕 그릇에 넣으면서 무뚝뚝하게 말하던 반장의 목소리와 "연고 처방해줄게. 발라보세요"라며 얼굴 한번 쳐다보지도 않고 한 손으로 바쁘게 휴대폰 문자를 보내던 피부과 의사의 목소리가 한꺼번에 들리는 듯했다. 하지만 이렇게 매일 목욕을 할 수만 있다면 손을 찌르는 유리섬유며 허벅지에 난 발진이며, 전부 싹 없앨 수 있을 것만 같았다. 비누로 몸을 깨끗이 씻은 마유는 손으로 거울을 쓱쓱, 문질렀다. 거울 아래로 광고 하나가 보였다.

'행복을 마시자. 해피프린스. 손교빌딩 맞은편. 호프 소주 기타 주류 일체.'

아까 본 그 호프집인가….

마유는 머리카락을 뒤로 넘겼다가 두 손으로 얼굴을 쓰다듬어 보았다. 피부가 더 부드러워진 것도 같았다. 흐릿하게 보이는 얼굴을 가까이 쳐다보면서 씨익, 웃어도 봤다가, 고개를 살짝 옆으로 돌리며 눈을 크게 떠봤다가, 머리카락을 앞으로 조금 내려도 봤다가, 오래오래 거울 속 얼굴을 바라보았다. 나… 나쁘지 않은데. 이만하면 괜찮은 것 같은데….

마유는 자리에서 일어나 붉은 물이 그득한 미인탕 안으로 한 발을 들여놓았다. 아. 발을 빼고 싶을 만큼 뜨겁지도 않고 그렇다고 미지근하지도 않은, 적당히 몸을 자극하는 온도였다. 그리고 마저 한 발을 물에 담근 뒤 천천히 탕 안으로 몸을 담갔다. 아아. 마치 온몸이 물속으로 빨려 들어가는 것 같았다. 마유는 뒤로 몸을 누이며 눈을 감았다.

한 달 전 외근을 나갔을 때였다. 외근지에서 짬이 난 마유는 목욕탕부터 찾았다. 어떤 목욕탕이었는지 물은 어땠는지 입욕비가 얼마였는지 아무것도 기억나지 않지만 며칠 굶은 사람이 허겁지겁 음식을 먹듯 그야말로 목욕을 했던 건 또렷하게 기억할 수 있었다. 여기저기 닥치는 대로 몸을 담그고 닥치는 대로 몸을 박박 닦았다. 그날에 비하면 오늘은 시간 여유도 있겠다, 천천히 정말 천천히 목욕해야겠다고 마음을 먹었다. 어차피 내일은 내일이니까…. 온몸이 점점 데워지면서 허벅지의 가려움증도 손가락의 따끔거림도 서서히 무뎌져갔다. 굳게 뭉친 근육들이 스르륵 풀어지며 달콤한 졸음이 몰려왔다.

마유의 할아버지가 처음 목욕탕을 열었을 때 목욕탕은 마을의 명물이었다. 일요일이면 마을 사람들은 목욕탕에 모여서 세상 돌아가는 이야기를 나누고, 할 일 없는 어르신들은 아예 낮부터 탈의실 평상 위에서 장기를 두거나 낮잠을 자는, 그야말로 목욕탕은 온 마을 사람들의 쉼터였다.

'봉래탕'이라는 이름을 지은 건 큰할아버지였다. 꼭대기에서 하얀 김이 모락모락 나는 산봉우리 하나가 집 마당에 떡하니 서 있는 꿈을 꿨다는 것이다. 장남인 아버지는 젊었을 때 집을 나가 이발 기술을 익혔다. 한동안 집과 인연을 끊고 지내던 아버지는 할아버지가 위독하다는 소식을 듣고 고향으로 돌아와 목욕탕 일을 떠맡게 되었다. 그렇게 고향으로 돌아온 아버지는 할아버지가 돌아가시기 며칠 전, 급히 선을 보고 곧바로 결혼을 했다. 몇 년 후 태어난 첫아들이 마유였다. 그 후 아버지는 단 한 발자국도 고향을 벗어나지 않았다. 목욕탕의 간판도 할아버지가 만든 그대로였다. 바뀐 전화번호만 간판 아래에 덧대서 몇 번 고쳤을 뿐이다.

손님이 모두 나가면 아버지는 검은 팬티 차림으로 콧노래를 흥얼거리며 탕 청소를 했다. 마유도 가끔 아버지를 도와 바가지 모으는 일, 의자 포개는 일, 버려진 일회용품을 모으는 일, 세탁물을 세탁봉지로 옮기는 일을 거들었다. 아버지는 탕 청소를 마치면 팬티까지 벗고 몸을 씻었다. 그런데 아버지는 비누를 거의 쓰지 않았다. 물을 몇 바가지 끼얹고 몸을 문지르다가 다시 물을 끼얹는 식이었다. 아버지가 비누 거품을 내 머리를 감을 때면 마유는 바가지 두세 개에 물을 담아서 기다리다가 아버지 머리 위에 살살 뿌려드렸다. 아버지는 항상 "살살. 물 안 튀그로" 그러거나, "물 아끼라. 물 아끼야 된다" 그랬다.

"손이 안 닿는 데는 있어도, 물이 안 닿는 덴 업서. 알겠제?" 어린 마유는 아버지의 말을 이해할 수가 없었다. 하지만 마유가 대답을 주저하면 할수록 아버지는 더 크게 말했다. "물로 몬 씻는 건 업서. 알겠나, 모르겠나?" "…네에…" 기어들어 가는 목소리로 마유가 대답을 하면 아버지는 마유의 등을 철썩 때리며, "우리 집처럼 물이 좋으면 비누도 마이 필요 없단 말이다. 비누 칠갑을 한다고 때가 잘 지는 줄 아나" 그렇게 말했다.

비누를 잘 쓰지 않고 몸을 씻는 아버지의 피부는 젊은이처럼 탱탱했다. 얼굴도 마찬가지였다. 늘 반질반질 윤기가 나고 주름도 없었다. 아버지는 몸을 다 씻고 나면, "가 있그라" 하며 마유를 보낸 뒤 혼자 뒷정리를 마치고 집으로 올라왔다. 그리고 소주 한두 잔을 꼭 마시고 잠을 청했다. 언젠가 조금 취했던지 이런 이야기를 한 적도 있었다. "때는… 원래는 미는 기 아이라." 마유는 술상 앞에서 꾸벅꾸벅 졸며 아버지의 말이 끝나기만을 기다렸다. "때도 몸이라, 몸." 말수가 적은 아버지는 졸고 있는 마유를 나무라지도 않고 혼자 소주잔을 비우다가, "상 치아라" 하며 이불 속으로 들어가고 마유는 조용히 술상을 치웠다.

눈을 떴다. 목이며 어깨며 온 얼굴에도 땀이 송글송글 맺혀 있었다. 날아갈 것 같았다. 탕에서 몸을 일으키자 쏴아, 하며 물이 탕 밖으로 쏟아졌다. 마유는 미인탕 옆에 있는 열탕으로 갔다. 먼저 한 발을 담그고 아아, 다시 다른 발을 담그고 아아아, 물의 열기에 적응할 때까지 두 다리를 담근 채 그대로 서 있었다. 물은 미인탕보다 훨씬 뜨거웠다. 그리고 조금씩 열기가 무뎌질 때 즈음 몸을 천천히 담갔다. 어어어어, 온몸에 전기가 흐르는 것처럼, 아아아아, 머리카락이 쭈뼛쭈뼛 서면서 머리 위로 피가 몰리는 듯했다.

살금살금 아늑한 기분이 밀려왔다. 봉급도 출근시간도 부모님도 월세도 공과금도 보증금도 아무것도 두렵지 않았다. 온 세상의 주인이 된 것 같았다. 세상 모든 걸 견뎌낼 수 있을 것만 같았다. 정말… 좋아…. 마유는 자신도 모르게 혼잣말로 중얼거리며 뜨거운 물을 계속 얼굴에 끼얹었다. 좋아… 정말…. 그때 입구에서 소리가 들렸다. 누군가 문을 열기 위해 낑낑대는 것 같았다. 앞서 마유를 도왔던 청년이 거들었지만 문은 잘 열리지 않았다. 한증탕에서 나온 아저씨가 찬물을 한 번 끼얹더니 문으로 가서 탕, 탕, 탕 두드리자, 스르륵 문이 열렸다. "남자는 힘이 아이고 기술이라." 아저씨가 웃으며 냉탕 속으로 첨벙, 들어가고 문이 다시 스르륵 닫히면서 그가 천천히 한가운데로 걸어 들어왔다. 아주 천천히.

꽤 나이가 들어 보이는 노인이었다. 그리 크지도 작지도 않은 중간 정도의 키에 다리와 팔은 삐쩍 말라 앙상했고 툭 튀어나온 가슴뼈와 어깨뼈는 어딘가에 조금이라도 닿으면 금세 으스러질 것 같았다. 옅은 회색빛이 도는 스포츠머리는 풍성했지만 윤기가 없었다. 그리고 하얀 피부. 마유는 그렇게 하얀 피부를 본 적이 없었다. 그야말로 백지처럼 하얬다. 가는 입술은 어린아이처럼 선명한 분홍빛이었고 수염도 음모도 없었다.

마유는 노인을 멍하니 바라보다가 곧 시선을 거뒀다. 청년이 한증탕으로 들어가고 사투리가 심한 아저씨는 냉탕에서 나와 샤워기 꼭지를 비틀면서 투덜거렸다. "지은 지 얼마나 됐다고 벌써 고장이가." 그는 샤워기를 포기하고 전기탕으로 한 발을 쑥 담그더니 아-으-으-아- 소리를 지르다가 탕 밖으로 튀어나왔다. 마유는 다시 미인탕으로 들어갔다.

붉은색 물이 몸 위로 출렁출렁거렸다. 마유는 탕 안으로 들어온 노인을 보자 어릴 적 목욕탕에서 본, 등이 유난히 하얬던 한 남자가 생각났다. 그는 부모님의 목욕탕에 자주 오던 단골손님이었다. 노랗고 긴 때수건을 팔뚝에 둘둘 만 아버지가 그의 등을 밀자,

새하얀 눈밭 같던 그의 등에서 검은 국수 같은 때가 끝없이 밀려 나오던 장면은 그야말로 충격이었다. 푸른 힘줄이 튀어나온 아버지의 팔뚝이며 검은 팬티와 고개를 숙인 아버지의 굽은 등까지도 그땐 다 싫었다.

그런데 요즘 들어 그 모든 게 그리웠다. 때를 밀어내는 아버지의 팔뚝과 검은 팬티, 축 늘어진 러닝셔츠를 펄럭이던 선풍기 바람까지도 말이다. 내려가까. 여기 뭐 대단한 기 있다고···. 그런 생각을 할수록 작업은 더 힘에 부쳤다. 항상 멍하고 피곤했다. 작업량이 조금 뜸해지면 작업대 옆에 걸터앉아 꾸벅꾸벅 졸았다. 그럴 때면 반장은 안쓰러운듯 마유를 바라보다가 다른 사람을 의식한 듯 "인나라. 사람들 보잖어" 하며 조용히 마유를 깨웠다. 여름날 침과 땀이 뒤범벅된 마스크를 하루 종일 끼고 일하는 것도, 타이벡 토시 하나만 팔에 낀 채 커다란 컨테이너 안으로 뛰어 들어가 유리섬유 날리는 폐자재를 발로 밟는 것도, 원인을 알 수 없는 이 허벅지의 가려움증도, 도무지 언제까지 견뎌낼 수 있을지 자신이 없었다. 그러다 보니 인생 뭐 있나, 때리치우고 그냥 내려가까, 이런 생각만 더 자주 하게 되는 것이다.

좌악. 마유가 미인탕에서 일어나 탕 밖으로 발을 디뎠다. 눈앞이 컴컴해지더니 머리가 띵했다. 조심스럽게 한 발 앞으로 내디디는데 발끝에 무언가가 툭, 걸렸다. 분홍색 수건과 각종 목욕용품이 들어 있는 하얀 목욕바가지였다. 노인의 것 같았다. "죄송합니다." 마유는 재빨리 바가지를 제자리로 돌려놓고 샤워기 앞에 앉았다. 노인이 마유를 노려보는 시선이 느껴졌다.

쏴아. 쏟아지는 물소리 사이로 누군가가 중얼거리는 것이 들렸다. 노인은 꼼짝도 않은 채 마유를 노려보면서 알아들을 수 없는 소리로 중얼대고 있었다. 태연한 척 몸에 물을 끼얹는 마유에게 노인이 몸을 일으켜 천천히 다가오더니 이번엔 손가락질을 하기 시작했다. 마유가 물을 잠그고 자리에서 일어나자, 노인은 마유가 쓰던 일회용 비누를 집어 들더니 마유 쪽으로 몸을 휙 돌리며 더 빠르게 중얼거렸다. 전혀 알아들을 수 없었다.

마유는 수건으로 앞을 가린 채 냉탕으로 들어갔다. 물은 그리 차지 않았지만 탕은 꽤 깊었다. 마유는 머리를 탕 안으로 밀어 넣었다가 푸우, 다시 일어났다. 한증탕 유리창 너머로 모래시계를 뒤집는 청년의 커다란 문신이 보였다. 마유가 다시 탕 안으로 머리를 밀어 넣었다가 푸아, 내미는 순간, 한증탕 문이 열리면서 땀범벅이 된 청년이 벌건 얼굴로 튀어 나오고 어느새 냉탕 옆으로 온 노인은 정면으로 마유를 쏘아보며 중얼거렸다. 노인의 목소리는 점점 더 커졌다.

사투리도 아니었다. 그렇다고 외국어 같지도 않았다. 남자의 목소리라고 하기에는 아주 높은 하이톤으로, 귀를 찢을 듯 쨍쨍 울리는 소리를 질러댔다. 무슨 말을 하려는 거지? 괴상한 표정의 노인은 갑자기 뛰어와 날카로운 이빨로 몸을 물어뜯을 것만 같았다. 마유는 냉탕을 뛰쳐나왔다. 문으로 달려간 마유는 힘껏 문을 밀었다. 하지만 아무리 힘을 줘도 문은 꼼짝하지 않았다. 노인의 시선이 마치 볼록렌즈처럼 마유의 등 위 한 점으로 모여들면서 등 가죽이 타들어 가는 것 같았다. 태연한 척할수록 마유는 더 헛손 질을 했다. 그때 등 뒤에서 팔이 쑥, 나오더니, 탕, 탕, 탕, 스르륵, 문을 열었다. "오늘 내가 문잡인가베." 마유는 혼이 빠진 듯 탈의실로 뛰쳐나왔다.

 마유는 세면대에서 좌악, 수건의 물기를 짰다. 그런데 문이 다시 천천히 열리더니 흰색 새시 밖으로 앙상한 손 하나가 툭, 튀어나왔다. 노인이었다. 노인은 아무 말 없이 마유에게로 미끄러지듯 다가오고 있었다. 마유는 몸도 닦는 둥 마는 둥 하고 보관함을 열어 옷을 꺼내 입었다. 동전을 넣자 위이이잉 드라이어가 돌아갔다. 하지만 아무리 머리를 말려도 물기가 가시지 않았다. 머리 위에선 우에엥 소리를 내며 선풍기가 돌아가고 노인은 더 가까이 다가왔다. 당황한 마유는 헤어드라이어의 전원을 끄고 도망치려 했지만 헤어드라이어는 계속 돌아갔다. 마유는 덜덜거리는 헤어드라이어를 내던져버리고 탈의실 밖으로 뛰쳐나왔다.

 카운터에는 아무도 없었다. 텔레비전 화면에는 화면조정 시간이 총천연색으로 떠 있었다. 잠시 후 위이이이이잉, 하며 헤어드라이어 소리가 사라졌다. 마유는 잠시 머뭇거리다가 슬그머니 탈의실 문을 열었다. 아무도 보이지 않았다. 탕 안에서는 문잡이 아저씨가 소리를 지르는 노인을 무시하듯 눈을 감고 열탕에 앉아 있고 청년은 냉탕의 물을 몸 위에 끼얹고 있었다. 그때였다. 타앙, 요란한 소리가 들리고 잠시 뒤, 탕, 탕, 탕, 문이 열렸다가 다시 탕! 문이 닫히고 아저씨와 청년이 씩씩대며 탈의실로 나왔다.

"또라이 새끼." 청년은 분이 풀리지 않는 듯 헐떡대고, "미친노무 쉐끼." 아저씨는 어이없다는 듯이 몸을 닦으며 중얼댔다. "아, 기분 드럽네." 청년은 일부러 탕 안에 있는 노인에게 들으라는 듯 크게 말했다. "아아, 저 미친 새끼가 자꾸 졸졸 쫓아오면서 사장님하고 나한테 뭐라 뭐라 하다가 나중에는 쓰레기통을 던지고 난리를 부리잖아요. 내 참 재수 없어서." 그사이 사장님이라 불리는 아저씨는 갈색 기지바지를 입으며 벨트를 채우고 있었다. "가끔 저런 또라이들이 있는데, 내 오십 넘게 살믄서 저런 또라이를 목욕탕서 만난 건 또 처음이라." 사장님은 거울 앞에 서서 촘촘한 빗으로 조심스럽게 머리카락을 넘겼다. 우에엥 선풍기가 돌아가며 다시 머리카락을 휙, 헝클어뜨렸다. "염색 좀 살짝 할라켔는데 글렀네." 사장님은 다시 머리를 슥슥 넘기며 목을 죽 빼고 면봉을 하나 빼들어 귀를 후볐다.

청년도 어느새 옷을 다 입고서는 "사장님, 요 앞에서 맥주나 한잔 하시죠" 하더니 마유를 보며 "선생님도요." 그러는 것이었다. 사장님? 선생님? 이 친구는 아무나 선생님, 사장님이라고 부르는 모양이지? 안경을 쓰고 보니 청년은 꽤 어려 보였다. 저 둘은 아는 사인가…. "그럴까요. 같이 갑시다. 이것도 인연인데." 사장님이 양팔을 높이 들고 러닝셔츠를 쑤셔 넣듯이 입으며 마유에게 말했다.

옷을 다 입은 세 사람은 탈의실 문을 나섰다. 카운터에는 여전히 아무도 없었고 텔레비전은 아예 꺼져 있었다. 여탕 쪽 불도 꺼져 있었다. 그런데 다시 남탕 안에서 위이이잉 드라이어 소리가 들리고, "저 또라이 나왔는갑다. 갑시다" 사장님이 탕 쪽으로 침을 한 번 퉷, 뱉더니 갈색 문을 밀었다. 그리고 세 사람은 줄지어 계단으로 뛰어 올라갔다. 탕, 탕, 타앙, 탕, 탕, 타앙.

누가 먼저랄 것도 없이 목욕탕 바로 앞 호프집 '해피프린스'로 향했다. 세 명 모두 광고를 본 듯했다. 사장님이 먼저 문을 열고 들어섰다. 손님은 아무도 없었다. 굵은 뿔테 안경을 쓴 마른 체격의 주인이 주방 쪽에서 걸어 나왔다. "어서 오세요." 청년이 자리에 앉으며 물었다. "몇 시까지 합니까?" "아, 손님 없을 때까지 합니다. 들어오세요." 주인이 팔을 앞으로 쭉 뻗더니 리모컨으로 텔레비전을 켰다. 안주인으로 보이는 젊은 여자가 앞치마 끈을 주섬주섬 매며 주인에게 메뉴판을 건네주었다.

주인이 메뉴판을 테이블 위에 올려놓기도 전에 청년은 "치킨 중자 하나, 오백 세 잔"이라고 한 뒤 "치킨 괜찮죠?" 두 사람에게 물었다. 하지만 마유는 여전히 목욕탕 생각뿐이었다. 천천히, 더 있다가 나오고 싶었는데. 하필 오늘 그 이상한 놈을 만나는 바람에…. 그 시원한 열탕 하며 들어가지조차 못한 한증탕의 열기가 마유의 코앞에 아른거렸다. 새로 만든 한증탕은 또 얼마나 좋았을까. 안마의자도 있었는데… 뜨거운 물로 실컷 목욕도 하고 안마도 받을 수 있었는데… 아 얼마나 좋았을까. 생각하면 할수록 마유는 그 괴기한 노인이 원망스러웠다.

마유는 한숨을 쉬며 점퍼 주머니에 손을 집어넣었다. 그때 주머니에서 무알콜 맥주캔이 툭, 떨어지더니 주방 쪽으로 데구루루 굴러갔다. 그걸 본 주인아저씨와 아줌마가 한꺼번에 웃었다. "저거 누가 사 먹긴 하나 보네?" "아저씨, 저 가짜 맥주 어디서 샀어요?" 깔. 깔. 깔. 마유가 주뼛거리며 허리를 굽혀 맥주맛 음료를 집었다. "씨발 콜라나 주지." 마유는 혼잣말을 중얼거리며 자리로 돌아왔다.

 마유는 두 사람을 어떻게 불러야 할지 몰랐다. 맞은편에 앉은 오십대 초반 정도로 보이는 사장님은 8:2 가르마를 정갈하게 타고 짙은 눈썹에 쌍꺼풀이 진한 부리부리한 인상이었다. 막 탕에서 나와 그런지 얼굴이 뽀얗고 귓불은 꽤 두툼했다. 청년이 그를 사장님, 사장님 하고 불러서 그렇게 느껴졌는지도 모르겠지만 의자에 비딱하게 앉아 있는 모습은 누가 봐도 사장님 스타일이었다.

 "두 분은… 아는 사이세요?" 청년은 치킨보다 먼저 나온 사라다를 포크로 집어 먹으며 마유에게 물었다. "아니요." 마유도 포크로 사라다를 뒤적였다. "두 분은 어떻게…?" "아 우리 둘, 어제 처음 만났고… 동호회에서 안 진 쫌 됐는데"라고 대답하던 사장님이 다시 마유에게 물었다. "이 동네 살아요?" "저는 이사 온 지… 1년은 아니고요, 좀 됐는데요. 이 근처는 처음이고요." 청년이 마유의 말을 이었다. "전 사장님 만날 일이 있어서 왔다가 하룻밤 자고, 온 김에 저기 군부대 일도 좀 보려고 왔거든요."

 뿔테 안경의 가게 주인이 맥주를 들고 왔다. 거품이 거의 없는 맥주잔을 본 사장님이 맥주잔을 밀어내며 말했다. "다시. 다시 가

아오소. 거품이 너무 없다아." 머쓱해진 주인은 "맛은 괜찮은데, 다시 갖다드리겠습니다"라고 말하며 황급히 잔을 들고 주방으로 사라졌다. "장사 처음 하는갑네. 오늘 완전히 초짜들 가게만 골라 가네." 사장님은 허. 허. 허 웃었다.

그는 뚱뚱한 체격에 어울리지 않게 길고 가느다란 담배 한 개비를 꺼내 입에 물었다. 마유는 사장님이라면 이 동네의 목욕탕 사정을 잘 알 수도 있겠다 싶었다. "사장님." 사장님이 눈을 동그랗게 뜨고 마유를 쳐다보았다. "근처에 목욕탕 많다면서요?" 사장님은 담배 연기를 후, 한 번 내불었다. "내는 몰라, 얼마 전에 이사 왔거든." 그러는 사이 청년이 휴대폰을 들고 "여보세요? 여보세요?" 하며 호프집 바깥으로 나가고, 사장님은 다시 큰 소리로 주방을 향해 "여기, 소주도 하나 주소" 외쳤다.

사장님은 500cc 잔을 들고 마유에게 건배를 권하더니 단숨에 3분의 1가량을 꿀꺽꿀꺽 마셨다. 마유도 사장님을 따라 맥주를 들이켰다. 아까 먹은 소주 기운이 다시 확 돌았다. "아 저는 이 동네 오래 사신 줄 알고…" "근데 자기 고향이 어디고?" "좀… 멉니다." 사장님은 담배를 다시 한 모금 죽 빨아들이더니 눈을 껌벅이며 물었다. "…맞제? 거기?"

마유는 다시 맥주를 죽 들이켰다. 사장님이 소주 뚜껑을 후두둑, 뜯더니 마유와 자신의 잔에 콸, 콸, 콸 따랐다. 그리고 다시 건배. 그사이 청년이 들어와서는 "죄송합니다, 죄송합니다. 자, 건배"라고 말하며 잔을 들었다. 세 사람은 맥주지 소주지를 쭉, 쭉, 쭉,

마셨다. 마유는 어지러웠다. 맥주 때문인지, 사장님이 섞은 소주 때문인지, 회사동료들과 먹은 소주 때문인지, 가게 아저씨가 건네준 소주 때문인지, 못내 아쉬운 목욕탕 때문인지, 사장님의 가는 담배에서 뿜어 나오는 연기 때문인지, 알 수 없었다.

"아버지께서 목욕탕을 하시는데요. 올라와 갖고 처음 찾은 목욕탕인데." "아, 그래? 아버지 하시는 목욕탕 이름이 뭔데?" "봉래탕이라고… 근처에서는 꽤 유명합니다." "어어, 봉래타앙?" 사장님은 갑자기 의자를 당기면서 잠깐만, 하더니 마을 이름을 줄줄줄 읊어댔다. "네네. 맞아요." 익숙한 마을 이름을 듣자 마유는 반가운 마음에 맞장구를 쳤다. 사장님이 말한 마을은 마유네 집 이웃 동네들이었다.

"아버지 연세가 우찌 되노?" "올해 환갑이십니다." "맞다. 아 그 행님 내 기억 날 거 같은데…. 아들 둘하고 딸 둘 있고." "저는 남동생 둘만 있습니다." "아 그럼 아인가? 의대 간 아들 있는 그 행님 아인가." "저희 사촌 중에 의대 간 행님은 하나 있는데요. 저희 집은 아이고." "아 그런가. 맞다, 맞다." "……" "키 크시제?" "…맞…나? 아버지 나이 치고 큰 킨가…?" "맞아, 맞아. 중학교 선배라 내한테." 사장님은 그사이 더 달아오른 얼굴로 술을 죽 마셨다. 청년은 말없이 술을 홀짝홀짝 마시다가 또 어딘가 문자를 보내다가 다시 전화기를 들고 "여보세요? 여보세요?" 하며 문밖으로 나갔다.

"아들 있다드만 이리 컸나?" 맞든 아니든 무슨 상관이랴. 마유는 취기가 올라오면서 목욕탕에 대한 아쉬움도 조금씩 잊히는 듯했다. 청년이 다시 탕, 문을 닫고 들어오더니 맥주를 들이켰다. "니도 소주 탈래?" "아. 저는 먼저 가볼라고요. 손님이 이쪽으로 온다고…" "이 시간에 무슨 손님임?" "이쪽 일이 원래 좀 그래요." 청년이 자리에서 벌떡 일어나면서, "치킨값은 냈습니다. 문자 주세요" 하며 자리를 떠나버렸다. 텔레비전에서는 프로야구 경기의 하이라이트를 보여주고 있었다. 소리는 들리진 않지만 검은 옷을 입은 어웨이팀의 투수가 계속 바뀌는 걸로 보아 홈팀이 이기고 있는 것 같았다. 마유의 고향팀이었다.

"그러니까 이제 나이가 얼마라고?" "스물넷입니다." 사장님은 언제부턴가 마유에게 슬그머니 말을 놓았다. "아직 젊네." 그리고 자기 이야기를 늘어놓기 시작했다.

올해로 쉰한 살이 된 그는 작은 사업을 하다가 부도가 크게 난 이후로 지금까지 집에서 놀고 있다고 했다. 다행히 부인이 대출을 내서 미용실을 차렸는데 겨우 먹고 살 정도는 된다고 말했다. "그래도 다 남의 명의로 해야 된다고. 그래야 차압이 안 들어오지." 500cc 생맥주잔이 바닥을 드러내자 그가 한 잔을 더 주문했다. "딴 거는 몰라도 장가 잘 가라. 남자는 그게 복이다, 복." 땅콩을 한 줌 집어 입에 털어넣고서 아저씨가 말을 이었다. "미용실. 요새 장사 잘 안 돼. 그래도 먹고 사는 건 다 집사람 인덕이거든. 집사람이 천사라 천사. 가게랑 대출받은 거랑 다 와이프 친구들이 해준 거거든. 어차피 우리 부부 명의로는 당분간 암것도 못해요." 주방 앞에 앉은 가게 주인은 뚫어져라 텔레비전을 쳐다보고 있었다. "일이 좀 힘들어 가꼬요, 내려갈까도 싶습니다." "힘들게 올라왔을 낀데 행님이 좋아하시겠나?" "행님 없습니다." "말고… 느그 아부지." "아…네…"

'느그 아부지.'

어릴 적 마유는 친구들을 집으로 데리고 오는 게 소원이었다. 아버지 어머니는 항상 친구 쫌 데꼬 온나, 데꼬 온나 하셨지만, 벌거벗은 아버지가 남의 등을 밀어주는 목욕탕에 친구를 데려오고 싶지는 않았다. 그래서 마유는 친구가 그리 많은 편도 아니었지만 아주 친한 친구조차도 목욕탕에 데리고 오지 않았다.

어느 날 오후였다. 학교를 마치고 집으로 걸어가는 마유의 등 뒤에서 자전거 벨소리가 들렸다. 담임선생님이었다. "집에 가나." "네…" 느릿느릿한 선생님의 목소리가 귀를 파고 들어왔다. "어머이… 학교 언제 함 오시노…?" 마유는 얼굴이 빨개진 채 고개를 푹 숙였다. "……" 선생님은 아무 말 못하는 마유의 등을 탁, 치면서 마유를 앞질러 갔다.

마유가 학교에 들어간 이후 부모님은 한 번도 학교에 오신 적이 없었다. 마유의 부모님에게 학교란 그저 아들이 낮 시간을 때우는 곳, 그 이상도 이하도 아니었다. 게다가 마유의 성적이 특출하게 좋았던 것도 아니었으니 말이다. 선생님은 수업시간 중간중간에 "어이, 마유. 어머이… 이번엔… 함 오시나…?" 하며 이죽거렸다. 선생님이 저 멀리 사라지자 마유는 길가에 벌러덩 누워버렸다. 머리 위로 뭉게구름이 재빠르게 흘러가고 있었다. 학교 그만두까… 어차피 공부에 소질도 없는데…. 차라리 다른 일을 배우는 게 나을 는지도 모른다는 생각이 들었다. …아무도 내한테 관심도 없는데 뭐.

마유는 이발하는 아버지가 좋았다. 탕 안에서 다른 사람들의 때를 밀어주는 아버지와 하얀 가운을 입고 머리를 자르는 아버지는 정말 다른 사람이었다. 탕 안의 아버지는 뱃살이 축 늘어지고 머리가 벗어진 볼품없는 중년 아저씨지만, 빳빳하게 깃을 세운 하얀 가운을 입고 의자에 앉은 손님 얼굴을 이리저리 거울에 재며 진회색 크림을 묻히고 조심조심 면도를 하는 아버지의 눈빛은 정말 근사했던 것이다. 그래서 언젠가 친구들을 데리고 목욕탕에 온다면 아버지가 이발 가운을 입고 있는 모습만 보여주리라 마음먹은 때도 있었다.

'나도… 이발 배우까….'

마유는 터벅터벅 집으로 향했다. 목욕탕 입구에 달린 이발소 삼색 기둥이 빙빙 돌고 있었다. 마유는 카운터에 앉아 있는 엄마에게 인사도 하지 않고 곧장 이층으로 올라갔다. 남탕 탈의실에는 아무도 없었다. 손님도 없었고 아버지도 보이지 않았다. 마유는 가방을 이발대 위에 올려두고 옷을 벗은 뒤 온탕으로 곧장 들어갔다. 붉은색 고무가 너덜너덜하게 달려 있는 둥근 수도꼭지를 돌리자 뜨거운 물이 콸, 콸, 콸, 쏟아져 나왔다. 탕 모서리에 등을 기댄 채 눈을 감았다. 편안하고 따스했다. 그냥 이 따뜻한 탕에서만 살면 안 되나. 더우면 잠깐 밖으로 나오면 되지. 그러다가 다시 들어가면 되고. 잠은 평상 위에서 자면 되고…. 뜨거운 물이 탕 밖으로 넘쳐흐르고 마유가 일어서서 수도꼭지를 잠그려 할 때였다. 스르륵 문이 열리며 검은 팬티 차림의 아버지가 황급히 탕 안으로 들어오는 것이 보였다.

'아부지…?'

그때 아버지의 뒤를 따라 들어오는 사람이 있었다. 담임선생님이었다. 안경을 벗은 선생님은 찡그린 눈으로 여기저기를 기웃거리다 마유를 알아보고는 씨익 웃는 것이었다. 아버지는 어쩔 줄 몰라 허둥대며 노란 장판이 깔린 때밀이 침대 위로 물을 연거푸 붓고 있었다. 붓고, 붓고, 또 붓고…. 그렇게 물을 아끼는 아버지가 말이다. 마유는 인사도 하지 않고 밖으로 뛰쳐나와 버렸다.

"자격증은 있나?" "폐기물처리 기능사 2급하고요. 지게차 운전 쫌 합니다." 아저씨는 맥주를 한 모금 들이켜다가 주인을 바라보며 "소주도 주소" 하더니 마유 쪽을 향해 얼굴을 돌렸다. "그냥 죽었다 생각하고 일해라. 딴생각하지 말고. 나도 니 나이 때 고생 마이 했어. 안 해본 기 없다." 아저씨는 주인이 가져다준 소주를 맥주잔에 콸콸 따르더니 다시 건배를 했다. 에이, 그래 마시자. 근데 난 오늘 잘 데가 없는데….

마유는 아저씨가 타준 술을 벌컥벌컥 마셨다. 가는 담배 연기가 마유의 코를 찌르며 파고들었다. 속이 울렁거렸다. 흔들리는 텔레비전 화면 속에서 짧은 스커트를 입은 여자 아나운서 두 명이 손짓을 하며 서로 이야기를 나누다가 붉은 점퍼를 입은 감독과 인터뷰를 하기 시작했다. 아저씨는 휴대폰 메시지를 확인하더니 다시 담배에 불을 붙였다. 취기가 돈 마유는 가까스로 눈에 힘을 주고 아저씨를 바라보며 말했다. "저… 사장님… 아니, 아저…씨." "마, 삼촌이라 불러라 삼촌." "네… 저, 삼촌…님."

마유는 벌벌 떨리는 손으로 빈 잔을 움켜쥐었다. 호프집 주인이 다가왔다. "한 잔 더 드릴까요?" 마유는 크게 고개를 끄덕였다. 호프집 주인은 아까처럼 거품이라곤 하나도 없는 500cc 잔 하나를 들고 왔다. 마유는 출렁거리는 맥주를 한참 동안 쳐다보다가 "저, 거품이 없는데…요" 말했지만 주인은 들은 체 만 체 하며 텔레비전에서 눈을 떼지 않았다. 거품이 없는데… 이러면 맛없다고 사장님이, 아니 아저씨, 아니 삼촌이 그랬는데…. 그 순간 마유의 중학군가 고등학군가 동창이 방망이를 붕 휘두르고,

탕.

검은 하늘을 가르는 공을 따라가던 카메라가 초록색 그라운드와 고개를 쳐든 투수의 허망한 뒷모습을 번갈아 보여주었다. 공은 담장 너머로 사라졌다. 아, 장외홈런입니다. 흥분한 캐스터의 목소리가 들렸다.

난생처음으로 타지에서 살기로 결정한 마유에게 찾아온 건 두려움이나 설렘, 호기심이 아닌 어리둥절한 감정뿐이었다. 아무도 걸어간 적 없는 백지 같은 눈밭이 갑자기 눈앞에 펼쳐진 그런 어리둥절함이라 해야 할까. 지금까지의 모든 과거가 사라지고 문 앞에 던져진 택배박스처럼 누군가의 손에 의해 낯선 어딘가에 내려

진 기분이었다. 아니면 타자의 배트에 맞아 멀리 날아가 아이들도 못 찾는 장외홈런 볼이 된 기분이었다고나 할까.

"마, 저의 능력을 알아주고 인정해주는 곳이면 어디든 좋습니다." 아까 점심시간이었다. 그때도 식당에는 배불뚝이 동창의 인터뷰가 케이블 채널에서 나오고 있었다. 공장장은 리모컨을 한 손에 든 채 숟가락질도 멈추고 텔레비전에 꽂혀 있었다. 마유의 맞은편에 앉아 있던 송내가, 허 지랄하네, 하며 피식 웃었다. "내년이면 딴 팀 가 있을 놈한테 박수는 왜 치냐? 병신같이." 송내는 꿀꺽꿀꺽 물을 마시다가 돈 주면 축구팀도 갈걸? 저 새끼들, 하는 것이었다. 마유가 숟가락을 놓고 송내를 바라보며 말했다. "욕하지 마라. 내 친구다 인마." 송내는 멀리 앉아 있는 공장장 쪽으로 팔꿈치를 쿡쿡 찌르며 "남들 먹고사는 일에 맘 주는 새끼들이 난 존나 웃기다고" 그러는 것이었다. "뭔 소리야, 이 새끼가." 마유는 피식 웃으며 밥에 김치찌개를 좌르륵 부어 척척 비벼 먹고 식당을 나왔었다.

마유는 용기를 냈다. "저, 오늘 좀 재워주시면… 안 될까…요." 삼촌은 텔레비전에 시선을 떼지도 않은 채 고개를 끄덕, 하더니 마유를 돌아보며 "한잔 더 하까?" 말했다. 자리에서 일어난 삼촌은 "저 계산요" 하며 주방 쪽으로 걸어갔다. "맛있게 드셨습니까?" 호프집 주인이 친절하게 삼촌의 뒤를 따라 걸어갔다. "잠깐요, 저 이거 막 시켰는데." 마유가 미처 다 못 마신 맥주잔을 들었지만 삼촌은 못 들은 듯 맥주는 이기 차암 안 좋아, 하며 화장실로 쏙 들어갔다.

두 사람은 호프집 옆에 있는 식당으로 자리를 옮겼다. 자리에 앉자마자 삼촌은 "탕 보통 두 개 수육 하나 주소. 소주 하나하고요" 하고는, 아 맥주는 이기 안 좋아, 하면서 다시 화장실로 사라졌다. 마유는 벽에 걸린 달력 속 소주 모델을 바라보았다.

'한 시간 먼저 깨세요. 다른 느낌 다른 아침'

짧은 치마를 입고 머리를 위로 올린 모델이 삐딱한 포즈로 서서 한 손에 소주병을 들고 마유에게 말을 건네는 것 같았다. 귀엽다… 함 안아 보고 싶다…. 그사이 앞치마를 두른 파마머리 아줌마가 쟁반에 깍두기와 간장 그릇 두 개를 들고 와서 식탁 위에 탕, 탕, 탕, 올려놓고 휙, 돌아서 갔다.

마유는 젓가락통에서 젓가락을 골랐다. 삼촌이 돌아오기 전에 짝 맞는 젓가락을 올려두고 싶었다. 곧 삼촌이 돌아오고, 맥주는 이기 참 안 좋아, 하며 젓가락을 열심히 뒤지는 마유를 보며 물었다. "니 뭐 하노." "아… 삼촌… 저까라악 챙기드릴라고요." 아줌마가 소주 한 병을 들고 왔다. 이어서 자매처럼 보이는 다른 아줌마가 탕을 들고 와서 "뜨겁습니다, 탕 두 그릇요" 하며 식탁 위에 탕, 탕 내려놓았다. 삼촌은 탕에 소금을 한 숟가락 넣고는 휘휘, 젓다가 맛을 본 뒤 소금 그릇을 마유 앞으로 내밀었다. "아줌마, 잔. 요…" 마유가 아줌마들을 불렀다. "아줌마, 잔요… 잔." 하지만 아줌마들은 마유의 말을 듣지 못한 듯 깔깔대며 이야기하느라 정신이 없었다. "잔 갖다주라고!" 삼촌이 크게 외치고 그제야 아줌마가 소주잔 두 개를 들고 총총걸음으로 왔다.

왜 내 말은 안 듣지? 왜 내 말엔 꿈쩍도 안 하지? 왜 삼촌 말만 듣지? 어리다고 무시하나? 내 옷이 추레한가? 잘 데도 없는 걸 알았나? 그사이에 삼촌이 마유의 잔에 술을 콸콸 따르고 "아 제가…" 마유가 소주병을 빼앗아 손을 벌벌 떨며 삼촌의 잔에 소주를 부었다. "애정이 넘치네. 하. 하. 하… 그만. 그만." 소주가 잔을 넘쳐 테이블 위로 흘렀다. 짠, 짠, 쭉, 쭉.

그때 식당 문이 열리며 붉은 앞치마를 두른 할머니가 식당 안으로 뛰어 들어왔다. "밖에 비 억수로 온다." 비를 잔뜩 맞은 할머니가 주방 뒤로 사라지고, 삼촌은 다시 소주병을 들고 두 잔을 가득 채웠다. "내 친구 회사 소개시키주까?" "삼촌." 마유가 잔을 들며, "원샷" 큰 소리로 외쳤다. 두 사람은 다시 짠, 짠, 쭉, 쭉, 잔을 싹 비웠다. 그때 갑자기 번쩍, 하더니 우르릉, 천둥소리가 이어졌다. 처마 밑으로 비가 쏟아지고 유리에 발라놓은 흰색 필름 위로 후두두두둑, 빗방울이 쏟아졌다.

삼촌은 휴대폰을 꺼내 전화를 걸었다. "인마 전화 안 받네?" 마유가 빈 잔을 콸, 콸, 채우는 사이 삼촌이 담배에 불을 붙이며 입을 열었다. "내리가지 마. 삼촌이 일자리 좋은 데 알아봐주께." "고맙습니다…" "걱정하지 마라." 마유는 그저 삼촌이 자신과 술을 마셔주는 것만으로도 기뻤다. 목욕을 제대로 하지는 못했지만 그래도 그 덕에 이렇게 좋은 삼촌을 알게 된 게 아닌가. 마유는 오늘 일어난 모든 일들이 고맙고 또 고마웠다.

삼촌이 고기를 건져 먹는 동안 마유는 안주에 손도 대지 않고 술만 마셨다. 이미 잔뜩 취한 마유의 귀에 삼촌의 목소리가 들리다가 사라졌다가 삼촌의 벌건 얼굴이 흐려졌다가 다시 하나로 모였다. 마유가 다시 술잔에 입을 대자 삼촌의 다정한 목소리가 들려왔다. "안주 쫌 먹어가믄서 마시라. 뭐가 그리 급하노." 삼촌은 자신의 그릇 안에 있던 고기를 한 덩어리 꺼내 마유의 그릇에 담아주었다. "국물도 좀 마시고. 술은 급하게 먹는 기 아이야." "고맙습니다야." 마유는 숟가락을 들어 국물을 휘저으며 고기를 건지려 했지만 숟가락엔 허연 국수사리만 담겨 올라왔다. 삼촌은 보다 못해 젓가락으로 고기를 집어 마유의 입에 넣어주었다.

"아줌마, 수육!" 삼촌의 말이 끝나자마자 아줌마가 김이 모락모락 나는 수육 접시를 들고 식탁으로 왔다. 아줌마가 수육을 탕, 내려놓고 돌아서자 마유가 작게 말했다. "아줌마아. 왜 이리 늦게 갖고 와요…?" 주방으로 돌아가던 아줌마가 뒤를 돌아봤다. 마유는 조금 더 큰 소리로 "빨리 쫌 주지"라고 말하자, 아줌마는 짜증 섞인 목소리로 말했다. "그래서 줬잖아, 지금." "아니 그게…" "취했어?" 아줌마가 마유를 노려보자 수건을 든 할머니가 뛰쳐나와 아줌마의 팔을 잡아끌었다. 마유는 덜컥 겁이 났다. 눈을 부라리는 아줌마를 보자 탕에서 만난 노인의 눈빛이 생각나 마유는 얼른 눈을 피했다. 이럴 때 삼촌이 한마디 거들어 주면 좋겠는데…. 그때, "아 알았으니까. 쫌 가소. 와 우리 아한테 반말을 하고 지랄이고." 삼촌이 한마디 던지고 아줌마는 할머니와 함께 텔레비전 앞으로 갔다.

삼촌은 아무 말이 없었다. 소주잔을 이리저리 돌리다가 마유를 한 번 뚫어져라 바라보다가 다시 소주잔을 빙빙 돌리다 소주를 입에 털어 넣고, 술을 따랐다. 마유가 몸을 비틀거리며 술잔을 들고, "삼촌 원샷!" 두 사람은 다시 짠, 짠, 쭉, 쭉, 마셨다. 마유가 수육을 한 젓가락 집어 입에 쑤셔 넣었다. 마유는 어서 빨리 수육을 먹어치우고 더 큰 소리로 아까 그 아줌마를 불러 세우고 싶었다.

"천천히 무라." 삼촌은 급하게 고기를 집어 먹는 마유가 짠해 보였는지 걱정 어린 눈빛으로 빤히 바라보았다. 아마도 자신의 젊은 시절이 생각나는 것이리라. 아니면 삭막한 타지에 갓 이사 온 후 우연히 만난 조카뻘 되는 고향 후배가 반가운 것일 수도. 마유는 수육 밑에 깔린 부추까지 집어서 장에 찍지도 않은 채 우걱우걱 먹어치웠다. 금세 접시가 비고, 소주는 다섯 병째였다.

"더 마실래…?" "네…. 그러엄…요." 마유는 빈 소주병을 들고 뒤를 돌아보았다. 아줌마들과 할머니는 텔레비전 앞에 모여 재방송되는 코미디 프로그램을 낄낄대며 보고 있었다. "여기요." 아무도 돌아보지 않았다. "여기요, 라고 했잖아…요!" 아까 그 아줌마가 휙, 고개를 돌려 마유를 쳐다보았다. "뭐 보노?" 마유가 벌떡 일어나며 "뭐 보냐고?" 있는 힘껏 소리쳤다. "수육 갖고 와!" 아줌마는 어이없다는 듯 마유를 쳐다보았다. "씨발 안 들려?" 삼촌이 마유의 어깨를 붙잡았다. "와 이라노 인마." "봐봐요 나 무시하잖아 저것들이." 마유는 팔을 뿌리치고 아줌마들을 계속 노려보았다. 할머니가 조용히 주방 안으로 사라지더니 아줌마들도 뒤따라 주방 안으로 들어갔다.

 바깥에서는 천둥소리가 우르르릉, 더 크게 울리고, 빗소리도 후두두두둑, 더 거세졌다. "우산 빌리야 되겠네." 삼촌이 문 쪽을 바라보며 중얼거렸다. 마유는 이 비가 더 세게, 더 세게 내렸으면 좋겠다, 생각했다. 물로 몬 씻는 게 없다고요? 아버지, 웃기지 마세요. 물만 갖고 씻기는 기 머가 있습니꺼? 마유는 혼잣말을 하며 피식피식 웃었다. 삼촌이 마유의 어깨를 두드렸다.

 그러는 사이 할머니가 접시를 들고 나왔다. 할머니는 커다란 수육 접시를 식탁 위에 놓으며 "더 먹고 싶으면 말해라. 주께. 젊은 사람이 뭐가 그리 쌓인 기 많노." 그때 삼촌이 혀가 꼬부라진 목소리로 말했다. "어. 어… 어머이, 고향이 어딥니꺼?" 할머니와 삼촌이 말을 나누기 시작하고 마유는 자리에서 벌떡 일어났다. "와아, 우리 고향사람이네." 삼촌이 손을 휘저으며 휘청거렸다. "어이구, 어이구, 니 어디 가노." "화…장실요." 마유가 흔들흔들거리며 문 쪽으로 걸어갔다.

 문 위에 달린 작은 쪽창 너머로 회색빛 손교빌딩이 보였다. 오늘 여기까지 오게 해준 고마운 건물이야. 우리 삼촌을 만나게 해준 고마운 놈이야. 불 꺼진 손교빌딩은 비에 잔뜩 젖어 커다란 숯덩이 같아 보였다. "야, 이리 와바라. 어머이도 우리 고향사람이네." 혀가 꼬인 삼촌이 계속 마유를 불렀다. "아… 네…" 마유는 화장실 문을 열고 들어갔다. 그리고 변기 앞으로 가자마자 먹은 것들을 모두 우웨엑, 토했다.

거울 속에 비친 얼굴은 창백했다. 아까 목욕탕에서 본 얼굴과 너무나 달랐다. 눈 아래는 거뭇거뭇하고 눈빛은 불안해 보였다. 마유는 수돗물로 입안을 한 번 헹군 뒤 세수를 했다. 두 볼이 화끈거렸다. 화끈거리는 두 볼을 감싸자 손이 따뜻해졌다. 그러고 보니 마유는 집을 떠나 이 도시로 온 뒤부터 거울을 똑바로 보지 못했다. 회사 점퍼를 입은 모습도 낯설었고 갈수록 살이 빠지는 얼굴도 삐죽삐죽한 머리도 보기 싫었다. 무엇보다 문득문득 오버랩되는 아버지의 모습을 도저히 견딜 수가 없었다.

그렇게 한참 동안 거울을 쳐다보고 있는데 눈앞이 뿌예지면서 미지근한 눈물이 볼을 타고 흘러내렸다. 취했나…? 마지막으로 울어본 적이 언제였는지 아무리 생각해도 기억나지 않았다. 그런데 한번 울음이 터지자 걷잡을 수 없었다. 마유는 입을 막고 있는 힘껏 울었다.

몇 분이 지나고 화장실 문 밖에서 똑, 똑, 노크 소리와 함께 삼촌의 목소리가 들렸다. "괜찮나? 뭐 하노, 괜찮나?" 마유는 소리를 죽여 말했다. "네… 삼촌… 나갑니다." 하지만 울음은 멈춰지질 않았다. 마유는 두 손으로 힘껏 입을 막은 채 헐떡이며 울었다. 니 왜 우노? 몰라…. 회사일, 목욕탕, 노인, 삼촌, 아줌마, 아버지, 봉래탕, 집, 고향. 온갖 단어들이 머릿속에 똬리를 틀고 앉아 질질 짜는 자신을 비웃는 듯했다. 어이, 마유. 니 왜 우는데? 몰라… 쫌 울면 안 되나? 빙신아, 왜 우냐고? 모른다… 쫌 울면 안 되나? 왜 우냐, 빙신아. 나도 몰라, 모른다…. 이런 빙신 같은 새끼, 왜 우냐? 나도 몰라… 몰라….

"모른다고!"

후두두두둑. 뭉툭한 빗소리가 북소리처럼 창문으로 몰아쳤다. 그리고 눈물이 멈췄다. 자신도 모르게 내지른 고함소리에 가슴 한 구석에 가득 들어차 있던 무언가가 멀리 떠내려간 것 같았다. 시원했다. 마유는 수도꼭지를 틀었다. 차가운 물이 줄줄 흘러내렸다. 마유는 물을 두 손으로 받아서 세수를 하고 쉰내 나는 수건에 얼굴을 대충 닦았다. 빨리 나가자. 나가야지. 삼촌한테 너무 미안하잖아….

탁, 화장실 문고리를 풀고 문을 열자 삼촌이 문밖에서 마유를 기다리고 있었다. "걱정했잖아." 삼촌은 고개를 푹 숙인 마유를 꼭 안아주었다. "미안합니다. 인제 괜찮아졌어요. 쫌 취했나 봐요." 삼촌이 가만히 마유의 등을 쓸어주었다. 마유는 다시 눈물이 쏟아질 것만 같아 말도 못 하고 입술을 깨문 채 울음을 참았다. 삼촌은 들썩이는 마유의 등을 톡톡 두드리며 한동안 안아주었다. 그리고 마유의 얼굴을 한번 보더니 손수건을 꺼내 눈물을 닦아주며 마유의 귓가에 대고 조용히 말했다. "자기…" "네… 삼촌." 삼촌의 입술이 마유의 귓불에 더 가까이 닿았다.

"인자, 연애하러… 가까…?"

"……?"

마유가 아저씨를 문 쪽으로 밀어냈다. "뭐라?" 아저씨가 뒤로 벌러덩 쓰러졌다. 마유는 비틀비틀 다가가서 아저씨의 머리채를 끌어 잡았다. "놔라, 놔." 마유가 식탁 쪽으로 아저씨를 끌고 왔다. "허 이 씨발 새끼 바라. 뭐?" 마유가 아저씨의 머리채를 잡은 손을 휙, 허공에 내던졌다. 아저씨의 몸이 날아가며 의자를 탕, 찍고 마유도 발을 헛딛으면서 벌러덩 넘어졌다. "허 이런 개씨발놈이 머라?" 식당 안에는 아주머니도 할머니도 없었다.

마유는 식탁 다리를 붙잡고 비틀비틀 일어났다. "나와." 아무도 나오지 않았다. "나와!" 할머니가 당황한 표정으로 나오고 "다 나와!!" 그제야 아줌마 둘이 무슨 일인가 하는 표정으로 슬금슬금 나왔다. "잘 봐라." 마유는 빈 소주병을 손에 쥐었다. 그리고 아저씨의 머리를 힘껏 내리쳤다. 탕. "잘… 보라고 했다." 두 번째 빈 병을 들고 똑같은 곳을 내리쳤다. 탕. 세 병째, 탕. 네 병째, 탕. 마유의 얼굴과 탕 그릇으로 붉은 피가 울컥울컥 튀었다. 다섯 병째를 드는 순간, 문밖 전신주 위에서 스파크가 번쩍, 일더니 순식간에 식당 안이 캄캄해졌다. 할머니와 아주머니들이 비명을 지르며 바깥으로 뛰어나갔다.

마유도 문을 열고 식당 밖으로 나갔다. 맞은편 손교빌딩 꼭대기에서 검은 연기가 뿜어져 나오고 독한 냄새가 코를 찔렀다. 구급차 소리며 고함치는 소리가 온 거리에 넘실댔다. 사람들은 우산도 잊은 채 휴대폰을 꺼내 사진을 찍어대느라 정신이 없었다. 그때 한 번 더 번쩍, 하며 번개가 내리치고 사람들은 다들 우어, 하는 감탄사와 함께 일제히 고개를 들었다. '해피프린스'의 간판불이 파팍, 튀더니 온 사방이 암흑으로 변했다. 다시 우어어어. 호프집 주인이 앞치마를 두른 채 밖으로 뛰쳐나왔다. 컴컴하고 축축한 하늘 높이 우뚝 선 손교빌딩의 실루엣이 선명하게 드러났다. 비는 더 거세지고, 무언가를 맨손에 움켜쥔 마유는 사람들 속으로 비틀비틀 걸어 들어갔다.

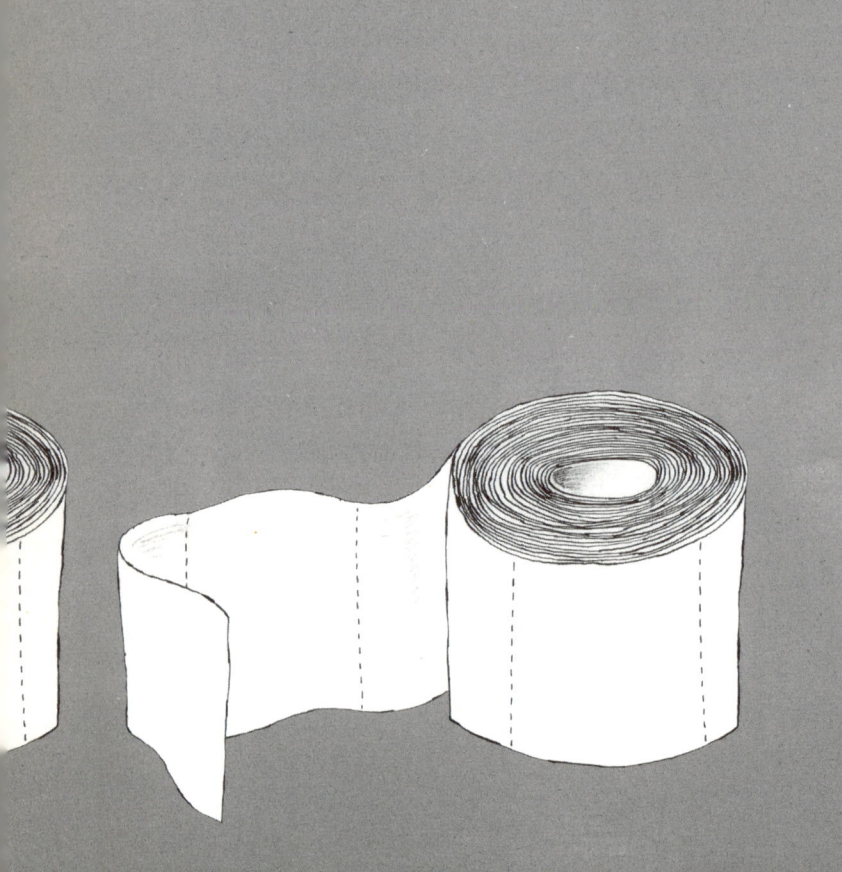

똥

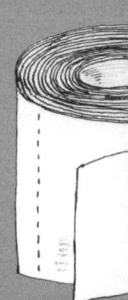

산머리 위로 붉은 해가 봉긋, 솟아올랐다. 하늘은 구름 한 점 없이 맑고 푸르렀다. 가을이다. 요수는 오전 6시에 맞춰 놓은 알람시계 소리에 눈을 떴다. 이불을 걷고 벌떡 일어난 요수는 블라인드 끈을 잡아당겼다. 창문을 열자 가을바람이 창문 너머로 불어왔다. 아침 공기에는 지난여름의 마지막 열기와 가을의 찬 기운이 뒤섞여 있었다.

친칠라토끼 요수가 직장을 그만두고 한적한 곳을 찾아 시골로 내려온 지 벌써 2년째다. 도시생활에 지친 요수였지만 그렇게 동경해왔던 시골생활 역시 만만치 않았다. 처음엔 이 마을만의 문화에 적응하는 것도 쉽지 않았다. 지나칠 정도로 서로 가깝게 지내는 이웃들도 잘 이해할 수 없었다. 그러다 보니 그들과 쉬이 섞이지 못한 채 하루 종일 말 한마디 없이 보내는 날도 많아졌다. 술도 혼자 마시고 밥도 혼자 먹었다.

"걱정 마세요. 여기 공기가 얼마나 좋은데요." 매일 전화를 걸어 안부를 묻는 엄마에게 둘러대 보아도 "목소리만 들어도 다 안다 이놈아"라고 말하는 엄마의 목소리에는 걱정이 잔뜩 묻어 있었다. 행여나 끼니라도 거를까 몸 축나지는 않을까, 엄마는 몸에 좋다는 당근주스, 선식, 견과류를 매주 보내주었지만 요수는 인스턴트 음식이나 과자로 끼니를 때울 때가 더 많았다.

이렇게 낯설고 고립된 일상은 요수의 모든 의욕을 없애버렸다. 귀찮았다. 욕심도 없고 하고 싶은 일도 없었다. 그러면서도 밤마다 홀로 술잔을 앞에 둔 채 풀 죽은 자신을 볼 때면 홀연히 기자직을 박차고 나온 객기가 후회스럽기도 했다. 멀리 떨어져 있는 여자친구 리스도 보고 싶었다. 엄마가 해주는 신선한 샐러드도 그리웠다. 가장 큰 고민은 앞이 보이지 않는 암담한 미래였다. 리스와의 결혼도 문제였다. 아이들 교육, 내 집 장만은 어떻게 할 것인가. 거기다 리스는 대학원에 가고 싶어 하는데…. 이런 생각만 하면 백수 토끼 요수의 머릿속은 꽁꽁 엉킨 실타래처럼 꼬이고 꼬이기만 했다. 집에는 나날이 술병만 쌓여갔다.

솔직히 말해서 요수가 일을 그만둔 것은 기자란 직업에 대한 회의와 불합리한 조직문화 때문이었지 글 쓰는 일 자체가 싫어서는 아니었다. 회사를 그만둘 무렵 요수는 생각했다. '기자는 낚시꾼이거나 덫을 놓는 사냥꾼이다.' 요수가 속해 있던 신문사 조직만 봐도 그랬다. 말단기자는 취재원과 독자들을 낚시하고, 간부는 부하직원을 낚시했다. 그리고 특종, 특종, 특종. 온 세상이 오로지 특종

만을 원했다. 그런 삶에 치여 목구멍까지 화가 치밀어 오른 어느 날 요수는 유감없이 사표를 날렸다. 정말 날린 것이다. 국장의 면상도 함께 말이다.

요수의 주먹 투척 사건은 순식간에 소문이 쫙 퍼졌다. 국장은 부하직원에게 얻어맞은 것이 수치스러웠는지 퉁퉁 부은 눈두덩이 부끄러웠는지 며칠 결근을 했다. 그리고 퇴직금을 받으려면 직접 자기에게 오라고 요수에게 최후통첩을 보냈다. 원래 그쪽 동네에서 악독하기로 소문난 국장이었다. 요수는 아유 뭘 그냥 이거나 드세요, 하며 가운데 앞발가락을 치켜 올린 사진을 찍어 전 사원에게 단체메일로 보냈다. 적지 않은 퇴직금 수령조차 거부한 것이다.

물론 국장이 임의로 퇴직금을 처분할 수는 없으니 몇 달 뒤 회사가 지불해줄 수밖에 없다는 걸 요수는 알고 있었다. 하지만 요수가 보낸 단체메일을 동료들은 '이제 완전히 다리를 건넜구나'란 신호로 받아들였다. 다들 앞으로 요수는 언론계 근처에 발도 들여놓기 힘들 거라고 생각했다. 그리고 요수를 걱정하던 동료들은 금세 예전과 똑같은 삶으로 돌아갔다.

요수의 자리는 곧 대학후배가 차지했다. 더 잘나가는 자는 있었지만 국장에게 등을 돌리는 동료는 하나도 없었다. 신문사도 잘 굴러갔다. 뾰족한 돌멩이 하나가 스스로 알아서 사라져준 셈이니 더 잘 굴러갈 것이다, 짐작은 했지만 그게 현실이 되자 요수는 절망할 힘마저 잃었다. 그때 요수는 알았다. 모두에게 절망한다는 건

홀로 절망하고 있다는 뜻이라는 걸. 그리고 뒤도 돌아보지 않고 짐을 꾸렸다.

"주제는 자유롭게 정하게." 시골로 내려온 지 1년여쯤 지난 어느 날 요수는 대학은사가 보내온 편지 한 통을 받았다. 모교의 신문학과 교수인 은사가 자신이 편집장으로 있는 주간 『동물세계』란 잡지에 요수의 칼럼을 싣고 싶다는 내용이었다. 그는 별다른 조건도 없이 꽤 후한 원고료를 챙겨주겠다고 했고, 요수는 그의 배려와 마음 씀씀이에 깊이 감사했다. 그리고 요수는 자유롭게 글을 쓰기 시작했다. 위험한 주제를 과감하게 건드리는 것도 마다하지 않았다. 어차피 잃을 자리도 없고 눈치 볼 사람도 없었다. 펜이 가는 대로 쓰고 지껄이고 싶은 대로 지껄였다.

과감하게 쓸수록 독자들은 열광했다. 그러면서 요수는 프리랜서 칼럼니스트로 착실하게 자리를 잡았다. 동물사회학계의 명사로 알려지면서 자신감을 되찾은 요수는 마을 공동체 생활에도 조금씩 적응해갔다. 그런데 신기하게도 그렇게 어색하던 이웃들이 차츰 요수를 친절하게 대하는 것이었다. 자신이 변한 건지 이웃들이 달라진 건지 시간이 지난 탓인지 요수는 알 수 없었다. 그렇게 2년이 흐른 것이다.

이번 주에 유독 글이 잘 안 써져서 요수는 스트레스를 받고 있었다. 주제만 잡히면 술술 쓸 수 있을 것도 같은데 이상하게도 실마리가 잡히지 않았다. 그러다 보니 아침에 머리를 감을 때 예전보다 귀 털이 더 빠지는 것도 같고, 부스럼이 생긴 것처럼 코 안쪽이

가렵거나, 심지어 변비까지 생긴 것 같았다.

요수는 현관 앞에 떨어져 있는 조간신문을 집어 들었다. 다음 달에 있을 마을 이장 선거에 대한 뉴스가 일면 머리기사였다. 여러 후보들의 공약과 선거 판세, 여론조사 결과 등이 특집기사로 실려 있었다. 신문은 현 이장인 하요의 재출마 가능성이 높으며, 당선 가능성도 가장 높다는 최근 여론조사 결과를 싣고 있었다. 요수는 세수를 하고 냉장고를 열어 리스가 보내준 녹즙을 꼴깍꼴깍 들이켰다. 신문을 읽다 보니 벌써 7시가 되었다. 똥을 눌 시간이다.

처음 이사 왔을 때만 해도 온 마을 주민들이 변소를 공유하는 마을의 문화는 도시 토끼 요수에겐 그야말로 충격 그 자체였다. 요수가 사는 마을에는 대략 300여 채의 집이 있는데 마을 주민 모두가 공동변소를 이용했다. 요수는 집에서 가장 가까운 동편 변소를 사용했다. 동편 변소는 남녀 구분이 없는 커다란 천막 건물이었다. 돼지코오소리 제나 아줌마가 남편과 교대로 입구에서 변소에 들어오는 동물들에게 입장료로 1코니(마을의 화폐단위. 쌀 한 가마는 5천 코니)를 받았다. 그중 절반은 제나 아줌마 가족의 생활비로 쓰이고 나머지는 협동조합에 적립되어 공동변소 관리에 쓰였다.

요수는 공동변소로 가는 좁은 돌길 위로 깡충, 뛰어올랐다. 아침 햇살을 받은 돌길이 조금씩 따뜻해지고 있었다. 요수는 한 손에는 휴지 한 장을, 다른 손에는 1코니 지폐 두 장을 들고 변소로 뛰어갔다. 어제 아침에 공동변소를 외상으로 사용했기 때문에 2코니를 들고 간 것이다.

"아줌마 안녕하세요." 무뚝뚝한 제나 아줌마는 아무 말 없이 손만 휘휘 흔들었다. 아직 아이가 자고 있으니 조용히 해달라는 뜻인 것 같았다. 요수는 건물 입구의 항아리에 2코니를 넣고 변소로 들어갔다.

동편 공동변소는 5년 전에 지었는데 깔끔하고 단순했다. 하얀 발이 드리워진 입구에 들어서면 광목으로 지은 천막의 내부가 눈앞에 펼쳐졌다. 5:3 비율로 입구 쪽이 더 긴 직사각형 구조였다. 입구 왼쪽에는 소지품을 넣을 수 있는 등나무 바구니가 가지런히 놓여 있고, 오른쪽에는 검고 신선한 삼나무 재가 가득 쌓여 있었다. 재 옆에 있는 캐비닛을 열면 크기가 다른 삽이 늘어서 있고 캐비닛 맨 위 칸에는 두루마리 화장지가 비치되어 있었다.

변소의 한가운데에는 삼나무 재가 깔린 작은 정방형 공간들이 칸막이 없이 네 줄로 늘어서 있는데, 칸마다 크기 다른 두 개의 구덩이가 파여 있었다. 큰 구덩이는 똥을 누는 곳이고 작은 구덩이는 오줌을 누는 곳이었다. 칸 크기도 다양했다. 동물들의 체격이 다르기 때문에 입장한 동물들은 각자 제 크기에 맞는 칸을 골라 볼일을 보게 되어 있었다. 그렇게 크기가 다른 배변구는 대략 40여 개 정도 됐다. 각자 볼일을 본 뒤, 삽을 들고 재를 뿌려놓으면 수시로 제나 아줌마가 뒷정리를 하는 방식이다.

변소 입구에 들어서는 순간 요수는 아차, 싶었다. 읽을 책을 안 가져온 것이다. 요즘 변비로 고생하는 요수에겐 똥 눌 때 읽을 책이 꼭 필요했다. 요수는 다시 집으로 되돌아갔다. 그리고 요즘 재미있게 읽고 있는 책, 『정(情)이란 무엇인가』를 들고 다시 변소로 달려갔다. 어디까지 읽었더라, 책장을 뒤적거리며 돌길 위를 뛰어가는데, 막 볼일을 마치고 나오는 시치미 군을 변소 입구에서 마주쳤다.

"어 요수 오랜만이야." 시치미 군은 서너 달 전에 이사 온 방울뱀이다. 이사 오던 날, 시치미 군은 이삿짐 나르는 데 큰 어려움을 겪고 있었다. 우연히 이 모습을 본 요수가 힘껏 도와준 것이 계기가 되어 둘은 친구가 되었다. 알고 보니 연배도 비슷했고 통하는 것도 많았다. "조금 빨리 왔으면 같이 볼일도 보고 얘기도 좀 나눌 걸 그랬네." 시치미 군은 고개를 끄덕였다. 공무원 시험 준비를 하는 시치미 군의 얼굴이 유난히 해쓱해 보였다.

"이건 부당해." 시치미 군은 한숨을 내쉬었다. "내 똥은 정말 작아. 그런데 똑같은 돈을 내야 하다니." 시치미 군이 투덜거렸다. "게다가 지금은 오줌만 누고 가는 길이라고." 시치미 군이 격자무늬 등을 움찔거리더니 방귀를 뿌웅 뀌었다. "요수, 변비는 좀 어때?" "으응 괜찮아. 변비엔 녹즙이 좋더라고." "리스가 보내준 거구나. 좋겠다. 리스 언제 와?" "글쎄… 다음 달이나 올 거 같은데." "오면 소개 좀 시켜줘. 자랑만 하지 말고." 시치미 군은 요수에게 똥 잘 눠, 인사를 하고 스스슥 에스자를 그리며 사라졌다.

요수는 항상 애용하는 미디움엑스스몰(MXS) 칸으로 가서 쭈그리고 자세를 잡았다. 변소에는 아무도 없었다. 한산해서 책 읽기에 좋기는 했지만 가을이 되니 해가 늦게 떠 조금 어두웠다. 그때 입구에 드리워진 발이 흔들리며 변소 밖에서 낯선 목소리가 들려왔다. 웅성거리는 소리로 봐서 여러 마리가 온 것 같았다.

가장 먼저 변소 안으로 들어온 것은 제나 아줌마였다. 아줌마는 요수를 보자 목소리를 낮춰 말했다. "아까 잠깐만 기다려달라고 한 건데 말이야." 요수는 쪼그리고 앉은 채 제나 아줌마에게 물었다. "무슨 일이에요?" 아줌마는 뒤를 돌아보더니 "이장님이 여기로 오신다는 연락을 받았어." "그런데요?" "이장님은 혼자 볼일을 보셔야 된대." "에이 그런 게 어디 있어요?" "그게 말이지, 이장님이 요즘 선거철이 돼서 스트레스를 많이 받으시는지 볼일 볼 때 옆에 누가 있는 게 싫으시다는데."

그때였다. 제나 아줌마의 뒤로 마을 이장 안경곰 하요와 무당개구리 비서 두 마리가 들어왔다. 입구가 비좁은지 비서들이 천막 문을 옆으로 열자 뒤뚱거리며 하요가 그 틈을 비집고 간신히 들어왔다. 개구리 비서들은 다시 이장의 양쪽 팔에 대롱대롱 매달렸다. 마치 검고 커다란 고목 가지에 주황색과 초록색 열매가 하나씩 달려 있는 것 같았다.

비서들은 도무지 알아들을 수 없는 가느다란 목소리로 서로 이야기를 하다가 제나 아줌마에게 손짓을 했다. 아줌마는 비서들에게 다가가 잠시 몇 마디를 나누다가 변소 밖으로 사라졌다. 그리고 다시 고개를 빼꼼히 들이밀어 요수를 보고 고개를 절레절레

젓고는 휙, 사라져버렸다.

"좋은 아침입니다." 하요는 투박해 보이는 앞발을 들어 요수에게 인사를 건넸다. 사진보다 실물이 훨씬 더 커 보였다. "이장님 안녕하세요. 좋은 아침입니다." 하요는 요수 옆 가장 큰 트리플엑스 라지(XXXL) 칸으로 와서 쪼그리고 앉았다. 천막 위에 뚫린 삼각형 창으로 아침 햇살이 쨍하니 스며들었다. 바로 오늘 아침 신문에서 본 마을 이장님과 나란히 앉아 똥을 누게 되다니. 이런 셀레브리티와 똥을 같이 누면서 책은 무슨…. 요수는 책을 발 옆 휴지 위로 슬그머니 치웠다.

"좋은 책 보시는군요." 하요가 책을 흘끔 보더니 말을 걸었다. "아 네. 올해 아주 선풍기적인 인기를 끌었다고 해서…" "허. 허. 선풍기… 허. 허. 허. 이분, 개그 감각이… 참… 허. 허. 허…" "하… 하… 하… 괘. 괜. 찮…죠?" "네, 젊습니다. 아주 젊어요. 허. 허. 허. 암튼 저는 그 교수를 직접 만난 적도 있었지요." "그러시군요. 이 책 아주 재밌는데요." "재미있을 뿐만 아니라 굉장히 잘 쓴, 정말 좋은 책이죠." "그러게요." "그건 그렇고 이렇게 나란히 똥 싸는 것도 인연인데 이름이 어떻게 되지요?" "아, 전 요수라고 합니다."

하요는 정말 컸다. 요수에 비해 정말 거대한 몸집이었다. 멀리서 보면 덩치 차이가 너무 나서 요수가 하요의 옆에 있는지조차 모를 것 같았다. 요수는 하요의 똥 크기도 궁금해졌다. 덩치만큼 무지 크겠지? 정말 무지무지하게 클 거야.

보통 볼일을 보고 난 뒤 삼나무 재를 퍼서 덮어두면 제나 아줌마가 한 시간에 한 번씩 치운다. 그러니 나란히 앉아서 똥을 싸지 않고서야 다른 동물의 똥 덩어리를 볼 기회가 없는 것이다. 곰이나 하마 같은 동물의 똥은 얼마나 클까? 내 몸집보다 더 클 거야. 난 그런 똥보다 더 작을 거야. 그럴 거야…. 태어나서 처음으로 거대한 셀레브리티의 똥을 볼지도 모른다는 기대감에 요수는 부르르르 몸이 떨렸다.

사실 저번 선거에서 하요가 이장에 당선된 것은 공교롭게도 이런 문제의식에 대한 통찰이 있었기 때문이었다. 아직 시행되지는 않았지만, 동물의 몸무게에 따라 변소 입장료를 차별화하자는 것이었다. 예를 들면 요수의 옆집에 사는 무당벌레 가족은 가장 작은 트리플엑스스몰(XXXS) 사이즈의 칸을 사용하고 있었다. 하지만 공동변소에 입장할 때는 곰이나 사자와 똑같이 1코니씩을 내야 했기 때문에 작은 동물들은 늘 볼멘소리를 했다. 하요는 그 문제를 개선하겠다는 공약을 내걸었다. 그래서 저번 선거에서 작은 동물들의 전폭적인 지지를 받으며 압도적인 표차로 이장에 당선됐던 것이다.

뿌우우웅. 하요가 똥이 나오는 것을 알리는 긴 방귀를 뀌자, 뽀옹, 요수가 맞방귀로 화답했다. (이 마을에서는 보통 서로 방귀를 뀌기 시작하면서 변소 대화를 시작하는 독특한 문화가 있다.) 먼저 방귀를 뀐 하요가 말을 꺼냈다. "젊은이들과 만나서 대화를 많이 하고 싶은데 너무 바빠서 그럴 시간이 없습니다." 하요는 끙, 힘을 주기 시작했다. "이장님을 이렇게 직접 만나게 되다니 정말 영광이에요." 요수도 아래윗니를 꽉 다문 채 말했다.

"똑같지요… 나?"

정말이었다. 텔레비전이나 사진 속의 하요의 모습과 지금 옆자리에서 힘을 주며 똥을 누고 있는 하요의 모습은 정말 똑같았다. 다만 생각했던 것보다 더 크고 인자한 모습이었다. 게다가 실제로 보니 보통 동물에게선 찾아볼 수 없는 아우라가 있었다. 아무나 정치를 하는 건 아니다 싶었다.

요수는 쪼그린 채 다리를 조금 더 사사삭 벌렸다. "선거가 얼마 안 남았네요. 다들 또 나오시는 걸로 알고 있던데. 많이 힘드시겠어요." "하. 하. 아니, 아니에요. 아쉬울 뿐이지요. 아주 아쉬워요." 요수는 흘끔 옆을 쳐다보았다. 하요의 똥 덩어리는 아직 떨어지지 않았다. "다음 선거, 어떨 것 같으세요." "글쎄요오…" 힘을 주는 하요의 목소리가 가늘게 떨렸다. "여론조사도 그렇구요, 전문가 예측도 그렇구요 이장님이 일등이시더라구요." 대답 대신 하읍, 하요가 기합을 넣듯 숨을 한 번 들이마시고 흐아악, 내쉬자 거대한 똥 덩어리 하나가 툭, 구덩이 아래로 떨어졌다. 그리고 아주 묵직하고 풍성한 저음이 울려 퍼졌다.

엄청난 크기였다. 요수는 입을 다물 수가 없었다. 갑자기 아랫배가 살살 아프면서 똥구멍이 간질간질거렸다.

"주민들에게 제대로 봉사를 하기도 전에 그만둔다는 게 말이 안 되지요. 여러 가지 공약이 있었지만, 아직 다 실천하지 못한 것들도 있고 말입니다."

요수는 생각했다. 이건 특종이다.

오늘 이 이야기를 주간 『동물세계』 이번 주 칼럼으로 쓰자. 이건 특종이다. 당장 녹음기나 수첩은 없지만… 괜찮아. 예전에도 두 시간짜리 인터뷰를 기억만으로 썼잖아. 난 타고난 인터뷰어니까. 괜찮아. 괜찮아. 요수는 애써 정신을 가다듬으며 말을 이었다. "특히 변소 입장료 건 말입니다. 이장님을 지지하던 작은 동물들의 불평을 자주 듣거든요. 이를테면 제 친구들도 그렇고요."

투둑. 하요의 두 번째 똥 덩어리가 구덩이로 떨어졌다. 똥 덩어리만큼이나 똥이 떨어지는 소리도 정말 컸다. 큰 사이즈의 칸일수록 구덩이도 더 깊게 파기 때문이다. 하요는 다시 심각한 표정을 지으며 "변소가 더 다양해져야 한다는 의견이 많은 것도 잘 압니다. 그런데 현실적으로 공사를 전부 다시 하기가 쉽지 않아요. 아무래도 예산 문제도 있고…"라며 또박또박 말했다.

사실이었다. 시치미 군은 똥을 누는 횟수보다 오줌을 누는 횟수가 더 많은가 하면 똥을 누면서 오줌을 같이 안 누는 옆집 무당벌레 가족들의 경우에는 굳이 두 개의 구덩이가 필요 없었다. 그래서 변소의 부지를 넓혀서 똥만 눌 수 있는, 혹은 오줌만 눌 수 있는 공간을 만들자는 의견이 선거철마다 나오는 것이었다. "그래서 결심한 거예요. 다시 선거에 나서기로."

요수는 고개를 끄덕였다. "그런 공약들을 다음번에 꼭 지켜주시면 좋겠습니다. 혹시 재선에 성공하시면 또 추진하고 싶은 일이 있으신가요?" 요수의 질문이 끝날 무렵, 하요의 세 번째 똥이 툭, 떨어졌다. 요수는 마치 자신이 다시 기자로 돌아간 것 같아 가슴이 떨렸다. 손에 수첩과 펜만 있다면 지금 요수의 말투와 예리한 지적은 전형적인 열혈기자의 모습이었다. 하요는 고개를 끄덕이며 말했다. "있지요. 있고말고요."

그의 낮은 목소리에는 귀를 잡아끄는 강한 힘이 있었다. 마치 입에서 나온 낱말 하나하나가 귀로 들어와 직선 타구로 머릿속까지 날아오는 것 같았다. "먼저 마을버스를 좀 더 다양하게 만들 생각입니다. 의자 사이즈도 다양하게 만들어서 버스를 이용하는 우리 주민들이 자신의 몸집에 맞게 편히 앉을 수 있도록 말이죠." 요수는 무릎을 탁 쳤다. 느낌이 왔어. 이분이야말로 마을 주민들의 이야기를 진정으로 귀담아듣는 정치가로구나!

"말이 나온 김에 하는 얘긴데요. 식당 메뉴도 여러 종류를 만들면 좋겠어요. 저 같은 비건들은 밥 먹을 곳이 정말 마땅치 않거든요." 하요가 목소리를 높이며 말했다. "그렇습니다. 바로 그런 거지요. 우리 모두가 행복하게 살려면 사실 그런 작은 변화가 더 중요합니다. 그래서, 비건들이 이용할 수 있는 메뉴 가짓수를 늘릴 계획을 세우고 있어요. 우선 관공서의 식당부터 말이지요. 나부터 조금씩 고기를 줄여볼까 해요, 하. 하. 하."

요수뿐만 아니라 마을의 비건들은 늘 식사가 문제였다. 그들은 육식이나 잡식 동물 친구들을 만날 때마다 메뉴와 식당을 고르는 것이 너무나 힘들었다. 그래서 비건들은 식사 약속보다 차 약속을 많이 하는 편이지만 정말 중요한 잔치나 행사를 할 때에는 비건만을 위한 스페셜 메뉴를 예약해야 했는데 여간 불편한 것이 아니었다.

얼마 전 시치미 군은 알요리 전문점에서 생일잔치를 했다. 그런데 그 식당에서 요수가 먹을 수 있는 메뉴는 단 하나, 양파수프밖에 없었다. 그것도 미리 셰프에게, 계란 안 들어가요? 우유 안 들어갑니까? 치즈는요? 버터는요? 생크림 안 들어가는 거 확실하죠? 네? 네? 그렇게 두 번 세 번 확인해야만 했다. 시치미 군은 결국 절친인 요수를 위해 특별히 샐러드와 야채피자를 주문했는데 가격 또한 만만치 않았다. 그러니 요수는 시치미 군에게 미안하고, 시치미 군은 요수에게 미안해하는 상황이 벌어지는 것이다.

하요는 아주 절제된 언변을 구사했고, 다른 나이 든 동물들과 달리 같은 말을 계속 반복하거나 자기 칭찬이나 젊은 시절 이야기를 주저리주저리 늘어놓지도 않았다. 정확하고 분명하게 자신이 하고 싶은 말만 했다. 무엇보다도 다른 이의 말을 진지하게 듣는 법을 알고 있었다. 단순히 선거용이 아닌 뭉클하고 따뜻한 그의 진심을 요수는 동물적 감각으로 느낄 수 있었다.

이렇게 나란히 앉아 똥을 누며 대화를 나누니 요수는 하요가 마치 옆집 아저씨나 삼촌처럼 친근하게 느껴졌다. 이번 주 칼럼 제목도 번뜩 떠올랐다. '생각하는 동물'. 짧은 다리를 쪼그리고 앉아 똥을 누며 진지하게 고민하는 하요의 옆모습을 보자마자 그렇게 안 풀리던 이번 주 칼럼의 실마리를 잡은 것이다!

항상 진지하고 치열하게 번민하며 사는 리더의 삶이란 얼마나

고독한 것인가. 다른 이들의 사소한 고민까지도 짊어진 채 마을을 이끄는 이장이란 위치는 또 얼마나 쓸쓸한 것일까. 그러기 위해서 얼마나 많은 고민으로 밤잠을 설치며 하루하루를 보내고 있을까. 그런 것도 모르면서 이장과 그의 정치에 대한 맹목적인 불만만 털어놓기 바빴던 요수는 자기 자신을 비롯한 주위 친구들이 부끄러웠다.

"무엇보다도 나처럼 큰 동물들이 문제죠." 뿌우웅. 하요가 길게 방귀를 뀌면서 말했다. 요수는 하요의 이야기에 집중한 나머지 똥 구경은 이미 포기한 상태였다. "자신들이 가진 것을 아무도 놓으려 하지 않아요. 변소 건만 해도 그렇습니다. 내가 누구라고 말은 못 하겠는데…"

요수는 하요가 무슨 이야기를 하려는지 알고 있었다. 덩치가 큰 동물들은 변소 이용료를 차등화하자는 정책에 반대했을 것이 뻔하고 마을 사무소 내에도 그런 동물들이 많이 있다는 것쯤은 알고 있었다. 다만 그게 누구인지에 대해서 작은 동물들 사이에서 설왕설래가 있었다. 시치미 군은 부이장 마사이코끼리 캐논 아니면 행정특보인 유학파 하마 맨드로가 가장 강력한 반대파일 거라고 삐죽거렸다.

"혹시 누구인지 말해주실 수 있나요? 이건 이장님과 저만의 비밀로 해둘게요." 이런 질문을 던지고 나니 요수는 자신이 고위 정치인들을 상대하는 정치부 국장급 중견기자가 된 듯했다. 요수에게 얼굴을 얻어맞은 그 국장도 매일같이 식당에서 술집에서 호텔에서 사우나에서 이러고 있을 거 아닌가.

"누군지 알고 싶겠지만 그건 밝힐 수 없어요. 왜냐하면 음, 그들도 모두 나름의 이유가 있기 때문이지요. 나는 재선에 성공하면 그들을 충분히 설득해서 내가 공약한 정책을 하나씩 실천해나갈 겁니다. 암 그래야지요. 그래야 나를 믿고 지지해준 동물들의 뜻에 부합하지 않겠습니까? 그리고 우리 모두는 더 행복해질 권리가 있지요. 그런데…"

하요가 잠시 말을 멈췄다. 그때 요수의 똥구멍에서 방귀 한 줄기가 나왔다. 뽕.

방귀다! 오늘은 수월하게 똥을 눌 수 있을지도 모르겠는걸? 하요를 변소에서 만난 것, 이렇게 나란히 앉은 것, 대화를 나누게 된 것, 오늘은 정말 아침부터 모든 것이 행운의 연속이구나 싶었다. 그의 속 깊은 대화와 묵직하고 부드러운 음성 덕택이었다. 그런 하요의 목소리처럼 강하고 부드럽게 아랫배에서 신호가 밀려왔다.

"다음엔 더 큰 곳으로 갈 거예요. 이장으로서 임기를 한 번 더 성공적으로 마치면 더 큰 정치가가 되고 싶습니다. 아 이런 이야기는 아무에게도 안 했던 건데…" 요수는 흠칫 놀랐다. 현직 이장님이 이런 비밀스러운 이야기를 나에게 하다니. 아랫배가 더 기분 좋게 살살살 아파왔다. 그리고, 뽀오옹. 쾌변을 약속하는 경쾌한 방귀가 또 나왔다.

우리 자랑스러운 이장님이 더 큰 일을 하는 정치가가 된다, 이런 생각을 하니 요수도 덩달아 희망에 부풀었다. "그럼요. 이장님께서는 더 큰 일을 하셔야 돼요. 그래서 더 많은 동물들이 행복해질 수 있다면요." 하요가 화답하듯 똥을 다 누었음을 알리는 방귀를 뀌었다. 뿌우우우우웅. 그와 동시에, 툭, 툭, 툭, 놀랍게도 요수의 똥구멍에서 무려 세 덩어리의 똥이 밀려 나왔다.

"이야!" "변비로 고생하고 있나 보군요. 정말 축하합니다. 내가 겪어봐서 아는데." "감사합니다. 이장님을 만나서 훌륭한 이야기를 듣고 제가 기분이 좋아졌나 봅니다." "그래요? 허. 허. 허." 하요가 웃었다. "허. 허. 허. 허. 허. 허. 허. 허. 허." 큰 몸집을 들썩이며 하요가 숨이 넘어갈 것처럼 계속 웃었다. 요수는 자신도 모르게 하요를 따라 웃었다. "하. 하. 하. 하. 하. 하. 하. 하. 하." 하요도 웃고 요수도 웃었다. "허. 허. 허." "하. 하. 하."

하요는 계속 웃었다. "허… 허. 허. 허허… 허. 허." 요수는 웃음을 그쳤지만 하요의 웃음은 계속 이어졌다. 그런데 웃음소리가 조금씩 변하기 시작했다. "허. 하… 커. 커. 커… 카. 카. 카…" 더 크게 웃을수록 하요의 몸도 더 크게 들썩거렸다. "카. 카. 카. 카… 아. 미… 안. 하. 네… 정. 말… 카. 카… 으. 허. 허. 커. 커. 커… 오. 호. 호. 호… 카아. 아. 하. 하… 미안하네, 이거 정말. 으… 흐. 흐… 하. 히. 히. 하…" 하요는 웃다가, 미안하다고 말하다가, 다시 계속 웃었다.

"사는 건 즐거운 거죠?" 요수는 휴지를 곱게 접어 똥을 닦아 구덩이 아래로 휙 던졌다. 하요의 웃음소리가 점점 작아졌다. "그렇습니다. 흐. 흐. 특히, 이렇게 좋은 분을… 흐. 흐. 만나면…요. 하. 하… 마치 스트레스가 다… 으. 흐. 흐. 풀리는 듯해요. 하. 하. 하.

아… 이거 참… 미안하네… 허. 허. 으. 흐. 흐." 하요는 웃음을 애써 참으려는 듯 입을 틀어막은 채 몸을 들썩들썩거렸다. 요수는 휴지와 책을 집어 들고 자리에서 일어났다. 오래 앉아 있었지만 조금도 다리가 아프지 않았다. 칼럼을 어떻게 쓸지 구상도 마쳤겠다, 하요와 즐겁게 대화를 나눈 덕분이었다.

'생각하는 동물'. 아무리 생각해도 근사한 제목이다. 과장 없는 사실성을 가장 중요하게 생각하는 요수는 오늘 아침의 이 대화를 차분하게 정리하는 것만으로도 훌륭한 글이 될 거라고 확신했다. 먼저 마을의 작은 동물들을 대변하는 시치미 군의 불만 섞인 이야기부터 적을 것이다. 하지만 가장 중요한 건 이장 하요와의 만남이었다. 정치가로서의 진면목을 볼 수 있었던 그의 목소리를 독자들에게 생생하게 전달해야겠다고 생각하니 요수는 어깨가 무거워졌다.

요수는 하요의 호탕한 웃음과 가녀린 웃음을 한꺼번에 들었다. 그가 강직한 성품과 여린 감성을 함께 지녔다는 사실을 있는 그대로 보여주는 것이다. 특히 그의 배려심은 놀라웠다. 하요는 웃음소리가 혹시 폐를 끼칠까 봐 요수에게 끊임없이 미안해했다. 보통 요수 주변의 나이 든 동물들은 어린 동물들에게 미안하다고 말하는 법이 없는데 말이다.

요수는 이번 칼럼이 혹시 얼마 남지 않은 선거에 문제를 일으키는 건 아닐까 생각도 했다. 하지만 그렇게 되어서 하요의 재선에 도움이 된다면 오히려 더 좋겠다 싶기도 했다. 요수는 자신이 비록 현직 기자는 아니지만 여전히 언론인으로서 살고 있다고 믿었다. 그리고 정직한 방법으로 세상의 모습을 알리는 것이 언론인의 소명이라고 믿었다.

 은사께는 죄송한 일이지만 칼럼니스트 일을 그만두고 하요를 돕는 정책 자문역이나 언론특보 일을 하는 건 어떨까 싶기도 했다. 자신보다 더 유능한 언론인들이 하요의 주변에는 많이 있을 것이다. 하지만 직위가 무슨 상관이겠는가. 국장의 얼굴에 주먹을 날리고 시골 촌구석에 들어와 살고 있지만, 요수는 스스로에게 늘 떳떳하게 살아왔다고 자부할 수 있었다.

 당장 높은 직책을 맡는 것은 힘들더라도 하요의 밑에서 정책이 잘 집행되도록 돕는 그 어떤 일이라도 맡을 수 있다면 얼마나 보람찬 일일까. 요수는 지금 이 순간 새로운 삶의 나침반과 운명의 타로카드가 주어졌음을 본능적으로 직감했다. 기자 생활을 때려치우기로 마음먹은 그날도 그랬다.

 적지만 모아둔 돈이 있으니 당장 돈이 아쉽지는 않을 것이다. 어쩌면 처음엔 거의 무보수로 일을 하게 될는지도 모른다. 그러나 그렇더라도 가장 의미 있는 일을 하면서 젊은 날들을 보내는 것, 이보다 더 중요한 일이 어디 있겠는가 생각하니 용기가 났다. 리스도 내 뜻을 다 이해해줄 거야. 만일 이장님이 재선에 성공하고 더 큰 정치가가 되기 위해 총선거에 나간다면 분명히 그다음은 더 큰 꿈을 펼칠 수 있는 기회와 무대가 주어질 거야. (자, 이 모든 생각은 거의 이삼초 안에 일어난 것이다.) 기껏 마감시간에 쫓기고 욕이

나 먹는 글쟁이 기자 따위들은 꿈도 꿀 수 없는, 아주 커다란 꿈의 무대 말이지.

요수의 아버지는 원래 작은 농장을 경영하는 농부였다. 유산으로 받은 땅이 전 재산이었는데 부동산 개발 붐을 타고 땅값이 천정부지로 뛰자 아버지는 벼락부자가 되었다. 그때부터 아버지는 선거라는 선거에는 다 나갔다. 브로커들이 아버지의 네 다리를 붙들고, 형님 이번엔 한번 나가셔야죠, 자네 아니면 이 일들을 누가 하겠나, 형님 이번에는… 자네 이번 한 번만 더… 형님… 자네… 형님… 자네…, 아버지를 끊임없이 꼬드겼다. 그리고 귀가 얇은 아버지를 기다린 건 참담한 현실이었다. 낙선, 낙선, 줄줄이 낙선이었다. 이유는 간단했다. 아버지는 농사꾼이었기 때문이다.

결국 아버지는 그 많은 재산을 다 날리고도 선거에 나가, 또다시 낙선에 낙선을 거듭한 뒤 시름시름 앓다 화병으로 돌아가셨다. 가슴에 한이 맺힌 어머니는 요수가 어릴 때부터 선거나 정치와는 거리를 두고 살라고 신신당부를 했다. 똥과 정치는 제일 멀리해야 한다, 요수야. 어머니는 요수의 귀에 못이 박이도록 가정교육을 했다. 그 탓인지 기자 시절부터 요수는 선거에 미친 동물들을 인간보다 못한 존재로 여기며 살아왔다.

하지만 오늘 요수는 다른 비전을 보았다. 개안(開眼)한다는 것이 이런 것이구나. 그동안 나는 얼마나 편견에 가득 차 있었던가. 요수는 깨달았다. 세상에 태어났다면 후회 없이 큰일을 위해 뜻을 펼쳐보는 것이 삶이다. 하나뿐인 삶을 위해 멋진 승부를 걸어보는 것. 그것이야말로 정치의 핵심이구나. 이건 예전의 나와 같이 작고 소박한 삶에 안주하는 이들은 결코 꿈꿀 수 없는 원대한 야망이 구나. 요수는 다음 칼럼의 제목을 '우리의 위대한 야망'으로 정해 야겠다고 마음먹었다. 그러기 위해서는 꼭 하요를 다시 만나야겠 다 싶었다. 이런 기회는 자주 오는 것이 아니니 말이다.

   요수는 용기를 내어 진지하게 말을 꺼냈다. "이장님. 사실 저는 전직기자이고요, 지금은 칼럼을 쓰고 있는 요수라고 합니다. 보시 다시피 친칠라토끼예요. 오늘 아침 이 짧은 시간 동안 이장님의 말씀을 듣고 정말 깊은 감명을 받았습니다. 덕분에 많은 생각도 하고 똥도 잘 쌀 수 있었고요. 허락하신다면 이장님의 이야기를 조금 더 담아서 좋은 칼럼을 쓰고 싶습니다. 제가 시사주간지『동물세계』에 칼럼을 연재하고 있거든요. 정통 시사주간지입니다. 아주 정통… 뭐 잘 아시겠지만… 젊고 패기 있는 뭐 그런… 정론지 이지요. 혹시라도 이 잡지를 별로 안 좋아하신다면… 뭐… 암튼… 아… 전 프리랜서입니다. 그래서 말인데요. 혹시 시간을 좀 내주 실 수 있으신지요. 물론 이장님 편하신 시간과 장소에 제가 맞추 겠습니다. 얼마나 바쁘시겠어요. 저는 프리랜서니까 시간은 얼마 든지 이장님께 맞출 수 있습니다."

   순간 하요가 입을 가리고 있던 손을 슬그머니 떼더니 고개를 옆으로 돌려 요수를 쳐다보았다. 하요의 커다란 눈이 요수의 눈과 정확하게 마주쳤다. 요수는 깜짝 놀랐다. 요수는 지금까지 살면서 그렇게 크고 강한 눈빛을 본 적이 없었다. 각막에 얼굴이 또렷하게 비칠 정도로 하요의 눈은 검고 깊고 맑았다. 요수는 다시 한 번 감탄했다. 아!

하요의 밑에서 일하게만 된다면 정말 조금의 후회도 없을 거라는 확신에 마침표를 따앙, 하고 찍는 기분이었다. 더 자주 만나서 빨리 자신을 알리고 싶었다. 난 명색이 글쟁이 아닌가. 우선 멋진 글로 나를 알려야겠다. 그러려면 어서 근사하게 칼럼을 써야겠다. 그 생각뿐이었다. 내 글을 보면 그의 마음도 흔들릴 것이다. 요수는 믿어 의심치 않았다.

그런데. 그 크고 검고 깊고 맑은 하요의 눈에 무언가 낯선 구석이 있었다. 그때 하요가 입을 열었다. "내가… 어… 그러니까…" 하요의 입술 아래로 끈적한 침이 한 방울 뚝 떨어졌다. "내가… 아까… 어… 그랬지?" 낮고 조용조용한 하요의 목소리가 갑자기 낯설게 들려왔다. "어이. 내가… 아까… 어… 내가… 그랬…지…? 기억…해…?" 요수는 갑자기 반말을 하는 하요의 굵직한 목소리에 적잖이 당황했다. 혹시 내가 실수라도 한 건 아니겠지? 내가 높은 어르신을 너무 편하게 대했나? 요수는 덜컥 겁이 났다. "혹시라도… 제가 주제넘게 굴었다면…" 그런데 요수의 말이 채 끝나기도 전, 하요가 갑자기 요수의 두 귀를 커다란 손아귀로 꽉 움켜잡더니 번쩍 들어올렸다.

"으아악… 아파…요…" 요수의 몸이 괘종시계 추처럼 좌우로 흔들거렸다. 하요는 더 세게 요수를 이리저리 흔들었다. "놓아…주세요…. 왜…이러…세요…" 요수가 아무리 울면서 애원해도 하요는 아랑곳하지 않고 흥얼흥얼 노래를 부르며 왔다갔다 요수의 몸을 흔들더니, 다시 뱅뱅 돌려도 봤다가, 다시 좌우로 앞뒤로 흔들었다. 그러다가 자신의 큼지막한 얼굴을 쑤욱, 들이밀었다.

"내가, 미안하다… 그랬지…?"

그제야 요수는 알았다. 하요의 눈이 왜 그리 낯설었는지.

그 크고 검고 깊고 맑은 두 눈엔

눈동자가 없었다.

"이장님…" 하요는 요수의 애원을 들은 체도 하지 않고 다른 손으로 요수의 두 다리를 잡았다. 마치 야생동물을 잡아 구워먹는 인간들처럼 요수의 몸을 일자로 쭉 폈다. 그러곤 짤막하고 굵은 자신의 한쪽 다리를 들고 요수의 몸을 양다리 사이에 끼웠다. 하요는 일자로 잡아당긴 요수의 몸으로 슥슥, 똥을 닦고 나서 요수를 반대편 벽으로 냅다 던져버렸다.

쿠우우웅.

변소 밖이 갑자기 소란스러워졌다. 무당개구리 비서들이 팔짝팔짝 뛰어 들어와서 요수의 양쪽 귀를 열었다. 중창단이 유니즌으로 노래하듯이 비서들은 요수의 귀에 대고 스테레오로 "그런 개그 하지 말란 말이야~" 그리고는 다시 아주 공손한 목소리로 "목욕비 하십시오오~" 하면서 똥이 잔뜩 묻은 요수의 등과 얼굴에 지폐를 한 장씩 탁, 탁, 붙였다. 그들은 하요의 양팔에 폴짝 뛰어 매달린 채 유유히 변소를 빠져나갔다.

기적의
물

목군은 늘 잠이 부족했다. 아무리 그래도 그렇지 어제처럼 만 25시간을 잔 건 너무했다 싶었다. 어젯밤에는 왜 그렇게 많이 잤을까? 머리도 아프고 허리도 아팠다. 앞으로 꼬박 만 하루는 못 잘 것이다. 잠이 덜 깬 목군은 가볍게 스트레칭을 하며 사흘 전 싱크대 한쪽에 설치한 정수기 앞으로 갔다. '기적의 물'. 흰색 고딕체로 큼지막하게 글자가 박힌 자주색 정수기가 보였다. 며칠 전에 우연히 산 것이다.

"아우, 걱정 마시구요. 이건 정말 기적의 물맛입니다. 아는 분들은 다 알아요." 전화기 너머로 들려오는 세일즈맨의 목소리는 과하다 싶을 만큼 친절했다. "만일 아니다 싶으면요?" 세일즈맨은 잠시 머뭇거리더니 "아, 그럼 다시 공기청정기로 반환해드리죠, 한 달 안에는 얼마든지요." 목군은 어차피 정수기나 공기청정기나 매달 내는 렌탈비도 비슷하겠다, 속는 셈 치고 전화로 덜컥 구두계약을 해버린 것이다.

　다음 날 아침, 기사가 집으로 왔다. "저기 정수기 아래에 램프 보이시죠? 빨간색 불빛이 깜빡거리면 저희에게 바로 연락하세요. 서비스 요원이 올 때까지 임의로 기계를 분해하거나 물탱크를 여시면, 절대 안 됩니다." "그냥도 아니고, 절대, 안 된다구요?" "네. 저희야 뭐, 교육받은 대로 말씀드리는 것뿐입니다. 혹시라도 기기에 문제가 생길 수 있다는 거니까요." 기사는 멋쩍게 웃으며 좋은 하루 되십시오, 꾸벅 인사를 하고는 뒤도 돌아보지 않고 가버렸다.

　기사가 떠나자마자 목군은 '기적의 물'에 대해 인터넷 검색을 해봤다. 결과는 실망스러웠다. 그저 그렇다, 잘 모르겠다, 후회된다, 이런 반응이 대부분이었다. 그리고 정수 시스템을 개발했다는 연구소의 웹사이트에는 정수의 원리에 대해 설명하는 내용도 없고, 부진한 판매실적 때문인지 제대로 관리조차 되지 않는 듯 보였다. 이러다가 정수기 생산이 아예 중단되는 건 아닌가 싶을 정도였다.

　목군의 소원 중 하나는 정말 '맛있는 물'을 마시는 것이었다. 어린 시절 집 앞마당에는 커다란 우물이 있었는데 부모님은 손펌프로 물을 길어, 씻고 마시는 건 물론이고 집안일을 다 했다. 특히 목군의 할머니는 식구들이 마시는 물을 커다란 대야에 따로 받아놓았다. 매일 새벽 할머니는 그날 하루 동안 식구들이 마실 물부터 길어놓고 기도를 했다. 우리 새끼들 건강하게 해주시고…, 컴컴한 우물가에서 머리를 조아리며 기도를 하는 할머니의 뒷모습은 목군의 기억에도 아주 선명하게 남아 있었다.

그 물은 어떤 음료수보다 달았다.

식구들이 모두 모인 아침밥상 위에 오른 누런 놋쇠주전자 안의 물도, 여름날 팬티만 입은 목군을 목욕시키며 할머니가 떠주던 주황색 플라스틱 바가지의 물도, 그렇게 시원하고 달 수가 없었다. "할머니. 원래 물은 다 이렇게 달아?" 그럴 때마다 할머니는 웃으며 "할매가 기도를 해서 그래. 우물신이 할매 기도를 다 잡숴서 그래." 그러면 어린 목군은 아, 그런가 보다. 정말 우리 할매가 정성으로 기도를 해서 우물신이 물맛을 달게 만들어주나 보다고 생각했다.

할머니가 돌아가시고, 세월이 흘러 목군의 식구들은 모두 뿔뿔이 흩어져 살게 되었다. 목군도 혼자 산 지 벌써 10년째다. 하지만 옛 집을 떠난 이후로 목군은 어릴 적 그 물만큼 달고 시원한 물을 마신 기억이 없었다. 할머니가 안 계신 지금, 목군을 위해 기도해줄 사람도 없기 때문은 아닐까 싶기도 했다. 다만 언젠가 어릴 적 그 우물물처럼 달고 맛있는 물을 한 번이라도 마셔볼 수 있다면 참 좋겠다, 생각만 할 뿐이었다. 그러던 어느 날, 우연히 펼친 한 단짜리 신문광고가 눈에 들어왔다. 광고 문구는 단순했다.

'기적의 물'을 드립니다.

더는 아무런 설명도 없었다. 유명 광고모델이 등장한 것도 아니었다. 조잡하게 그려진 오래된 우물을 배경으로, 무슨 무슨 박사라며 흰 가운을 입은 남자가 물이 든 컵을 들고 서 있었는데 그의 옆에는 유치하리만큼 큰 자주색 정수기가 하나 놓여 있었다. 그런데 그 광고가 이상하게도 목군의 눈을 사로잡았다. 광고 아래엔 '공기청정기, 비데 등 각종 가전제품 상담환영'이라는 문구가 작게 적혀 있었다. 목군이 처박아둔 공기청정기를 만든 바로 그 회사, 모동전자의 광고였던 것이다.

목군은 정수기에서 물 한 잔을 따라 죽 들이켰다.

어, 달다? 이 물. 왜 이렇게 달지?

목군은 수돗물로 입을 몇 번 헹구곤 다시 한 모금을 마셨다. 목구멍으로 넘어온 물이 서서히 퍼지면서 온몸을 흔들어 깨우는 듯했다.

맛있어. 믿을 수가 없어.

목군은 그동안 수많은 종류의 생수며 약수를 마셔보았지만 이렇게 달고 시원한 물은 어릴적 그 우물물 이후 처음이었다.

찾았어. 찾았어!

"무슨 일인데? 생일은 내일이잖아?" "아무튼 빨리 와봐. 보여줄게…, 아니 하여튼 뭐가 있어." 목군은 여자친구 화영에게 달뜬 목소리로 전화를 걸었다. 화영은 저녁 무렵 목군의 집으로 왔다. 현관문을 열고 들어선 화영에게 목군이 곧바로 물 한 컵을 건넸다.

"이 물, 마셔봐." 환하게 웃으며 물컵을 건네주는 목군의 모습에 화영은 의아한 표정을 지었다. "빨리." 목군이 계속 보채자 화영은 컵에 든 물을 한 모금 마셨다. 꼴각. "어때?" "……" "어때?" "물이네." "물이지 물론. 근데 좀 다르지 않아?" "좀 단 것도 같고. 좀 쓴 것도 같고. 뭐 탔어?" "아니. 아무것도 안 탔어." "그냥 물맛이네 뭐." 목군은 답답하다는 듯이 "이 물맛은 정말 다르단 말야. 잠깐 기다려" 하더니 곧바로 집 앞에 있는 상점으로 달려가 다른 종류의 생수 두 가지를 사 들고 왔다.

"자, 우리 집 물맛이랑 비교해봐." 목군은 세 병의 물을 화영에게 하나씩 내밀었다. "먼저 1번." 꿀꺽. "2번." 꼴각. "3번." 꾸울꺽. "어때? 어때?" "물이네. 물맛이네." "물이지 물론. 근데 좀 다르지 않아?" "아이, 좀 그만해 이제."

"내가, 내가 맞혀볼게. 안 볼 테니까." 목군은 안타깝다는 듯 직접 블라인드 테스트를 해보겠다고 우겼다. 화영은 목군이 시키는 대로 세 종류의 물을 컵에 각각 따랐다. "알았어. 자 1번." 꿀꺽. "2번." "잠깐. 잠깐. 좀 있어봐." "2번!" 꼬오올… "다음…" "좀 있어봐!" …깍. "3번." 꾸우우울꺼어어어억. "이제, 맞혀봐. 맞힐 수 있겠어?" "다른 건 모르겠고." "모르겠고?" "3번이야. 3번이 우리 집 물이야."

화영은 싱거운 듯 손뼉을 짝짝 치며, "아이 우리 자기. 참 잘했어요. 셋 중 하나니까 뭐." "못 믿겠으면 다시 해봐. 얼마든지 다시 해봐." "알았어. 알았다고. 자기 예민해. 아주 예민하세요."

뭐? 예민해? 내가 예민해? 내가 예민하다고? "나, 안 예민해." "아냐, 자기 예민해." "예민한 게 뭔데?" "까탈스러운 거." "그건 예민한 게 아니라 까탈스러운 거지." "그게 그거야." "그게 그거 아냐." "거 봐, 되게 예민하잖아." "말도 안 되는 소리를 하니까 그렇지." "그래, 알았어. 안 예민해. 그냥 까탈스러워. 됐어?" "그래, 내가 예민하다 치자. 그래서 성가셔?" "응. 가끔." "왜 성가셔?" "이상한 거 자꾸 따지잖아." "뭐 어떤 거?" "물맛이 어떻고 저떻고…" "그게 왜 이상한 거야?" "이상하지. 똑같은 물인데." "똑같다고 다 똑같냐?" "그럼 뭐가 다른 건데?" "뭐든." "뭐든, 뭐?" "그냥… 뭐라도. 사람들이 다 다르듯이. 물도 그래." "물은 똑같이 생겼잖아." "안 똑같다니까." "봤어?" "아니. 안 보여도 난 알아." "웃기시네." "자기는 그럼 물이 다 같아 보여? 자 다시 해봐. 다시 해보자고."

화영은 조금 화가 난 듯 "좋아. 이제 다시는 이 이야기 안 하는 거다" 하면서 싱크대에서 새로운 컵을 꺼내왔다. 목군은 화장실로 가서 콘택트렌즈를 빼고 돌아왔다. "나 아무것도 안 보인다 이제. 알았지?" "딴소리 없기야 이제" 하며 목군은 화영이 가져온 컵 세 개를 수세미로 박박 씻어 물로 헹군 뒤, 화영의 앞에 나란히 엎어 놓았다.

화영은 목군이 뒤돌아 있는 동안 컵에 물을 따랐다. "자. 진짜 마지막이야. 먼저 1번." 목군은 1번 컵을 받아 들었다. 한 모금 물을 머금었다. 많이 들이켜면 맛을 알지 못한다. 조금만 머금고… 이리저리 굴리면서… 눈을 감았다. 물이 이 사이사이로 스며드는 게 느껴졌다.

1번 물은, 뭐랄까… 봄 같았다. 아주 나른한 봄. 나비가 날고 벌이 몰려들 만큼 꽃이 피지는 않았지만 그래도 조금씩 꽃망울이 맺어가는 그 3월 말, 4월 초의 봄 말이다. 아직 차가운 겨울기운이 가시지 않았지만, 그래도 조금씩 몸을 데워주는 봄기운 같은 그런 물이었다. 쌀쌀한 밤과 따뜻한 낮이 부딪히며 한 방울씩 몸속으로 스며드는 물이었다. 너무 차갑지도 너무 뜨겁지도 않았다. 물은 아무런 위화감 없이 순식간에 입안으로 사악, 스며들었다.

"자, 다음. 2번."

2번 물은 썼다. 입맛을 다시 쩝쩝 다셔봐도 썼다. 이런 물은 팔면 안 되는 물인데. 굳이 표현하자면, 마치 화영이 전화를 받지 않는 한밤의 기분 같다고 해야 할까. 그녀가 걱정되고, 그녀와 나와의 관계가 걱정되고, 그녀를 의심하는 내가 걱정되고, 그녀로부터 받을지 모르는 상처가 걱정되고, 아무 일도 일어나지 않았을 테지만, 그녀는 잠시 전화를 못 받고 있을 뿐이지만, 혼자서 이런저런 공상으로 잠들지 못하게 하는 이런 빌어먹을, 바로 엊그제 밤 같은 그런 맛. 그랬다. 물은 그리 좋지 않은 입맛만 남기고 목구멍으로 쓸려 내려갔다. 패스.

3번. 아, 여름이다. 환하게 만개한 채송화 같은, 울창하게 피워낸 플라타너스 잎 같은, 그리고 기분 좋게 흘러나오는 땀과 햇살. 얼굴을 따끔거리게 만드는 햇살과 입에서 적당하게 차오른 열기. 후… 물을 다시 한 모금 마셨다. 온몸에 땀이 흐르는 것 같았다.

온도와 성질은 관계 없어. 온도는 낮아도 뜨거운 맛이 있고, 온도는 높아도 차가운 맛이 있으니까. 사람과 마찬가지지. 온도는 바꾸기 쉬워도 성질은 변하지 않으니까. 근데 달지는 않네.

"자, 몇 번이 자기네 집 물이니?"

앗. 그런데 이상하다. 이상해. 우리 집 물맛은 이렇지 않은데. 눈을 뜬 목군은 당황했다. "그러니까 우리 집 물맛은 뭐랄까. 마구 달아. 달거든. 어떻게 다냐면 그건 꼭 느지막한 여름 오후 햇살에 말린 빨래에 얼굴을 파묻었을 때, 딱 그때의 느낌이야. 시원하면서도 따뜻해. 그리고 달아. 계속 몸을 비비고 싶어져. 아니 혀에서 잘 떨어지지 않아. 그런데, 이 중에서 그런 물은 없는데? 어떻게 된 거야?"

"진짜 환자네." 화영이 부엌으로 가서 커다란 유리병에 담긴 물을 보여주며, "자, 1번이 니네 집 물이다. 이제 끝! 끝!" "아냐, 아냐, 분명히 아냐." 화영의 목소리가 커졌다. "너, 진짜 이상해." "이상해? 내가 뭐가 이상한데?" "그만하자고 했지?" 목군은 억울하다는 듯 자꾸만 아니라고 말했다. "아니야. 아니야. 분명히 우리 집 물이 아니라고. 그 맛이 아니었다고."

"그만 좀 해!" "뭘 그만해! 무슨 짓을 한 거야, 물에?" "무슨 짓이라니. 자 봐. 이게 다야." 화영이 물병을 손에 쥐고 팔을 앞으로 죽 뻗었다. "니네 집 물병이잖아!" "웃기지 말고!" "진짜 웃긴 건 너고, 난 갈래." "야, 어디 가! 어디 가!" 탁 소리를 내며 현관문이 열리고 화영은 성큼성큼 마당을 가로질러 밖으로 나가버렸다. 쾅, 대문 닫히는 소리. 삑, 삑, 문이 제대로 닫히지 않았습니다. 다시 콰아앙. 삐익, 딩동. 문이 닫혔습니다.

목군은 다시 정수기물을 따라 마셔보았다. 내가 맞아. 내가 맞았다고. 이런 물맛은 없었단 말이야. 목군은 다시 상점으로 달려가서 세 개의 유리잔과 또 다른 두 가지 생수를 사왔다. 새 유리잔을 뜨거운 물에 오랫동안 담근 뒤 씻었다. 그러곤 1, 2, 3이라고 쓴 종이를 접어 컵 아래에 각각 붙였다.

유리잔에 세 종류의 물을 따랐다. 1번은 고수사 생수. 2번은 올리메사 생수, 그리고 3번은 기적의 물. 목군은 눈을 감고 유리잔을 이리저리 섞었다.

맨 왼쪽 컵. 꿀꺽.
다음. 가운데. 꼴깍.
마지막. 맨 오른쪽 컵. 꾸울걱.

이건 정말 쉬워.
정말 쉽잖아.

맨 왼쪽 물은 아무 맛이 없어. 말 그대로 맹물이야. 고수사 생수야. 오른쪽 물은, 올리메사 생수다. 맛이 강해. 쓴맛도 아니고 신맛도 아니고 굳이 표현하자면 음… 조금 덜 익은 단감 같은 맛. 떫은

맛. 그래 떫은맛이 있어. 우리 집 물은 가운데 거야. 이거야. 이게 3번이야. 혹시라도 내가 틀릴까? 아니야. 그럴 리가 없어. 난 정확해. 아냐 또 모르잖아? 내가 정말 이상한가? 아니라니까. 내 입맛은 정확해. 그래도 혹시 모르잖아? 화영이가 날 속였을 리도 없고…. 아냐, 아냐, 분명히 날 놀린 거였어. 내 입맛은 정말 정확해. 믿어. 믿어. 믿는다…. 그리고, 얼른 컵 아래 종이를 뜯어 펼쳤다.

이것 봐, 이것 봐! 내가 예민하다고? 니가 둔한 거지. 정말 완벽한 증거지? 참, 동영상을 찍어두는 걸 깜빡했네. 목군은 얼른 화영에게 전화를 걸었다. "여보세요? 자기 아까 진짜 무슨 짓을 한 거야? 혼자서 다시 해봤어. 물론 다 맞혔지. 자기야. 화영아. 솔직히 말해줘. 나 놀린 거지? 아까 대체 무슨 짓을 한 거야? 우리 집 물 없었… 잠깐. 잠깐… 끊지 마. 끊지 마! 끊지 마!! 여보세요? 여보세요? 여보세요!!" 목군은 다시 전화를 걸었지만 화영은 받지 않았다. 다시 전화를 걸자, 전화기가 꺼져 소리샘으로 연결됩니다, 기계음이 들렸다. 이런… 이런 게 내 여친이야? 응? 응?

미웠다. 아무리 말을 해도 믿어주지 않는 화영이 미웠고, 자신을 속인 화영이 미웠고, 화영이가 미운 자신이 미웠고, 전화기를 꺼놓은 화영이 미웠고, 꺼진 화영의 전화기 앞에서 좌절하는 자신이 미웠다. 괴로웠고 외로웠다. 냉장고 문을 열고 야채칸 서랍을 잡아당기자 소주 두 병이 앞으로 데구루루 굴러 나왔다. 한 병을 집어 후두둑 돌려 따서는 유리잔에 콸콸 부었다.

'한 시간 먼저 깨세요. 다른 느낌 다른 아침'

소주 맛도 다르다는데 물은 왜 안 달라? 왜 그걸 몰라 왜? 그리고 내가 예민해? 그래. 예민하다 치자. 예민한 게 뭐 어때서? 목군은 다른 사람은 몰라도 하나뿐인 여자친구조차 자신을 몰라주고 조롱하는 것을 견딜 수가 없었다. 하지만 목군도 알고 있었다. 그나마 화영이기에 1년 넘게 자신을 만나주고 있다는 것을.

그전 여자친구들과는 6개월을 넘기기 어려웠다. 버림받는 건 늘 목군이었다. 그들의 말은 한결같았다. 예민해. 넌 너무 예민해. 오빠 너무 예민해요. 당신은 너무 예민해. 아니 예민한 게 어때서? 뭐가 어때서? 목군은 이해할 수 없었다. 그리고 자신의 어떤 면이 그리 예민하다는 건지도 알 수가 없었다. 그저 귀에 들리고 눈에 보이고 몸으로 느끼는 걸 솔직하게 말하며 살 뿐인데. 그녀들은 항상 예민해, 예민해, 예민해 하며 목군을 떠났다. 그러니 '헤어져'란 말과 다름없는 '예민해'라는 말에 또 예민해질 수밖에.

두 병째. 안주도 없다. 소주도 다른데, 물은 왜, 왜 안 달라. 왜 다르면 안 돼. 왜 다르다고 말하면 안 돼. 목군은 고개를 푹 숙인 채 벌컥벌컥 마셨다. 화영이도 떠나가겠지? 그러면 나는 어떻게 살지? 날도 추워지는데. 난 이젠 진짜 자신이 없는데… 결혼도 하고 싶은데…. 머릿속이 아득해졌다. 천장이 빙그르르 돌았다. 그냥 미안하다고 해버릴까. 다시는 물 얘기 따위 안 하겠다고 할까. 울어버릴까. 근데, 근데 전화는 왜 꺼놨을까. 내가 그렇게 싫어하는 거 잘 알면서….

목군은 전화기를 들어 다시 화영의 번호를 눌렀다. 하지만 여전히, 전화기가 꺼져 있으므로 소리샘…. 가슴이 철렁 떨어졌다. 그래 늘 이런 식이더라고. 이런 식으로 끝나더라고. 목군은 실성한 사람처럼 큭큭거리며 웃었지만 눈에는 눈물이 맺혔다. 목군은 눈을 감았다. 굵은 눈물이 한 방울 입가로 흘러내리고. 어, 근데,

눈물이,
달다.

이상해. 눈물이 달아.

그때였다. "니네 집 물맛이 좋으니까 그렇지." 목군은 눈을 번쩍 떴다. 전화기는 그대로였고, 오디오에서는 여전히 피아노 연주곡이 흘러나오고 있었다. 사람 목소리가 들릴 리가 없었다. 취했나. 목군은 남은 소주를 마저 털어 넣고 냉장고 문을 열었다. 김치라도 꺼낼까. 그런데 또다시 소리가 들려왔다. "적당히 좀 마셔." 목군은 그 자리에 얼어붙었다. 분명히, 분명히, 사람 목소리였다.

잘못 들은 거야. 잘못 들은 거라고.

냉장고에 있던 소주 두 병을 다 비운 목군은 찬장에서 소주 한 병을 꺼냈다. 딱 한 병만 더 마시자. 인제 몇 시간 있으면 생일인데…. 다시 소주를 한 모금 들이켜고 어머니가 보내주신 갓김치를 한 조각 입에 넣었다. 그때 다시, "그만 좀 마시라고." 우웩. 입에서 갓김치 조각이 튀어나오고 코로 매운 국물이 흘러들어 갔다. 크어억. 입과 코로 갓김치 국물이 튀어나왔다. 목군은 황급히 휴지를 둘둘 말아 식탁 위로 흐른 국물을 대충대충 닦으며 중얼거렸다. 그래, 올해 생일 진짜 여러모로 죽인다 죽여. 목군은 계속, 죽인다 죽여, 중얼중얼대며 쓰레기통 앞으로 비틀비틀 걸어갔다. 싱크대에 놓인 정수기의 램프가 빨갛게 반짝거렸다. 정수기… 기적의 물… 그래. 넌 적어도 3년은 내 거다. 목군은 정수기를 쓰다듬었다. 기적의 물맛. 난 알지. 나는 알지. 그런데 그때 정수기 램프가 한 번 더 반짝하더니,

"뚜껑이나 좀 열어봐."

분명히 목군에게 말을 걸고 있었다. "누… 누구요?" 잠시 후 가녀린 남자 목소리가 다시 들려왔다. "놀랐다면 미안." 목군은 정수기 앞으로 한 발 다가갔다. "거기 누구… 있어…요? 내가… 취했나?" 그러자 다시 들리는 소리. "뚜껑부터 좀 열어보라고."

목군은 파랗게 질렸다. 슬며시 정수기 뚜껑을 열었지만 맑은 물이 가득 차 있는 베이지색 물탱크만 보일 뿐이었다. 내가 미쳤나? 취했나? 다시 뚜껑을 닫자 "어이, 목군." "누… 누구세요? 그리고 내 이름은 어떻게…?" "고객카드 있잖아. 봤어." 목군이 정수기 뚜

껑을 열자 소리는 더 선명하게 들려왔다. "나, 기적의 물이야."

목군은 의자를 가지고 와서 정수기 앞에 앉았다. "우선, 알아봐 줘서 고마워. 내가 요즘 인기가 영 시들해." "너, 물 맞아?" "아니." "그럼?" "기적의 물." "그게 그거잖아." 한숨 소리가 푸우 하고 들리 더니, "너 나하고도 헤어질래?" 기적의 물이 말했다.

지금 소주를 얼마나 마신 건지 얼마나 취한 건지 이게 당최 무슨 일인지 목군은 도무지 알 수가 없었다. 정말 이상한 날이야. "다르다며? 니가 여친한테 그랬잖아. 물도 다 다르다고. 근데…" 기적의 물이 목군의 목소리를 흉내 내면서 말했다. "그게 그거잖아?" "아. 그래 미안. 기적의 물…" "아무튼 오랜만이야." "오랜만?" "응. 햇수로 정확하게 27년 됐어. 기억 안 나? 너 어릴 때 마시던 물?"

순간 할머니, 우물, 물맛, 옛 동네, 집 등 어릴 적 기억들이 목군의 머리를 스쳤다. "물론 기억하지." "반가워, 오랜만이다." "근데…" 목군이 신기하게 물었다. "이렇게 이리로 왔어?" 물냉그가 잠시 줄렁하더니 "너무 따지지 마. 이거 소설이야 소설." 물소리가 퐁, 들렸다. "그것도 음악 하는 애가 쓰는 소설이라고. 뭘 그리 따지니?"

"미안해." 그런데 이 이상한 상황이 점점 목군에게 현실감 있게 느껴지기 시작하는 것이었다. "근데 나 술 좀 더 마셔도 될까?" "이리 갖고 와서 내 앞에서 마셔. 천천히. 적당히." 기적의 물이 계속 말했다. "아까 그 상황은 내가 다 봤고…" "너는 눈도 있니?" "입을 막으면 눈이 돼." "정말?" "원래 감각은 하나야." "하나?" "하나만 있어도 충분하지." "……" "넌 알 줄 알았는데?" 기적의 물이 다시 말을 이었다. "많다는 건, 없다는 거야."

목군은 소주를 한 모금 삼켰다. "너는 아무하고나 이야기할 수 있니?" "아니." 기적의 물이 낄낄거렸다. "그럼?" "그런 사람이 있어. 그런데 그것도 항상은 아냐. 뭔가가 딱 맞으면 오늘처럼 말이 통할 때가 있어. 아주 어쩌다가." "어떤 사람?" "음… 유전자 이름은 잘 기억이 안 나지만, 아무튼 백만 명 중에 두 명 정도 발견되는 뭐 그런 유전자가 있는 사람." "어떤 유전자?" "이름은 모른다니깐!"

"이름 말고 어떤…" "그 유전자를 가진 사람은…" 기적의 물은 신이 난 듯 점점 빠르게 말했다. "감각을 동시에 못 써." "무슨 말야?" "예를 들면 말이지." "응." "키스할 때…" "응." "너, 눈 떠, 안 떠?" "생각 안 해봤어." "물 마실 때, 눈 떠, 안 떠?" "모르겠어. 모르겠어." 기적의 물이 작게 속삭였다. "알려줄게. 넌…" 목군이 귀를 정수기 쪽으로 갖다 댔다. "…항상 눈을 감아."

내가? 내가 정말? 목군은 신기했다. "넌 눈을 감아. 뿐만 아니라." "뿐만 아니라?" "귀도 닫아." "뭐라고?" 기적의 물이 깔깔대면서 웃었다. "그런 인간 참 드물지." 기적의 물이 웃음을 멈추고, 골똘히 생각에 잠긴 목군에게 물었다. "뭐 생각하니?" "나…" "응. 뭐?" "…예민해?" 그때 물탱크가 출렁출렁하더니, "잠깐 뚜껑 좀 닫아줄래?" "응… 왜?" 목군이 정수기 뚜껑을 닫았다. 그러자 갑자기 우하하하하하, 소리와 함께 정수기가 양옆으로 들썩거렸다. 철썩철썩. 파도 소리가 들려왔다. "얘가 날 웃기네. 우하하하하하하." 머쓱해진 목군이 다시 뚜껑을 열었다. "목군아." "응." "넌 말이지." "응." "그냥…" "……" "섬. 세. 해." 목군이 고개를 저으며 "아니야. 다들 나한테 그랬어. 내가 너무 예민하대. 그래서 성가시대. 까탈스럽대." 기적의 물이 잠시 조용히 있더니 작은 목소리로 말했다. "백만 명 중에 두 명. 알지? 그것만 잊지 마. 그리고…" "응… 얘기해." 눈물이 그렁그렁 맺힌 목군이 고개를 들었다. "감사한 줄 알아."

그래 그렇게. 기운이 난다. 고마워. 기적의 물. 내 친구. 목군은 벌떡 일어나 물탱크 뚜껑을 다시 덮고 컵에 물을 따랐다. 쪼로로록. 잠시 후 이번에는 손에 쥔 컵에서 소리가 들렸다. "잘 자. 목군. 그리고 아까 화영이가 쓴 이 컵 말인데…" "응… 왜?" 의자에서 일어나려던 목군이 물었다. "설거지할 땐 렌즈 좀 끼고 해. 그럼, 굿 나잇!"

목군은 눈을 번쩍 떴다. 집 안은 온통 캄캄했다. 그래도 불은 끄고 잤나 보네. 형광빛 시침이 새벽 2시를 가리키고 있었다. 목군은 부엌으로 갔다. 목이 탔다. 더듬더듬거리며 정수기 앞으로 갔다. 카아, 물을 한 잔 들이켜자 조금 정신이 드는 것 같았다. 정수기 아래 램프는 초록색으로 빛나고 있었다. 이상한 꿈이야. 이상한 꿈이었어. 그런데 이상하게도 소주병, 술잔, 김치통이 뒹굴던 식탁이 깨끗하게 치워져 있었다. 자기 전에 내가 치웠나? 그때 식탁을 드르르르륵 울리는 소리와 함께 휴대폰이 번쩍거렸다.

확인하지 않은 문자메시지 1개
생일 축하해.
화영.

그런데 휴대폰 불빛에 비쳐 무언가가 흐릿하게 보이는 것이었다. 이건 또 뭐지? 가만, 가만. 목군이 화장실에서 콘택트렌즈를 끼고 나왔다. 가느다란 에메랄드빛 유리잔 두 개와 마개가 달린 크리스털 물병 하나가 식탁 위에 놓여 있었다. 그리고 창 너머 보이는 큼지막한 보름달이 거실 소파에 누워 잠든 화영의 뒷모습을 환히 비춰주었다.

애기

제비꽃만큼 작은 사람으로 태어났구나.

―나쓰메 소세키

"우리 할아버지는 키가 아주 작습니다. 할아버지는… 음… 지금 저와는 떨어져서… 살고 계십니다. 할아버지는 키가 원래는 아주 컸는데 지금은 아주 작아요. 할아버지는 사람은 누구나 나이가 들면 작아지는 거라고 하셨습니다. 할아버지는 제가 세상에서 제일 예쁘다고 항상 말씀하십니다. 사람들 눈에 꽃처럼 보이게 해 달라고 아침마다 기도하세요. 할아버지가 안 계시면 저는 너무나 슬플 것 같아요. 할아버지 오래오래 사세요."

산이는 부끄러운 듯 고개를 푹 숙이고 자리로 돌아와 앉았다.

"산이 잘했어. 다들 박수."

짝, 짝, 짝. 짝. 선생님이 박수를 치자 아이들도 따라서 박수를 쳤다.

"자 다음. 누가 할까?"

선생님은 다음 발표자를 찾아 고개를 두리번거렸다. 옆자리에 앉은 우현이가 산이의 허리춤을 툭툭, 쳤다.

"야, 우리 할아버지는 키 커."

산이는 여전히 고개를 숙이고 있었다. 산이는 아이들의 눈을 마주치는 것도 힘들었고 선생님의 눈을 마주치는 것도 그랬다. 그래서 오늘처럼 모든 반 아이들이 빠짐없이 발표를 해야 하는 수업 시간이 죽도록 싫었다. 그래도 오늘은 다행히 할아버지에 대한 이야기였기 때문에 할아버지를 생각하며 겨우 용기를 낸 터였다.

"야, 우리 할배는 키 커."

우현이가 큭큭 웃으며 산이에게 계속 말했다.

"니네 할배 너한테 뻥친 거다!"

산이가 고개를 돌려 발끈했다.

"우리 할아버지 뻥 안 쳐."

"우리 할배는 키 크다니까?"

교단 위에서는 유미가 발표를 하고 있고, 그 사이 두 사람의 목소리가 커졌다. 선생님이 책상을 똑, 똑, 쳤다.

"우현이, 산이, 친구 발표하는 거 들어야지."

산이는 다시 고개를 숙였다. 우현이는 허리를 꼿꼿이 펴고 정면을 바라보았다. 앞을 바라보면서도 우현이는 다시 산이에게 말을 걸었다.

"내기할래?"

산이는 대꾸하기 싫었지만 지기도 싫었다.

"분명히 울 할아버지가 그랬어."

"니네 할배 몇 살인데?"

아차, 할아버지가 몇 살이더라. 몇 살이더라. 나는 열 살인데. 아, 몇 살이더라. 산이는 아무리 생각해봐도 할아버지의 나이가 생각나지 않았다.

"우리 할배는 여든 살이다."

우현이는 가슴을 쫙 펴고 정면을 쳐다보며 산이에게 말했다. 산이는 아무리 생각해도 할아버지의 나이를 알 수가 없었다. 물어본 적도 얘기해준 적도 없었던 것이다. 몇 살이지? 몇 살이지? 우리 할아버지는 몇 살이지?

"…백 살."

갑자기 우현이가 산이를 홱, 돌아보았다.

"그짓말."

산이도 질세라 우현이를 노려보았다.

"맞아. 백 살. 니네 할배 쫌만 더 있어봐라."

그때 다시 짝, 짝, 짝, 짝 아이들의 손뼉 소리가 들려왔다. 딩-동-댕-동- 종소리가 지지직거리며 스피커에서 흘러나왔다.

수업이 끝나고 교문을 빠져 나온 산이는 여전히 할아버지의 나이 생각뿐이었다. 몇 살일까. 몇 살이실까. 백 살은 좀 많았나. 내일 또 난리를 부릴 텐데. 산이는 내일 또 자신을 끊임없이 괴롭힐 우현이를 생각하니 머리가 지끈거렸다. 학교에 오고 싶지도 않았다.

우현이는 산이를 보면 늘 말도 안 되는 일로 성질을 건드렸다.

하지만 산이는 키도 크고 공부도 잘하는 우현이와 싸우고 싶지 않았다. 그냥 좀 내버려뒀으면, 하는 마음뿐이었다. 하지만 산이가 우현이를 피하려 할수록 우현이는 더 재미있다는 듯, 산이의 성질을 슬금슬금 건드렸다. 그런 우현이가 산이는 정말 싫었다.

멀리 길가에 앉아 있는 소훈이가 보였다. 소훈이가 무언가를 유심히 보고 있었다.

"소훈아."

산이가 반갑게 뛰어오며 말했다.

"같이 가자."

소훈이는 산이가 가장 좋아하는 친구다. 얼굴이 하얀 소훈이는 말수가 많지는 않았지만 늘 산이의 이야기를 잘 들어주는 친구였다.

가끔 소훈이는 혼자 골똘히 생각에 잠겨 있는 것처럼 보일 때가 있었다.

"무슨 생각 해?"

산이가 물으면 소훈이는 그냥 씩 웃을 뿐 별다른 말이 없었다. 산이가 잘 이해하기 어려운 얘기를 할 때도 있었다. 언젠가 학교 뜨락에 핀 꽃 한 송이를 뚫어지게 바라보던 소훈이가 이렇게 말했었다.

"참 예쁘다."

산이도 소훈이를 따라 허리를 숙여 꽃을 쳐다보았다.

"에 제비꽃이잖아."

산이는 소훈이에게 뽐내듯 말했다.

"더 예쁜 꽃 많아. 보여줄까?"

봄에 피는 팬지, 여름에 피는 장미, 들국화, 금잔화, 가을에 피는 코스모스, 방울꽃. 이름은 잘 모르지만 계절 따라 여기저기 피어나는 들꽃들…. 산이의 머릿속에서 제비꽃보다 더 예쁜 꽃 이름들이 마구 스쳐 지나갔다. 그때 소훈이가 동그란 잎사귀 위를 기어가는 개미 한 마리를 집어 손바닥 위에 올려놓으며 말했다.

"얘는…"

"……"

"우리가 얼마나 커 보일까?"

그러고는 개미를 다시 잎사귀 위에 조심스레 내려놓았다.

산이는 소훈이가 좋았다. 걸핏하면 딴죽만 거는 우현이와 달리 소훈이와 있으면 늘 기분이 좋았고 시간 가는 줄을 몰랐다. 둘이서 많은 이야기를 하지는 않았지만 아무 말 없이 같이 있기만 해도 좋았다. 할아버지 다음으로 좋아하는 소훈이를 산이는 할아버지에게 자랑하고도 싶었지만 꾹 참고 또 참았다.

"우리 집 개, 애기 낳았다."

"와? 몇 마리?"

소훈이는 손가락 네 개를 쫙 폈다.

"우아. 나 구경하러 가도 돼?"

"응. 그리고 병아리도 있어."

"나 니네 집에 놀러가도 돼?"

"어."

산이는 소훈이를 따라서 소훈이의 집으로 향했다.

"우아!"

소훈이가 쉿, 하며 손가락을 입에 갖다 대었다. 비닐을 조심스럽게 벗기자 라면상자 안에는 손바닥만 한 강아지들이 꼬물거리고 있었다. 검은 강아지 한 마리, 노란 강아지 두 마리 그리고 검고 흰 털이 섞인 강아지가 한 마리. 이렇게 네 마리였다.

"귀여워!"

소훈이가 조심스럽게 검은 강아지 한 마리를 살금, 들어 올렸다. 아직 채 눈도 뜨지 못한 강아지가 입을 꼬물거리고 있었다.

"줄까?"

산이가 소훈이를 바라보았다. 산이는 소훈이가 건네주는 강아지를 두 손으로 받아들었다. 강아지는 아주 작고 가벼웠다. 행여 다칠세라 조심조심 가슴팍에 안았다.

"아…"

그리고 뺨에도 갖다 대었다.

"정말… 따뜻하다…"

눈도 채 뜨지 못한 강아지에게서 비릿하고 시큼한 냄새가 났다. 소훈이는 산이에게서 강아지를 받아 살금, 박스 안에 넣은 뒤 비닐커버를 닫았다. 건너편에는 젖이 통통 불은 노란 어미 개가 옆으로 누워 배를 핥고 있었다.

부엌으로 들어간 소훈이는 바가지에 밥을 잔뜩 담아가지고 나왔다. 뽀얀 국물에 밥알 몇 개가 동동 떠 있었다. 소훈이는 은색 밥그릇에 주르륵 부으며 "많이 먹어. 애기야"라고 말했다. 어미 개는 느릿느릿 밥그릇 앞으로 와서 킁킁거리더니 혀를 내밀고 맛있게 먹기 시작했다.

"얘 이름이 뭐야?"

"애기."

산이가 소훈이의 옆으로 가서 앉았다.

"왜 애기야?"

"그냥. 울 아빠가 데리고 올 때 애기였거든."

집으로 돌아오는 길 내내 산이는 소훈이의 강아지, 아니 애기의 강아지 생각뿐이었다. 한 마리 줘, 그렇게 말하고 싶었지만 꾹 참고 있었던 거다. 산이가 그렇게 말했다면 소훈이는 냉큼 한 마리를 줬을지도 모른다.

하지만 산이는 혹시라도 강아지가 나중에 애기만큼 커져서 할아버지를 물면 어쩌나 걱정이 앞섰다. 대문을 들어설 때까지도 강아지 생각뿐이었지만 대문을 열고 들어서는 순간, 산이는 언제 그랬느냐는 듯 씩씩하게 소리쳤다.

"할아버지!"

산이의 목소리를 들은 할아버지가 안방에서 천천히 걸어 나왔다.

"우리 애기, 학교 갔다 왔나!"

"응, 잘 다녀왔어."

할아버지의 얼굴에 웃음이 환하게 번졌다. 눈꼬리는 아래로 축 처지고 이마에 주름이 잡혔다가 다시 펴졌다.

"오늘 학교에서 할아버지에 대해 발표했어."

"그래? 할배 얘기 할 게 뭐 있다고."

"근데 할아버지. 난 할아버지가 몇 살인지 몰라. 내 짝이 자기 할아버지는 키가 크다고, 할아버지가 거짓말을 한 거라 그랬어."

할아버지가 한 팔을 높이 들면서 웃었다.

"그 할배는 원래 거인이었나 보다."

산이는 맞다…, 내가 왜 그 생각을 못했지 싶었다. 그때 할아버지가 두 손바닥을 다 펼치면서 말했다.

"할배는 백 살이다!"

산이가 손으로 무릎을 탁 쳤다.

"그치, 할아버지? 맞아. 할아버지는 백 살이야!"

코스모스가 흔들리는 논두렁길을 산이는 할아버지와 함께 자전거를 타고 달렸다. 바람이 코끝을 간질이고 멀리 청록색 바닷물 위로 작은 별빛 같은 햇살이 내려앉았다. 온 세상이 눈부셨다.

하… 홉… 산이는 가을바람을 들이마셨다.

"할아버지 꼭 붙잡아야 돼."

"내 걱정은 말고 조심하거라."

할아버지의 목소리가 등 뒤에서 들려왔다. 산이는 할아버지와 산책을 갈 때마다 할아버지를 배낭 안에 쏙 넣고 다녔다. 할아버지는 그 가방에서 고개를 살짝 내밀고 바깥 구경을 했다.

"바람이 진짜 상쾌해."

"그래, 그래 가을이 다 왔네."

산이는 열심히 자전거 페달을 밟았다. 할아버지도 산이도 자전거를 타고 산책하기에 가을이 제일 좋았다. 봄도 물론 좋기는 했지만 꽃가루가 많이 날아다녀서 할아버지가 힘들어했고, 여름은 배낭에 몸을 숨기기에는 너무 덥고, 겨울은 자전거로 달리기에는 너무 추웠다.

"할아버지, 올겨울에는 옷을 다시 만들어야겠어."

"뭘, 그냥 팔다리 좀 걷어 입으면 되지."

자전거가 시멘트 포장길을 지나 울퉁불퉁한 흙길로 들어섰다.

"할아버지 꼭 붙잡아야 돼."

"오냐."

울퉁불퉁한 길을 지나며 배낭이 덜컹거릴 때마다 산이는 할아버지가 걱정이 되었다.

"할아버지 괜찮아?"

"응 괜찮다. 애기야."

그때 길 저편에서 야화가 걸어오는 것이 보였다. 산이는 자전거를 멈췄다.

"안녕?"

양갈래로 땋은 머리에 노란색 원피스를 입은 야화가 먼저 인사를 했다.

"꽃 이쁘다."

"고마워."

야화의 귀 뒤에는 주황색 코스모스 한 송이가 꽂혀 있었다.

산이는 야화가 소훈이만큼 할아버지만큼 좋았다. 아니 조금 다르게 좋았다. 소훈이와는 하루 종일 같이 있고 싶고, 할아버지와는 하루 종일 재잘재잘 이야기하고 싶었다. 그런데 야화는 조금 달랐다. 그냥 이렇게 잠깐잠깐 마주치는 것이 좋았다. 자전거를 타고 가다가 이렇게 우연히 만날 때처럼 말이다.

산이는 언제나 아주 멀리서도 한눈에 야화를 알아볼 수 있었다. 그렇게 야화의 모습이 두 눈에 들어오는 그 기분이 좋았다. 심지어 안녕, 인사만 한 뒤 서로 다른 길을 갈 때, 그 알 수 없는 허전함마저도 좋았다. 하지만 야화와 하루 종일 이야기를 하거나 같이 논다면 그리 좋을 것 같지는 않았다. 아무것도 못 하고 아무 말도 못 할 것 같았으니까.

"어디 가?"

"그냥… 산책. 한 바퀴 돌아."

"나 뒤에 태워줄래?"

산이의 심장이 쿵, 떨어지는 것 같았다.

"아, 근데…"

"그냥 해본 소리야. 나도 지금 어디 가야 해."

야화가 먼저 말꼬리를 돌렸다.

"어디 가는데?"

"시장."

"시장은 왜?"

"우리 할매 신발 찾으러."

야화가 주머니를 뒤적뒤적하더니 쭈글쭈글한 사진 한 장을 꺼냈다. 산이는 사진을 자세히 보려고 고개를 앞으로 죽 내밀었다.

"우리 할매 멋쟁이거든."

사진 속에는 어떤 아줌마가 앉아 있었다.

"니네 할매야?"

야화가 고개를 끄덕이며 사진 속 운동화를 가리켰다.

"할매 생일선물로 주문했거든. 이쁘지?"

길게 땋은 머리에 긴 목, 가는 팔다리. 그리고 무엇보다 약간 위로 올라간 눈꼬리가 야화와 꼭 닮았다. 그리고 환한 주황색 운동화. 야화가 귀에 꽂은 코스모스 색깔이었다.

"저 애기 이름이 뭐라고?"

"야화."

"참 이쁘다."

"얼굴 못 봤으면서."

"할배는 목소리만 들어도 안다. 다 이쁘네."

산이는 신나게 자전거를 몰았다. 길가에는 다양한 색깔을 한 코스모스가 가득 피어 있었다. 하늘거리는 하얗고 빨간 코스모스들이 깔깔대며 인사를 했다. 산이는 일 년 내내 가을이면 좋겠다는 생각을 했다. 화창하고 선선한 날에 자전거도 타고 이렇게 예쁜 꽃들도 볼 수 있으니까.

"근데 할배는 언제부터 키가 작아졌어?"

할아버지는 아무 말이 없었다.

"할배, 자?"

산이는 할아버지를 깨우고 싶지 않아 천천히 자전거 페달을 밟았다. 벌써 해가 뉘엿뉘엿 지고 있었다. 마을 어귀에 있는 집 굴뚝에선 연기가 나고, 소를 몰고 집으로 돌아오는 아이들이 보였다. 참새들이 후드득, 저 멀리 산으로 날아가고 아이들 웃음소리와 아이를 부르는 엄마의 목소리, 털털거리는 경운기 소리가 뒤섞여 들려왔다. 경운기를 타고 어디론가 가는 아줌마들이 산이를 보고 손을 흔들었다.

산이의 부모님은 지금 산이와 떨어져 다른 곳에 살고 있다. 산이가 태어날 무렵 부모님은 어느 도시에서 조그마한 전당포를 운영했다. 하지만 몇 년 전 경기가 나빠지고 사기까지 당하는 바람에 도시를 떠나 도망다니는 신세가 됐다.

하나뿐인 누나는 어린 나이에 시집을 갔다. 들리는 소문에 따르면 부모님은 누나의 신세를 지다가 빚쟁이들의 등쌀에 못 이겨 다시 어디론가 떠난 뒤 행방이 묘연해졌다는 것이었다. 그리고 산이와 할아버지는 한 달 전에 이 마을로 이사를 왔다. 그전에 살던 곳에서는 빚쟁이들이 불쑥불쑥 집이나 학교로 찾아와 도저히 견딜 수가 없었다. 할아버지는 워낙 작아서 도리어 눈길을 붙잡으니까 조심하라며 누나가 일러주고 간 이후, 할아버지는 바깥출입을 거의 하지 않았다. 힘든 일들이 모두 해결되고 식구들이 다시 같이 모여 살 때까지, 할아버지가 사람들 눈에 띄지 않게 하는 것은 산이가 해야 할 중요한 일이었다. 그래서 지금까지 이웃들은 산이가 혼자 살고 있으며 가끔 누나가 찾아와 돌봐주는 걸로 알고 있었다.

산이가 저녁상을 차렸다. 할아버지와 마주앉아 밥을 먹으려면 바닥에 밥상을 놓아야 했다. 할아버지의 밥그릇과 수저는 산이 것보다도 훨씬 작았다. 바닥에 신문지를 깔고 산이는 반찬과 밥을 내려놓았다.

"할배, 많이 드세요."
"오냐. 우리 산이 오늘도 수고 많았다."

산이는 할아버지를 위해 시장에서 가지나물이나 연두부 같은 부드러운 반찬을 샀다. 산이는 이미 혼자서 밥을 차리는 데 익숙했다.

산이는 곁에 없는 아빠 엄마보다 할아버지가 더 좋았다. 할아버지 옆에서 이야기를 하면 할아버지는 산이의 모든 마음을 읽고 있는 것 같았다. 산이가 기쁜 소식을 흥분해서 전할 때면 할아버지도 그 작은 몸집으로 팔짝팔짝 뛰면서 좋아했다. 산이가 우울해하면 할아버지는 무슨 일이냐고 묻지 않고 재미있는 옛날이야기를 해주었다. 그러면 산이는 금방 우울한 기분에서 벗어날 수 있었다.

할아버지가 먼저 숟가락을 놓고 산이가 밥을 마저 먹는 모습을 물끄러미 지켜보고 있었다. 산이가 밥을 한입 베어 물더니 할아버지를 바라보았다.

"할아버지."

"왜 애기야?"

"할아버지 정말 백 살이야?"

할아버지가 눈으로 웃었다.

"백 살 맞다. 할배 백 살이다."

"근데…"

산이가 밥을 꿀꺽 삼켰다.

"…할배는 언제부터 작아졌어?"

할아버지가 두 손으로 주전자를 들고 밥그릇에 물을 조로록 부었다.

"일흔 살?"

할아버지가 고개를 좌우로 흔들었다.

"여든 살?"

다시 고개를 흔들었다.

"그럼 언제?"

할아버지는 잠시 천장을 쳐다보다가 다시 산이를 바라보았다.

"몇 살 때였더라…. 느그 할머니 만난 거."

"할머니?"

"응. 산이 할매."

산이는 밥그릇을 내려놓고 할아버지 쪽으로 몸을 기울였다.

"할머니 얘기. 한 번도 들은 적 없어."

"그랬나?"

할아버지는 다시 무언가 골똘히 생각에 잠기더니 손으로 바닥에 깐 신문지를 만지작거렸다.

"할매 만나고, 아빠 낳고, 산이 낳고…"

할아버지는 웃으며 말했다.

"점점 작아지데…?"

"그럼 진짜 오래됐네?"

"그럼. 조금씩, 조금씩 작아진 거지."

산이가 밥그릇과 수저를 쟁반 위로 옮기고 신문지를 치웠다. 능숙한 손놀림으로 쟁반을 개수대에 넣고 물을 끓였다. 길쭉한 주전자 주둥이에서 하얀 연기가 퐁퐁 뿜어나왔다. 산이는 큰 잔, 작은 잔에 녹차 티백을 하나씩 넣고 뜨거운 물을 따랐다.

"나도 그럼 나중에 할배만큼 작아지나?"

"이쁜 사람들 만나면 작아지게 돼 있다. 애기야."

할아버지는 산이가 따라준 차를 호호 불어 마셨다. 앞마당으로 가을바람이 선듯 불어왔다. 댓돌 틈에서 끼익끼익 귀뚜라미 소리가 들렸다. 그때 대문 밖에서 인기척이 났다.

"애기야, 누가 왔나 보다."

산이는 화들짝 놀라 문밖으로 뛰어 나가며 손짓했다.

"할아버지. 방."

할아버지가 끄응 하며 허리를 펴고 종종걸음으로 방 안으로 들어갔다. 방문이 살그머니 닫히는 것이 보였다.

이 시간에 누구지? 올 사람이 없는데…. 집에 찾아오는 사람이 거의 없었기 때문에 산이는 반가운 마음보다 겁이 덜컥 났다.

"누…구세요?"

"나, 야화."

산이는 눈앞이 아득해졌다. 무엇을 어떻게 해야 할지 몰랐다. 하지만 대답을 한 이상 문을 열어주지 않을 수 없었다. 게다가 문밖에 있는 사람은 다른 사람도 아닌, 야화다.

"잠깐만…"

산이는 할아버지가 눈에 띄는지 살펴보았다. 할아버지는 방으로 분명히 들어간 거지? 덜그럭. 산이가 쇠고리를 잡아당겨 문을 열었다. 문밖에는 야화가 한쪽 손목에 검은 비닐봉지를 걸고, 두 손으로 갈색 종이봉지를 끌어안고 서 있었다. 귀에 꽂혀 있던 꽃은 보이지 않았다.

"들어가도 돼?"

산이는 가만히 서서 아무 말도 하지 않았다.

"그냥 가?"

산이는 그제야 화들짝 놀라며 말했다.

"아냐, 아냐. 들어와."

야화는 여전히 새침한 표정이었다. 산이는 집 안을 둘러보는 야화가 혹시 할아버지를 발견할까 봐 조마조마했다. 혹시라도, 혹시라도 할아버지랑 같이 사는 걸 야화가 알면 어떻게 하지 싶었다.

"이거 먹자고."

야화가 산이에게 종이봉지를 내밀었다.

"뭔…데?"

야화는 아무 말 없이 봉지를 내밀었다. 산이가 봉투를 받아 열어보았다.

"할매 신발 사다가 샀어. 같이 먹자."

봉지 안에는 주황색 홍시 세 개가 들어 있었다. 나랑, 같이 먹으려고 야화가, 감을 사왔어…. 나랑 같이… 먹을 걸 사왔어…. 야화가… 그런데 우리 집은 어떻게 알았을까?

"소훈이가 알더라. 니네 집."

야화는 산이의 마음을 읽은 듯이 말했다. 소훈이? 그렇지. 소훈이랑 우연히 집 앞에서 마주친 적이 있었지. 그때 내가 우리 집이라고 가르쳐줬던가? 아니었던 것도 같고. 그사이에 야화가 마루로 쏙 들어가더니 뒤를 휙 돌아보며 말했다.

"누구랑 같이 있던 거 아냐?"

산이는 눈앞이 캄캄해졌다.

"구경 좀 해도 돼?"

야화는 대답을 기다리지도 않고 안방문을 활짝 열었다. 그 순간 산이는 야화가 건네준 종이봉투를 마당에 철퍼덕, 떨어뜨렸다. 잘 익은 홍시 두 개가 봉지에서 굴러 나와 마당 위에 떨어졌다. 그리고 산이는 집 밖으로 뛰쳐나와 문 옆에 세워둔 자전거를 타고 정신없이 달렸다.

산이는 멀리멀리 사라지고 싶었다. 십분쯤 지났을까. 숨이 가빠왔다. 멀리 검푸른 바닷물 위로 하얗고 커다란 새 한 마리가 날아가고, 허수아비들이 들판에 서 있었다.

창피하고 부끄러웠다. 초라한 집. 아니면 아기처럼 작아진 할아버지. 빚쟁이들이 올지 모른다는 걱정.

산이는 하염없이 작아지는 것 같았다. 그러다 보니 다시 할아버지 생각이 났다. 할아버지는 또 얼마나 놀라셨을까. 할아버지 생각을 하자 눈물이 났다. 할아버지에게 못된 짓을 한 것 같았다. 하지만, 다시 집으로 돌아가기는 싫었다.

길옆 작은 도랑가 여기저기 풀꽃들이 피어 있었다. 밝은 자주색 코스모스가 가을바람에 흔들거리며 산이의 어깨를 이리저리 매만져주었다. 소훈이가 보고 싶었다.

"어, 산이네?"

소훈이가 반가운 얼굴로 산이를 맞았다. 누런 암캐, 애기가 옆으로 누워서 강아지들에게 젖을 먹이고 있었다. 소훈이는 마당에서 닭과 병아리에게 모이를 주고 있었다. 산이의 발자국 소리에 깼

는지 애기가 고개를 들었다. 여전히 강아지들은 애기의 젖을 열심히 빨고 있었다.

소훈이는 산이의 손에 누런 차조를 한 줌 쥐여주었다. 거칠거칠한 노란 차조 알갱이들이 손금 사이로 모래알처럼 모였다 흩어졌다.

"닭은 이거 많이 먹어?"

"안 줘도 땅에서 뭘 파먹긴 해. 지렁이 같은 거."

산이가 소훈이를 따라 차조 알갱이를 마당에 뿌리자, 닭과 병아리들이 우르르 달려와 흩어진 좁쌀 알갱이를 주워 먹었다.

"나… 강아지… 한 마리 줄래?"

소훈이는 웃으며 말했다.

"하루에 한 번씩 데리고 와야 돼. 애기가 찾을 거야. 젖 먹어야 돼."

산이는 고개를 끄덕였다.

"니네 엄마가 강아지 길러도 된대?"

산이가 바닥에 쭈그리고 앉아 멀리 차조 한 줌을 던졌다.

"나, 엄마랑 같이 안 살아."

"그렇구나."

소훈이가 애기 쪽으로 다가 가서 애기의 머리를 한 번 쓰다듬었다.

"어떤 애가 제일 이뻐?"

산이는 소훈이를 보지도 않고 좁쌀을 던지며 말했다.

"나… 누구랑 사냐면…"

"야!"

산이와 소훈이가 동시에 대문 쪽으로 고개를 돌렸다.

야화였다. 산이는 자리에서 벌떡 일어났다.

"야! 바보."

뾰로통한 야화에게 소훈이가 손을 흔들며 다가갔다.

"야화. 어쩐 일이야?"

야화는 산이 앞으로 성큼성큼 다가왔다. 그러곤 산이의 손목을 홱 잡아채서 걸어갔다. 산이는 꼼짝 못하고 대문 밖으로 끌려 나갔다.

산이는 아무 말 없이 자전거를 밀며 걸어갔다. 야화도 같이 걸었다. 말없이 걷는 두 사람 등 뒤로 그림자가 길게 따라갔다.

"너, 나빠."

"…할아버지는?"

야화는 한숨을 한 번 후, 쉬었다.

"우리 집에 계셔."

"뭐?"

야화가 산이의 종아리를 걷어찼다.

"아!"

"진짜 못됐어!"

야화가 산이를 앞질러 앞으로 성큼성큼 걸어갔다. 산이도 재빨리 야화 뒤를 따라갔다.

야화의 집은 산이의 집과 멀지 않았다. 야화가 모든 걸 다 알아 버렸어… 몰라… 난 몰라… 할아버지 죄송해요… 할아버지 죄송해요…. 산이는 눈물을 꾹 참으며 야화의 뒤를 따라 걸었다. 한 십 분쯤 흘렀을까, 네모난 벽돌 굴뚝 위로 연기가 퐁퐁 나오는 집 한 채가 보였다.

"저기 우리 집."

파란색 나무대문을 가리키며 야화가 말했다. 멀리서 봐도 근사한 갈색 지붕을 한 이층 양옥집이었다. 바람을 타고 구수한 냄새가 코끝으로 흘러 들어왔다. 어렴풋이 언젠가 맡아본 냄새 같았다. 무슨 냄새였더라. 대문이 조금 열려 있었다. 야화가 집으로 뛰어 들어갔다. 그래. 맞아. 엄마가 해주던 밥 냄새야.

"할아버지. 산이 데리고 왔어요."

야화의 명랑한 목소리가 대문 밖까지 들렸다. 산이는 문틈으로 집 안을 흘깃 들여다보았다. 그리 넓지도 좁지도 않은 아담한 잔디 정원이 있었다. 담벼락을 따라 늘어선 돌배나무에는 거뭇한 열매들이 주렁주렁 매달려 있었고 그 주변으로는 보랏빛 나팔꽃 덩굴이 자라고 있었다. 그리고 반쯤 열린 현관문 뒤로 몇 켤레의 신발이 보였다. 손바닥만 한 할아버지의 신이 야화의 하얀 운동화 옆에 놓여 있었다. 잠시 뒤 야화가 할아버지의 손을 잡고 밖으로 나왔다.

"애기야!"

할아버지가 산이를 불렀다. 문밖에서 등을 돌리고 쭈뼛쭈뼛 서 있는 산이에게 할아버지가 말했다.

"집에 가자. 애기야."

산이는 코를 훌쩍이며 할아버지를 안았다. 야화가 배낭을 들고 나왔다.

"할아버지 안녕히 가세요. 또 놀러 갈게요."

"그래. 애기야."

산이는 할아버지를 배낭 안에 쏙 넣고 어깨에 멨다. 집에 도착할 무렵에는 이미 땅거미가 졌다. 유난히 쌀쌀하게 느껴지는 가을밤이었다.

불을 켜자 마루와 부엌이 깨끗하게 치워져 있고 방 안에도 곱게 이불이 개져 있었다. 산이가 숙제를 하는 앉은뱅이책상 위에는 야화가 가져온 노란 종이봉투와 잘 익은 주황색 감 하나가 놓여 있었다. 산이는 이불을 목까지 뒤집어쓰고 잠을 자려고 노력했지만 잠이 오지 않았다. 옆에 누운 할아버지도 잠을 설치는 것 같았다. 할아버지가 산이 쪽으로 돌아누웠다. 돌돌 만 수건을 베고 있던 할아버지가 산이의 얼굴을 쓰다듬어주자 산이는 스르륵 잠이 들었다.

"우리 할머니는요. 정말 멋쟁이예요. 할머니가 젊었을 적에 찍은 사진을 보면 할머니는 영화배우 같아요. 할머니는 아침 일찍 일어나서 요리도 하구요. 바느질도 하세요. 아직도 아침마다 세수하고 화장을 하세요. 누가 집에 오거나 약속이 있을 때면 꼭 거울을 보면서 빗질을 해요."

 야화가 지난 주 선생님이 낸 가족에 대한 글짓기 숙제를 발표하는 중이었다. 아이들은 야화의 이야기를 귀담아듣고 있었다. 야화는 중간중간 아이들과 눈을 마주치며 야무진 목소리로 글을 읽었다. 사실 그날 이후로 산이는 야화의 눈을 마주칠 용기가 나지 않았다.

"우리 할머니도 되게 작아요."

 순간 고개를 숙이고 있던 산이의 눈이 번쩍 커졌다. 우현이가 피식 웃었다.

"우리 할머니도 작아? 저게 뭐냐."

"우리 할머니…"

 야화는 산이를 바라보았다.

"우리 할머니가 안아주면 정말 따뜻해요."

 운동장을 빙 둘러 서 있는 은행나무 가지에서 노란 잎이 떨어지고 있었다. 노랗게 물든 나무도 있었고 아직 새파란 나무도 있었다. 산이는 앉은뱅이책상 위에 놓여 있던 홍시가 생각났다. 오늘 아침 얼마나 만지작거렸는지 모른다. 하지만 차마 한입에 먹을 수 없었다. 그냥 안 먹고, 오래오래 만지고, 보고 싶었다. 갑자기 아이들이 와하하 하며 웃는 소리가 들렸다. 우현이가 또 중얼거렸다.

"거짓말이다. 거짓말."

 그때 산이가 우현이를 돌아보았다. 여전히 능글거리는 표정을 한 우현이는 손가락으로 칠판 쪽을 가리키고 있었다.

산이가 우현이를 쏘아보며 말했다.

"너…"

우현이는 싱긋싱긋 웃으며, 대꾸했다.

"뭐?"

"너는…"

갑자기 교실 안이 부산해졌다. 가방을 챙기는 소리, 떠드는 소리, 웃는 소리가 교실에 꽉 찼다. 산이는 아무 말 없이 우현이를 한참 동안 쏘아보았다. 우현이의 웃음이 점점 사그라지고 산이는 가방 안에 책을 툭, 툭, 집어넣더니 뒷문으로 나가버렸다.

가을이 깊어지면서 하루가 다르게 서늘해졌다. 산이는 할아버지가 입을 겨울옷을 준비해야겠다고 생각했다. 새 옷을 만드는 것은 힘들 테니 입던 옷을 더 줄일 작정이었다. 가을이 되자 할아버지가 갑자기 더 작아진 것 같았다. 산책 배낭이 할아버지보다 너무 크면 배낭도 새로 사야 하는데.

산이는 할아버지 옷을 배낭에 하나씩 챙겨 넣었다.

"옷 좀 맡기고 올게."

"오냐. 애기야. 서두르지 말고 천천히 다녀오너라."

산이는 배낭을 메고 시장 가는 길로 달려갔다. 개울가에는 강아지풀이 흔들거리고 졸졸 흐르는 물빛은 여전히 맑았다. 논두렁에는 깨풀과 콩대가 줄지어 서 있었다. 노랗게 익은 벼가 쓰러질듯 고개를 숙이고 있는 들판에는 빨간 양파자루를 든 아이들이 메뚜기를 잡으려 뛰어다니고 있었다. 메뚜기들도 아이들을 피해 이리저리 파닥거리며 날아다녔다.

시장에 도착한 산이는 입구에 있는 옷가게 문을 두드렸다.

"아주머니 이 옷 좀 줄여주세요."

"그래 얼마나 줄이면 될까? 아기 옷이구나."

"…아주 조금만, 조금만요. 이만큼."

산이는 손가락을 들어 조금만, 이라는 시늉을 했다.

"그럼 고치지 않아도 돼. 아이들은 금세 자라니까 줄이지 말고 그냥 두는 게 좋을 거야."

파마머리를 한 주인 아줌마는 웃으며 산이에게 옷을 돌려주었다. 산이는 아무 말도 할 수 없었다. 어떻게 하지. 할아버지 키가 다시 자랄 리 없잖아…. 하지만 할아버지 이야기를 아줌마에게 할 수도 없었다.

옷가게를 나온 산이는 어떻게 하지, 다른 데로 가볼까, 생각하며 걷고 있었다. 그때 야화의 모습이 보였다. 그리고 야화와 나란히 걸어오는 소훈이도 보였다. 산이는 자신도 모르게 얼른 뒤로 돌아섰다.

"산아!"

"야!"

등 뒤로 소훈이와 야화가 뛰어오는 소리가 들렸다.

"야, 어디 가니?"

"응…"

산이는 소훈이를 흘긋 보았다. 소훈이는 토끼 장수를 발견한 듯 "저것 봐"라고 외치며 토끼를 향해 달려갔다.

야화가 한 발 더 다가왔다. 산이가 야화에게 퉁명스럽게 물었다.

"넌 어쩐 일이야, 쟤하고?"

산이는 소훈이와 야화를 만나서 반가웠지만, 또 서운하기도 했다. 소훈이는 붉은 대야 안에 옹기종기 담긴 새끼 토끼를 보느라 정신이 없었다.

"시장 오다가 만났어. 나 뭐 바꾸려구."

"뭐?"

야화가 손에 든 검은 비닐봉지를 보여주었다. 주황색 운동화였다.

"좀 커."

산이도 야화에게 작은 소리로 말했다.

"옷이 큰데… 근데 고치기가 어렵게 됐다."

소훈이가 야화와 산이가 있는 쪽으로 뛰어왔다.

"우리 집 갈래? 강아지 줄게."

산이는 우물쭈물하다가 마음에도 없는 대답을 했다.

"나 그냥 집에 갈래."

돌아서는 산이를 향해 야화가 말했다.

"그거 할아버지 옷이지?"

산이는 깜짝 놀라서 야화를 돌아보았다. 이럴 수가… 소훈이 앞에서 야화가 할아버지 이야기를 할 줄이야. 하지만 거짓말조차 떠오르지 않았다. 산이는 야화의 말을 못 들은 척하며 성큼 뒤돌아섰다.

할아버지는 키가 줄어들어 산이의 무릎 정도밖에 되지 않았다. 이제 소훈이도 산이가 할아버지와 함께 사는 것을 알게 되었을 것이다. 산이의 머릿속은 온갖 걱정으로 가득 찼다. 이제 곧 마을 전체에 소문이 퍼질 것이다. 사람들이 할아버지를 구경하러 올지도 몰라. 그리고, 지긋지긋한 빚쟁이들이 쳐들어올지도 몰라. 엄마 아빠 어디 있느냐고 나를 몰아세우겠지.

산이는 할아버지가 입던 옷을 만져보았다. 이 옷도 이제 할아버지에게 맞지 않을 거야. 할아버지는 헐렁한 소매를 걷어 올리고 바지를 접어 입은 채 무슨 생각을 하는지 마당에 앉아 하늘을 보고 있었다. 산이가 할아버지 옆에 앉았다. 할아버지를 번쩍 들면 정말 가벼울 것 같았다. 산이는 그게 슬펐다.

"나, 잠깐 친구 집 갔다 올게."

산이는 무작정 밖으로 나갔다.

산이는 용기를 내서 소훈이에게 할아버지에 대한 이야기를 다 하고 싶었다. 그래야 예전처럼 지낼 수 있을 것 같았다. 예전처럼 소훈이의 집에 들러서 강아지도 보고 닭 모이도 주면서 같이 놀고 싶었다.

소훈이의 집 대문은 열려 있었다. 그런데, 마당에는 아무도 없었다. 닭도 병아리도 보이지 않았다. 멀리 애기가 옆으로 길게 누위 있었고 강아지들이 정신없이 애기의 가슴팍을 파고 있었다. 그때 등 뒤에서 누군가 산이의 어깨를 툭 쳤다.

"기다렸어?"

소훈이는 빙긋 웃으며 산이를 앞질러 마당 한쪽으로 걸어갔다. 소훈이의 뒤를 따라 수탉과 암탉 그리고 병아리들이 줄지어 집 안으로 들어와 대추나무 아래로 몰려갔다. 그 옆에는 짚이 잔뜩 깔린 허름한 창고가 하나 있었다. 소훈이는 대추 하나를 산이의 손에 쥐여주었다. 소훈이가 한 알을 입에 넣고 우물우물 먹었다.

"되게 달아."

산이도 푸르스름한 대추를 입에 넣었다.

"와, 달다."

소훈이는 대추씨를 투, 마당으로 뱉었다.

"우리 엄마 아빠 사진 볼래?"

"으응?"

소훈이는 윗주머니를 뒤적거리더니 검고 작은 가죽지갑 하나를 꺼내 산이 앞에 펼쳐 보였다. 사진 속에는 감색 양복을 입은 신사와 하얀 두루마기를 입은 예쁜 아줌마가 서서 아이의 손을 잡고 있었다. 아이는 엄마인 듯한 아줌마의 어깨만큼 키가 컸다.

"엄마랑 아빠야?"

"응. 그리고 나."

산이는 다시 사진을 유심히 보았다. 세 사람 뒤로 보이는 흙마당과 대추나무, 창고, 볏짚. 바로 지금 여기 소훈이의 집이었다.

"여기 니네 집이네."

소훈이가 다시 지갑을 닫으며,

"응. 근데…"

담담하게 말을 이었다.

"돌아가신 지 좀 돼."

산이는 깜짝 놀랐다.

"그럼 지금 너 누구랑 살아?"

"옆 동네 사는 이모가 자주 와."

소훈이는 다시 대추 한 알을 입에 넣었다.

"우리 엄마 아빠, 되게 작았다."

작았다…. 그 말이 산이의 귀에 계속 울렸다. 우리 엄마, 아빠 작았다… 되게 작았다….

"엄마가 그랬는데…"

소훈이는 수돗가로 가서 은색 그릇에 물을 담아 애기에게로 갔다. 강아지들은 여전히 애기의 품에서 떠날 줄 몰랐다.

"사람들은 다 작아지는 거래. 그러다가… 없어지는 거래."

산이는 소훈이의 집을 나와서 마을이 한눈에 내려다보이는 언덕으로 올라갔다. 숨이 차도록 달려 언덕 꼭대기에 다다랐을 즈음 개펄 위로 날아가는 오리 떼가 보였다. 오리 떼 전체가 같은 몸짓으로 날아가고 있었다. 아기 오리도, 엄마 아빠 오리도 있을 텐데 한 몸처럼 보였다.

때가 잔뜩 묻은 운동화 끈을 매며 산이는 생각에 잠겼다. 소훈이의 말이 계속 귓가에 맴돌았다.

사람들은 다 작아지는 거래… 그러다가 없어지는 거래….

우리 엄마, 아빠도 나를 정말 좋아했을까. 우리 엄마, 아빠도 지금쯤 더 작아졌을까.

산이는 땅바닥에 누웠다. 기분 좋은 햇살이 감은 눈 위로 붉게 비치었다. 차가운 바람을 타고 멀리서 이름을 알 수 없는 벌레 소리가 들려왔다.

해는 바다 너머로 지고 온 하늘이 붉게 물들어갔다. 주황색, 분홍색 구름들로 가득 찬 하늘은 마치 꽃밭 같았다. 예쁘다…. 한동안 고개를 들고 하늘을 보던 산이는 엉덩이를 툭, 툭, 털고 언덕 아래로 내려갔다.

그런데 언덕 아래로 바쁘게 걸어가는 사람들이 보였다.

누구지? 우리 집 쪽인데.

해가 지고 점점 더 어두워졌다. 자세히 보이진 않았지만 두어 명 같았다. 산이는 뛰기 시작했다. 그러다가 신발 한 짝이 벗겨지면서 넘어졌다. 산이는 신발 끈을 재빨리 조여 매고 다시 뛰어 내려갔다. 하지만 다른 쪽 신발이 또 벗겨졌다. 산이는 아예 신발을 두 손에 들고 뛰었다. 산이의 집으로 가는 길은 외길이었다. 분명히 누군가가 산이의 집으로 가고 있는 것이었다. 언덕 아래 논밭을 지나 집으로 가는 길목에 들어설 즈음이 되자 이젠 아무도 보이지 않았다. 안 돼. 할아버지 혼자 계시는데…. 산이는 숨을 헐떡이며 집으로 계속 달렸다. 발바닥은 불이 난 것처럼 뜨겁고 아팠다. 뛰다, 걷다를 반복하며 집 앞에 도착한 산이는 닫혀 있는 대문을 밀었다. 문은 잠겨 있었지만 집 안은 불빛이 환했다.

"할아버지! 할아버지!"

산이가 문을 두드리며 다급하게 할아버지를 불렀다.

그때 문이 열렸다. 야화였다.

산이는 할 말을 잃은 채 집 안을 바라보았다. 반쯤 열린 문틈으로 웃음소리가 들리는 것 같기도 노랫소리가 들리는 것 같기도 했다. 웬일인지 야화가 환하게 웃고 있었다.

"니네 할배 옷 만들었다."

그리고 산이의 손바닥 위에 작은 분홍색 바지 하나를 올려놓았다. 분홍색 바지는 가볍고 부드러웠다. 차가운 산이의 손바닥까지 따뜻해지는 것 같았다.

"우리 할매 솜씨 좋지?"

양 갈래로 땋은 야화의 머리끝이 흔들거렸다. 산이는 밝게 웃는 야화의 얼굴과 흔들거리는 머리 그리고 손바닥 위를 번갈아가며 보았다. 야화는 여전히 어리둥절한 산이의 손목을 잡아당겼다.

"나가자. 우리 할매 밥하고 있다."

산이는 자신도 모르게 손목을 빼며 한 걸음 뒤로 물러났다. 할아버지는? 할아버지는…?

"가자구. 할매 밥하는데 좀 걸린대. 갔다 와서 같이 밥 먹자니까."

그때, 문 틈으로 작은 등나무 바구니가 하나 보였다. 바구니 위에는 하얀 면 손수건이 놓여 있었다. 그런데 손수건 아래에 무언가 꼬물대는 것이 있었다.

"우아, 애기!"

하늘은 짙은 남청색으로 물들고 둥근 보름달이 지붕 위로 솟아올랐다. 대청 앞 댓돌 위에는 주황색 운동화 두 켤레가 언덕 위에서 바라본 구름꽃처럼 반짝반짝 빛나고 있었다.

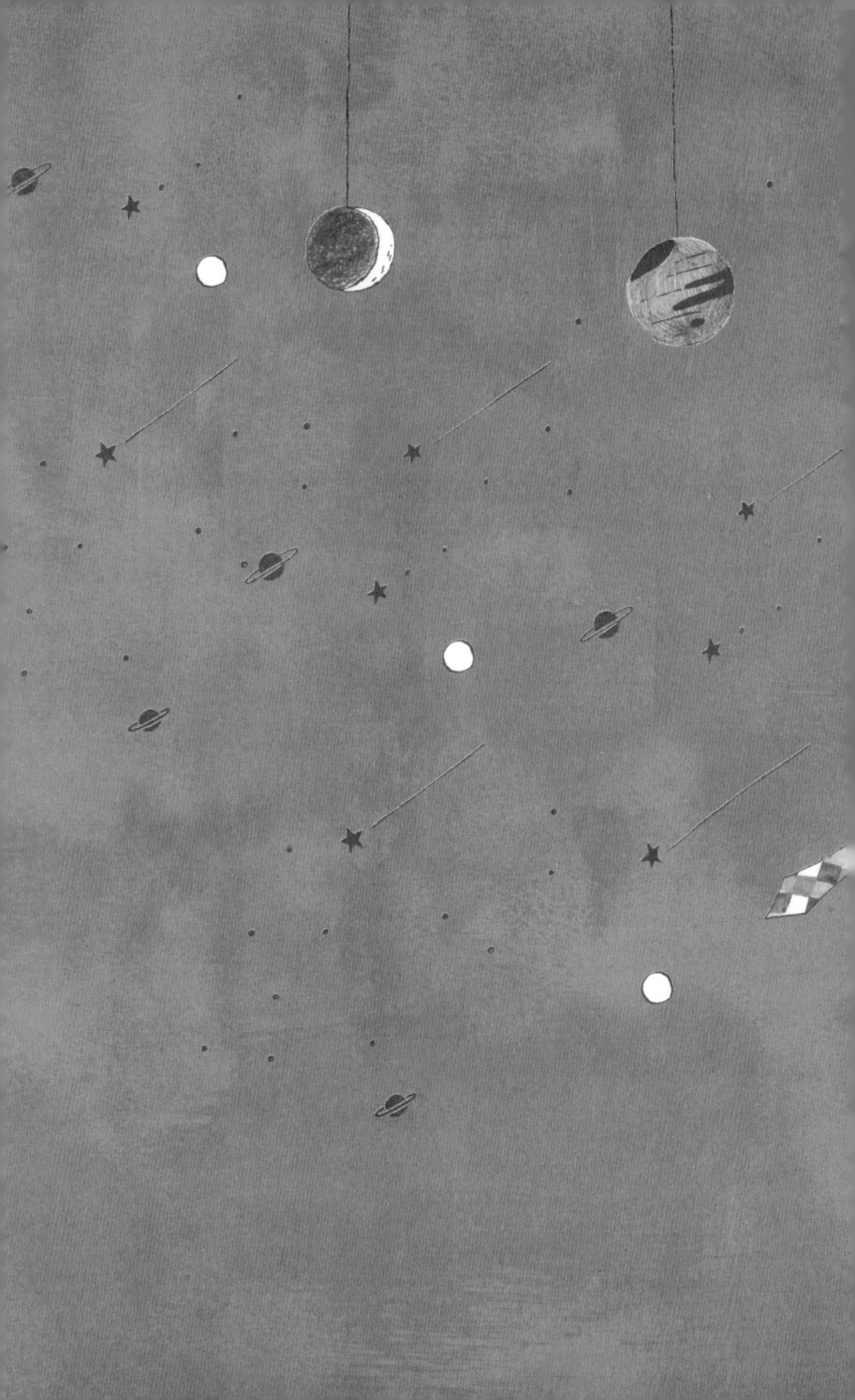

행성이다

오랜만이네, 넥타이 매주는 거. 메이는 안드레의 어깨를 툭툭 털어주었다. 잘 만나고 와, 하며 안드레를 꼭 끌어안는 메이의 목소리는 여전했다. 응. 근데 나 없는 사이 어디 가면 안 돼. 메이는 아무 말 없이 고개를 끄덕였다. 어디 가면 안 돼. 안드레가 걱정스러운 눈빛으로 다시 말했다. 알았어. 안 가, 안 갈게. 메이의 손을 놓고 안드레가 문을 열었다. 눈부신 빛이 쏟아져 들어왔다. 한 손으로 눈을 가린 채 안드레가 뚜벅뚜벅 걸어가다 뒤를 돌아보았다. 메이…. 하지만 메이는 보이지 않았다. 메이…! 메이!

안드레는 땀에 흠뻑 젖은 채 잠에서 깨어났다. 창밖은 아직 어두웠다. 안드레는 침대 옆에 둔 휴대폰을 열고 어제 온 문자를 다시 보았다. 짤막한 주소였다. 안드레는 문자를 보고 또 보았다.

두 시간 정도 고속도로를 달려 국도에 들어서자 나지막한 산이 디귿자로 감싸는 넓은 평야가 보였다. 연록색 무논이 바둑판처럼 펼쳐져 있고 에스자로 휜 강줄기가 평야를 가르며 흘렀다. 강둑을 따라 조금 더 달리자 좁은 비포장도로가 이어진 삼거리가 나왔다. 목적지까지 5킬로미터가 남았음을 알리는 내비게이션 안내가 흘러나왔다. 안드레는 라디오 볼륨을 줄이며 겨우 차 한 대가 지나갈 수 있는 좁은 길로 들어섰다.

그렇게 10분을 더 달리자 멀리 분홍색 건물 두 동이 보였다. 올 들어 가장 더운 날입니다. 낮 기온이 32도를 훌쩍 넘어서겠네요…. 저음의 기상캐스터가 땀에 젖은 듯한 목소리로 날씨를 전했다. 안드레의 목덜미 사이로 땀방울이 흘러내렸다. 셔츠 소매 아래도 흥건하게 땀이 맺혔다. 팔목 위에 새겨진 푸른 천사가 울고 있는 듯이 보였다.

정문 경비실에는 아무도 없었다. 주차장 옆 잔디밭 가운데로 길게 난 돌길을 따라 조금 더 걷자 쌍둥이처럼 똑같은 모양의 건물 두 동이 우뚝 솟아 있었다. 한 곳은 치료동, 한 곳은 요양동임을 알리는 작은 표지판이 길림길 사이에 세워져 있었다. 화단으로 둘러싸인 진입로로 들어서자 장미향이 코끝을 간지럽혔다. 하지만 어디에도 사람은 보이지 않았다.

안드레는 회전문을 밀고 요양동 건물 안으로 들어섰다. 한쪽 벽을 가득 채운 십자 모양 유리창을 통해 밝은 햇살이 들어와 바닥에 커다란 십자가를 새겼다. 로비에 들어서자 에어컨 소리가 매미 소리에 뒤섞인 채 웅웅거렸다. 이층이라고 했지. 안드레는 계단으로 올라갔다. 그때 요란한 바퀴 소리와 함께 사람들의 발자국 소리가 들려왔다. 파스텔톤의 푸른 유니폼을 입은 간호사들이 복도 끝으로 달려가고 뒤이어 병실문이 쾅 소리를 내며 닫혔다. 문에 달린 작은 암녹색 십자가가 흔들리고 있었다.

2018호 병실로 들어서자 호스피스가 무표정한 얼굴로 안드레를 향해 손짓을 했다. 간호사 두 명과 젊은 의사 한 명이 그녀의 맞은편에 서서 차트를 들고 무언가 이야기를 나누고 있었다. 침대에 누운 노인은 산소 호흡기를 꽂고 입을 반쯤 벌린 채 가쁜 숨을 몰아쉬고 있었다. 핏기가 가신 얼굴이었지만 편안해 보였다.

안드레 왔어요, 아저씨. 사십대 초반 정도로 보이는 호스피스가 노인의 귀에 속삭였다. 안드레는 침대로 다가갔다. 날카로운 콧날 하며 두툼한 귓불, 반듯한 이마, 왼쪽 볼에 난 점까지 안드레는 자신이 노인을 쏙 빼닮은 것이 신기하고 놀라웠다. 아버지. 안드레는 아버지의 손을 꼭 잡았다. 따뜻했다. 처음 느껴보는 아버지의 체온이었다.

무슨 얘기를 하시려나 봐요. 호스피스가 가까이 다가가 보라는 신호를 보냈다. 안드레는 아버지의 뺨에 자신의 볼을 갖다 댔다. 아버지… 아버지는 입술을 바르르 떨며 아주 작은 목소리로 힘겹게 무언가를 말하려 애썼다. 무릎을 꿇은 안드레는 한동안 그대로 있었다. 움켜쥔 아버지의 손이 식어가는 듯했다. 그리고 잠시 뒤 아버지의 고개가 천천히 젖혀지며 시큼한 냄새가 나는 베갯잇 위로 아버지의 눈물방울이 도로록 흘러내렸다.

일주일 전까지도 말씀은 잘하실 수 있었어요. 정신도 비교적 또렷하셨고요. 절대로 연락을 하지 말아달라고 신신당부를 하시더니 어제 갑자기 아드님을 찾으시기에 급히 연락드렸던 겁니다. 호스피스는 담담하게 말을 이었다. 아저씨는 이야기할 기력이 있을 때 다 말해둬야 한다면서 이런저런 얘기를 해주셨어요. 엄마에 대한 이야기도요? 네. 안드레에게 전해주라는 말과 함께요.

아저씨는 대학에서 안드레의 어머니를 만났답니다. 그런데 두 분이 결혼한 지 몇 해 안 되어 어머니는 당시 막 발견된 소행성의 탐사 프로젝트에 참가하셨대요. 최초의 여성 우주인이었던 거죠. 모든 프로젝트는 극비리에 추진됐대요. 그런데 예기치 못했던 국제분쟁 때문에 프로젝트가 흐지부지되면서 모든 책임자들이 물러나고 어머니도 행방이 묘연해졌다는 거지요. 그게 안드레가 돌을 갓 지났을 무렵이었다네요.

아저씨는 혼자 안드레를 키웠지만, 어느 날 고향으로 내려가는 기차역에서 안드레마저 잃어버린 거예요. 안드레를 찾기 위해서 백방으로 뛰어다녔지만 당시에는 잃어버린 아이를 찾는 것이 쉽지 않았답니다. 게다가 어머니의 신분 탓인지 늘 정보요원들이 아저씨를 감시하고, 주변 사람들도 하나둘 아저씨를 경계하더니 다들 떠나더라는 거죠. 그때부터 아저씨는 전국을 떠돌아다니면서 걸인처럼 사셨다고 해요.

처음 아저씨를 만난 건 한 암자에서였어요. 아저씨는 암자에서 일꾼으로 살고 있었고요. 마침 저와 같은 고향 출신이었으니 제가 얼마나 반가웠겠어요. 다른 사람들이 잘 알아듣지 못하는 억센 말투로 온종일 같이 고향 이야기도 하면서 가깝게 지냈답니다. 하지만 저도 곧 그곳을 떠났고 그 후 몇 년 동안 서로 안부를 알 수 없었지요. 이 병원으로 아저씨가 실려 왔을 땐 이미 돌이킬 수 없을 만큼 병이 심각해진 뒤였어요. 제가 일하는 곳을 수소문해서 일부러 오신 것 같아요. 사람 인연이라는 게 참 신기하죠?

안드레는 빈 종이컵을 만지작거리며 그녀의 이야기를 아무 말 없이 듣고 있었다. 가슴 한쪽이 묵직하게 아려왔다.

아저씨는 안드레의 연락처를 알고 계셨어요. 그런데도 끝까지 연락을 하지 않으려 하셨어요. 평생을 괴롭혀온 죄책감 때문이었을 거예요. 안드레는 떨리는 목소리를 가라앉히며 침착하게 물었다. 조금 더 일찍 아버지를 만날 수 있었더라면 많은 게 달라졌을까요? 그랬을는지도 모르죠. 하지만 그게 그리 중요한가요? 중요한 건 평생 죄책감을 느끼며 살아온 아저씨가 돌아가시기 전에 용기를 내서 안드레를 찾았다는 거지요. 그리고 안드레가 이렇게 와주었고요.

그건 그렇고, 안드레가 다시 물었다. 그게… 그 얘기였을까요? 처음엔 아버지의 말을 한마디도 알아듣기 힘들었어요. 원래 우리 고향말이 좀 세요. 호스피스가 두 손으로 입을 가리며 웃음을 지었다. 그런데… 가만히 귀를 기울이다 보니 아버지의 목소리가 또렷하게 들리더라구요. 심지어 마지막으로 하신 말씀은 아주 또렷했어요. 엄마는 지금 행성에 살고 있다, 그러셨어요.

호스피스는 잠시 말을 멈추고 커피를 한 모금 마셨다. 거기까진 잘 모르겠어요. 지금까지 한 이야기가 내가 알고 있는 전부니까. 아 참. 언젠가 아저씨가 안드레 어머니가 어디 살고 있는지 알게 되었다고 말한 적이 있어요. 어떤 백발의 중년 신사가 다녀간 뒤였지요. 하지만 저에게 자세한 이야기는 하지 않으셨어요.
  그때 호스피스의 휴대폰이 울리고, 그녀가 자리에서 일어났다. 호스피스는 마치 잊은 것이 있다는 듯 안드레를 향해 말했다. 아저씨는 마지막까지 정신은 또렷하셨어요. 그건 확실해요. 안드레는 그동안 아버지를 잘 돌봐주셔서 진심으로 고맙다는 말을 건넸다. 호스피스가 뙤약볕을 가르며 다시 병원으로 들어가고 안드레는 주차장으로 터벅터벅 걸어갔다. 안개처럼 내려앉은 한여름의 무더운 공기를 뚫고 안드레의 회색 해치백 차량이 정문을 빠져나갔다.

  겨울이 시작될 무렵 안드레는 사직서를 냈다. 누구와 의논하지도 않고 혼자 결정한 일이었다. 안드레는 직장에서 유능한 사람으로 평가받지는 못했지만, 많은 사람들과 두루 친하게 지내는 사람, '사람 좋은 사람'으로 통했다. 안드레의 갑작스러운 사직 결정이 의아했던 사람들이 간혹 무슨 이유인지 물어보기도 했지만 안드레는 그냥 웃으며 넘겨버렸다.
  아버지가 돌아가신 후 안드레는 매일 밤 비슷한 꿈을 꾸었다. 누군가의 손을 잡고 올라간 가파른 산꼭대기엔 등나무 바구니가 있었는데, 얼굴을 알아볼 수 없는 한 여인이 두 손으로 안드레를 번쩍 들어 그 바구니에 싣는 그런 꿈이었다. 바구니는 둥둥 떠올라 북쪽에서 밝게 빛나는 어떤 별로 천천히 다가가고 별빛은 점점 밝아지면서 강렬하게 바구니를 빨아들였다. 온 세상이 환해지고 어디론가 둥둥 떠가는 기분이었다. 그러다가 빛도, 움직임도 서서히 사라질 무렵 꿈은 끝났다.

꿈에 나타나는 여인은 매번 다른 옷차림과 다른 얼굴이었지만 안드레는 그녀가 분명히 엄마라고 믿었다. 허리춤을 붙잡는 손의 감촉이 전혀 낯설지 않았던 것이다. 머릿속에는 남아 있지 않지만 몸은 기억하고 있는 감각의 흔적 같았다.

사직서를 낸 그다음 주 월요일 안드레는 마지막으로 출근했다. 짐은 이미 지난 주말에 집으로 가져왔지만 연금과 퇴직금을 정산해야 했다. 안드레는 건물 11층으로 내려갔다. 총무부 여직원 닝엔이 한쪽 어깨로 전화를 받고 있었다. 안드레를 발견한 닝엔은 급히 전화를 끊고 정산서류를 가지고 와서 퇴직금과 연금 수령 절차를 친절하게 알려주었다.

닝엔. 궁금한 게 하나 있어. 뭔데? 저번에 얘기했던 그 행성탐사에 대한 이야기. 닝엔은 웃으며 대답했다. 그 얘기 아직 기억해? 안드레는 닝엔이 건네주는 서류에 사인을 하며 말했다. 그럼. 기억하지. 정말 곧 우주선을 발사할 거라고? 그럴 수도 있고, 아닐 수도 있겠지. 나도 들은 얘기니까. 닝엔은 안드레에게, 당신은 사람 말을 너무 잘 믿어, 하며 옅은 한숨을 내쉬었다. 그건 그렇고 다른 직장은 알아본 거야? 아니. 당분간 좀 쉬려고.

안드레가 돌아서려는 순간 책상에 맞닿은 불룩한 닝엔의 배가 보였다. 어, 좋은 소식 있었구나. 몰랐네. 축하해. 고마워. 몇 달 안 남았어. 닝엔은 의자를 뒤로 밀며 주춤주춤 일어나 안드레에게 손을 내밀었다. 잘 가. 당분간 아무 생각 말고 푹 쉬어.

안드레가 메이와 결혼한 그달에 닝엔도 결혼을 했다. 닝엔이 어떤 사람과 결혼했는지 알지도 못했고 굳이 알고 싶지도 않았다. 과학자라던가… 어깨너머로 전해들은 적이 있긴 했다.

안드레는 부서를 돌며 한 사람씩 인사를 했다. 모두 아쉽다는 인사를 건네며 안드레를 따라 엘리베이터 앞으로 나왔다. 갓 입사한 리치가 엘리베이터 버튼을 눌렀다. 아니야, 계단으로 갈게. 안드레는 손사래를 치며 계단으로 걸어 내려갔다. 한 층 한 층 계단을 내려와 로비에서 경비아저씨와 악수를 나눈 뒤 회전문을 밀고 건물을 나왔다. 초겨울 비가 쏟아지고 있었다. 오랜 가뭄 끝에 내리는 비였다. 비 내음을 가득 머금은 시린 공기가 한산한 오전 10시의 거리를 쓸고 지나갔다.

'café 작은 기쁨'

유난히 눈이 많이 내리던 겨울이었다. 입사 면접을 보러 왔던 날, 안드레는 단층짜리 갈색 목조건물에 자리 잡은 이 카페의 초록색 간판을 보고 커피를 마시러 들렀다. 80년 전 '기쁨 다방'으로 시작한 오래된 카페답게 닳고 금 간 마룻바닥에 색 바랜 자줏빛

카펫이 깔려 있고 그 위에 검은 나무테이블 몇 개가 가지런히 놓여 있었다. 길 쪽으로 난 커다란 나무창을 통해 겨울 햇살이 칼랑코에 화분 위로 쏟아졌다. 스피커에서 흘러나오는 크리스마스캐럴에 맞춰 벽에 걸린 눈사람, 산타클로스 할아버지, 지팡이, 별, 양말들이 반짝거렸다.

초조하게 시계를 보며 면접시간을 기다리는 안드레에게 굵은 금테 안경을 낀 여주인이 말을 건넸다. 커피 더 드릴 테니 말씀하세요. 오늘, 시험날이죠? 아니 면접요. 그게 진짜 시험이에요. 머리를 위로 올려 질끈 묶은 여주인은 자신을 마리자라고 소개했다. 마리자는 주전자를 들고 와, 안드레의 잔에 커피를 쪼로록 따랐다. 오늘 눈 온대요.

딸랑. 딸랑.

어서 오세요. 문이 열리고 두 여자가 팔짱을 끼고 들어왔다. 아, 추워, 추워. 오들오들 떨며 들어온 두 여자는 입구에 있는 이인용 테이블에 앉았다. 마리자, 커피 줘요. 검은 생머리에 가무잡잡한 얼굴을 한 여자가 손을 들고 커피를 시켰다. 그녀가 옅은 베이지색 코트를 벗자 진감색 재킷의 브이넥 사이로 눈밭처럼 하얀 울 니트가 보였다. 그 위로 크리스마스트리 모양의 금빛 목걸이가 반짝거렸다.

맞은편에 앉은 여자는 하얀 패딩파카를 입고 올리브색 털모자를 쓰고도 추워, 추워, 하며 주머니에 손을 푹 쑤셔 넣고 웅크린 채 메뉴판을 내려다보고 있었다. 모자 아래로 내려온 귀밑머리 사이로 붉은 하트 모양 귀걸이가 하늘거렸다.

 이런 일도 다 있네. 마리자는 커피잔과 작은 쿠키가 담긴 바구니를 가져다주며 환하게 웃었다. 그렇죠? 가까운 곳으로 오게 될지도 몰라요. 정말 그렇네. 잘해요, 오늘. 모자를 쓴 여자의 어깨 위에 손을 올리며 마리자가 말했다. 아브리우도 같이 왔네. 얘는 똑똑하니까 걱정도 안 하죠. 모자 쓴 여자는 다시 추워, 추워, 하며 양손으로 잔을 받쳐 들고 커피를 마셨다. 아, 따뜻하다. 커피잔을 입으로 가져가는 생머리 여자의 웃음 띤 눈이 맞은편에 앉은 안드레의 눈과 마주쳤다.

 잘 마셨습니다. 커피값을 테이블 위에 올려놓고 안드레가 자리에서 일어났다. 좋은 소식 가지고 또 봐요. 안드레의 등 뒤로 마리자의 목소리가 들렸다. 카페를 나온 안드레는 서둘러 면접장이 있는 건물을 향해 걸어갔다. 짙은 색 코트에 단정한 머리 모양의 사람들이 잔뜩 긴장한 표정으로 안드레와 같은 방향으로 걸어가고 있었다.

 대기실에서 올라온 사람들은 길쭉한 초록색 의자에 다섯 명씩 조를 이루고 앉아 조용히 차례를 기다리고 있었다. 면접실 문이 열리면 가슴에 수험표를 단 지원자들이 방에서 나오고, 다시 다섯 사람이 들어간 뒤 문이 닫혔다. 어느새 맨 앞줄로 온 안드레는 눈을 감고 마음을 가라앉혔다. 무슨 질문이 나오더라도 침착하게, 침착하게 대답하자. 그때 삐익 소리를 내며 면접실 문이 열렸다. 또각또각 탁 또각 탁 탁. 발소리가 들리더니 누군가가 안드레의 어깨를 톡톡 두드렸다. 수험표 하나가 안드레의 눈에 들어왔다.

'500: 메이 오키드'

잘해요.
그리고 면접실 문이 열렸다. 512번, 523번, 526번, 535번, 548번 들어오세요. 안드레는 재킷 앞섶을 한 번 매만지고 면접실로 들어갔다.

야, 오랜만이다. 앉아요. 커피를 내리던 마리자가 반가운 얼굴로 안드레를 맞이하며 커피포트와 잔 두 개, 작은 쿠키가 담긴 바구니를 들고 왔다. 소식 들었어요. 회사 그만둔다면서? 네. 오늘까지였어요. 그녀는 커피를 두 잔에 나누어 따랐다. 손님은 아무도 없었다. 원래 화학 전공이었던가? 아니요, 화학교육이요. 아, 그랬지. 마리자는 신입사원이던 안드레가 신기한 표정으로 사이폰 커피머신을 쳐다보던 눈빛이 기억났다. 그때 전공을 물어봤었죠? 아마도요. 안드레의 맞은편 소파에 앉으며 그녀가 물었다. 다른 데로 옮겨요? 왜 그만뒀는지 물어봐도 되나? 쿠키를 만지작거리던 안드레의 손이 갑자기 멈췄다. 어디서부터 어떻게 이야기를 하지…. 안드레의 손이 쿠키를 툭, 반으로 잘랐다.
엄마 때문에요.
엄마? 돌아가시지 않았어요? 그건 아니고…. 안드레는 쿠키 한 조각을 입에 넣고 커피를 홀짝 마셨다. 참 설탕, 설탕 넣죠? 아 괜찮아요. 안드레는 커피를 한 모금 더 마셨다. 엄마, 돌아가신 거 아니었어요? 제가 그렇게 얘기했었나요? 마리자는 마시려던 커피잔을 다시 내려놓았다. 저 보기보다 그런 기억 잘해요. 그런데 내가 잘못 기억한 건가? 아니, 아니에요. 아마 제가 그렇게 대충 둘러댔을 거예요. 돌아가신 건 아니고…. 안드레는 잠시 머뭇하더니 말을 이었다.

전 엄마를 본 적이 없어요.

안드레는 처음 와본 사람처럼 카페 안을 둘러보았다. 한 달 넘게 남은 크리스마스가 당장 내일인 듯 예쁘게 꾸며져 있었다. 10년 전과 마찬가지였다. 같은 트리, 같은 반짝이, 같은 양말, 같은 별, 같은 산타클로스. 창가에 놓인 화분까지도 여전했다. 마리자가 주방에서 설탕 그릇을 가지고 나왔다. 그래도 이젠 일부러라도 더 자주 오면 좋겠어. 마리자가 앞자리에 앉았다.

메이 생각. 많이 나죠? 크리스마스트리에 얹힌 푸른 별처럼 안드레의 눈이 반짝, 빛났다. 커피 더 갖고 올게요. 마리자가 다시 사이폰 머신 쪽으로 걸어갔다. 별사탕 같은 작은 램프들이 벽에서 천장으로 다시 천장에서 벽으로 이리저리 파도처럼 울렁거렸다.

한때 안드레의 연인이었던 닝엔은 어떻게 소식을 들었는지 합격자 발표가 난 다음 날 안드레에게 전화를 했다. 축하해. 많이 도와줄게 걱정 마. 우리 회사 꽤 괜찮아. 그녀 특유의 들뜬 목소리는 여전했다. 응, 고마워.

첫 출근 하는 날. 안드레는 서둘러 일찍 집을 나섰다. 거리는 아직 어둡고 한산했다. 형광조끼를 입은 환경미화원들의 비질 소리, 청소차들이 커다란 솔을 돌리는 굉음만이 텅 빈 거리에 울렸다. 회사 로비에는 환하게 불이 켜져 있었지만 사무실 직원들은 물론 경비원들도 보이지 않았다. 안드레는 등기우편으로 받은 사원증을 지갑에서 꺼내 출입대에 댔다. 유리문이 스르륵 열리며 안드레의 이름이 초록색 액정화면에 떴다. '사원: 유 안드레'

문을 통과한 안드레는 주황색 화살표가 반짝반짝거리는 엘리베이터로 들어갔다. 안드레는 가방을 열어 '신입사원 안내문'을 꺼냈다. 안내문에는 '신입사원 교육장은 15층 대회의실입니다'라고 적혀 있었다. '15' 버튼을 누르자 고풍스러운 금색 엘리베이터 문이 천천히 닫혔다. 2… 3… 4… 5… 6… 텅 빈 엘리베이터가 떨리면서 건물 위로 올라가고 숫자를 표시한 불빛도 한 칸씩 올라갔다. 8… 9… 10… 그리고 11,

땡.

닝엔이었다.

화장기 없는 얼굴을 한 닝엔이 핸드백을 가슴에 품은 채 안드레의 앞에 서 있었다. 그리고 다시 땡. 15층 문이 열리자 닝엔이 재빨리 손을 뻗어 '닫힘' 버튼을 누르고 '11' 버튼을 눌렀다. 문이 닫히고 그녀는 안드레의 목을 껴안았다. 눈을 감은 안드레의 코끝으로 그가 좋아하던 향수 냄새가 스며들었다.

땡.

엘리베이터가 멈추고 다시 문이 덜컥 하며 열렸다. 여전히 눈을 감은 안드레의 귀에 밝은 목소리가 들려왔다. 또 봐. 향수 냄새는 닝엔의 발소리를 따라 조금씩 멀어져갔다. 안드레가 눈을 떴을 때 그녀는 없었다.

아버지께서 돌아가시기 전에 엄마가 어디 있는지 말씀해주셨거든요. 엄마를 찾아가야 해요. 이제 나한텐 엄마밖에 없어요. 마리자가 흥미롭다는 표정으로 안드레를 쳐다보았다. 어느 나라? 얼마나 먼 나라길래? 그게 아니라…. 마리자는 안경을 고쳐 쓰며 안드레의 말을 막았다. 불편하면 얘기 안 해도 돼요. 꼭 내가 추궁한 거 같잖아. 아니에요… 그게 아니라. 엄마는… 안드레는 마리자의 눈을 쳐다보며 천천히 말했다.

행성에 살아요.

마리자는 잘못 들은 건가 하는 표정이었다.

엄마는 우주인이셨대요. 그 이상은 저도 잘 몰라요. 아주 오래전 엄마의 모든 소식이 끊겼다는 거예요. 오랫동안 소식이 없던 아버지가 임종 직전에 저를 찾아 유언으로 말씀하셨어요. 엄마는 행성에 계신다고요. 마리자가 흥미롭다는 듯이 턱을 괴며 물었다. 그 말, 믿어요? 안드레는 대답할 수 없었다. 자신도 무엇을 믿고 있는지, 왜 믿게 되었는지 알 수 없으니까. 아니, 믿고 있는 걸 또박또박 설명할 방법이 없었다.

내가 괜한 걸 물어봤나 봐. 자리를 뜨는 안드레를 따라 일어서며 마리자가 말했다. 안드레는 당분간 아무도 만나지 않는 것이 좋겠다 싶었다. 아무 말도 하고 싶지 않았다. 아니, 하고 싶은 이야기는 끝도 없는데 어떻게 이야기를 나눠야 할지 몰랐다. 마음속에 있는 것을 꺼내놓는 법도 모르겠고, 그럴 바에야 혼자 있는 게 차라리 낫겠다 싶었다. 안드레는 가볍게 인사를 하고 카페문을 나섰다.

정말이었어! 닝엔의 말이 정말이었던 거야.
소문만 돌던 행성 탐사요원 선발 계획이 공식적으로 발표되었다. 최종으로 선발된 자는 세계 45개국 연합 프로젝트의 일환으로 소행성 탐사선에 탑승하게 되며, 이는 30년 전에 비밀리에 추진되었다가 중단된 프로젝트의 재개를 알리는 신호탄이라는 것이었다. 신문을 펼쳐든 안드레는 흥분을 가라앉힐 수가 없었다. 신문은, 우주인이 되기 위해 특별히 까다롭게 요구되는 자격 조건은 없지만 각국의 우주인들과 함께 진행하는 프로젝트인 만큼 외국어 실력과 우주의 열악한 환경을 견디며 연구와 탐사를 진행할 수 있는 강인한 체력이 선발기준이 될 것이라는 관계자의 언급을 전했다.
체력은 자신 있었다. 강한 체력은 타고 났다. 여태껏 심하게 앓아본 적도 없고 크게 다친 적도 없었다. 며칠 밤을 새워도 끄떡없었고 술을 잘 마시지는 못해도 직장동료들과 회식을 하면 늘 마지막까지 남아 취한 사람들을 돌봐주곤 했다. 그런데 외국어는 자신이 없었다. 그저 언어에 재능이 있는 사람들이 신기하고 부러울 뿐이었다. 메이 같은 사람 말이다.

회사에 입사한 지 일주일 정도 지났을 즈음이었다. 몇 년 만에 내린 폭설로 온 시내는 마비 일보 직전이었고, 회사는 자율출근을 지시했다. 신입사원인 안드레는 어렵사리 일찍 출근했지만, 제시간에 출근을 한 사람은 아무도 없었다. 안드레는 텅 빈 사무실 창가에 서서 끊임없이 내리는 눈을 바라보았다. 큼직큼직한 눈송이들이 거리 위로 쏟아져 내렸다. 그런데, 멀리 베이지색 코트를 입고 눈이 잔뜩 쌓인 우산을 든 채 휘청거리며 카페로 들어가는 사람이 보였다. 안드레는 그녀를 한눈에 알아보았다. 메이였다. 메이 오키드. 안드레는 사무실 한쪽 구석에 던져놓은 코트를 낚아채 곧장 카페로 갔다.

눈을 털며 마리자와 이야기를 나누던 메이가 먼저 안드레를 알아보고서 반갑게 웃었다. 우아, 일찍 출근했나 봐요? 눈 이렇게 많이 오는 거 처음 봐…. 추운 날씨 탓인지 메이의 두 볼은 발갛게 달아올라 있었다. 검은 머리끝에는 눈이 녹은 물방울이 송글송글 맺혀 있었다. 아침부터 조금 서둘렀어요. 신입사원이니까요. 메이가 주머니에서 립글로즈를 꺼냈다. 나도 신입사원인데요? 가늘게 웃는 그녀의 입술 위로 립글로즈가 몇 번 지나가자 입술은 마법처럼 분홍빛으로 변했다. 같은 회사 맞죠? 두 분. 축하가 늦었네. 마리자는, 앉으세요 하며 커피머신 쪽으로 걸어갔다. 창문에 드리워진 굵은 종이줄에는 폴라로이드 사진과 크리스마스카드들이 벌써 주렁주렁 매달려 있었다.

안드레는 마리자가 사이폰으로 커피를 내리는 모습을 물끄러미 바라보았다. 신기해요? 아 학교 다닐 때, 실험실에서 속슬렛으로 커피 내려먹은 적 있어요. 꼭 실험도구 같네. 마리자는 웃음을 터트렸다. 그럼 난 하루에 몇십 번 실험하는 건데. 마리자가 가스불을 끄며 웃었다. 그런데 결과는 다 달라. 고등학교 때 과학 과목 무지 싫어했거든. 그래서 그런가? 짙은 갈색 커피가 순식간에 사이폰을 빠져나왔다. 전공이 화학이에요? 마리자가 물었다. 비슷해요. 화학교육과. 메이가 안드레를 보며 자신의 앞자리를 가리켰다. 앉으세요. 마리자는 커피를 포트에 담아 들고 왔다. 이건 아침에 새로 볶은 건데 오늘은 특별히 서비스.

메이가 검은 머리를 뒤로 넘기자 볼록 튀어나온 이마가 안드레의 눈에 들어왔다. 그녀는 그날처럼 진감색 재킷을 입고 있었다. 왜 자꾸 이마만 봐요? 메이가 한 손으로 이마를 가리는 시늉을 하며 안드레에게 물었다. …많이 튀어나와서요. 안드레는 얼떨결에 대답했지만 아차, 싶었다. 메이가 피식 웃자 하트 모양 귀걸이가 흔들거렸다. 눈에 익은 귀걸이였다. 입사선물로 언니한테 받은 거예요. 잘 어울려요. 특히 이마랑. 메이는, 이거 칭찬인가? 살짝 웃으며 커피잔에 입을 댔다.

그날 같이 오신 분이죠? 어, 기억하시나 봐요? 그럼요. 털모자

쓰고 파카 입고도 굉장히 추위하던 분. 메이가 크게 웃었다. 맞아. 우리 언니 추위 너무 타거든. 그 말을 들었는지 마리자의 목소리가 들려왔다. 참, 아브리우는 잘 있어요? 그럼요. 요즘 좋아요. 빨리 잊을 거예요. 더 좋은 사람 만나야죠. 메이가 가지런한 이를 드러내며 환하게 웃었다. 두 사람은 그렇게 다시 만났다.

직장을 그만두고 일주일이 지나자 안드레는 예전 회사 근처에 있는 어학원에 등록했다. 열두 개의 언어 중 네 개를 골라 집중적으로 배울 수 있는 코스를 선택했다. 수강 신청을 받는 직원은 이런 경우는 처음이라며 네 장의 신청서와 서류를 한 아름 주었다. 사전과 교재를 잔뜩 사 들고 집으로 돌아온 안드레는 구독하던 잡지와 신문도 모두 외국어 잡지와 신문으로 바꾸고, 텔레비전 채널도 외국어로만 방송되는 채널로 바꾸었다.

메이는 뭐 제일 좋아해요? 흠 좋아하는 거… 없어요. 에이 좋아하는 게 없는 사람이 어딨어. 그럼 뭐 싫어해요? 흠… 싫어하는 것도 없네. 메이는 눈을 동그랗게 뜨고 안드레를 쳐다보았다. 정말요? 정말…. 정말? 정말이라니까… 나 좋아하는 거, 싫어하는 거 별로 없어요. 그럼 무슨 재미로 살아요? 안드레는 어이없다는 듯 웃었다. 아, 하나 있다. 나… 말 배우는 거 좋아해요. 네? 네. 나 말 배우는 거 좋아해요. 그럼 몇 개 국어 해요? 메이는 손바닥을 펼쳐 안드레 앞에 쑥, 내밀었다. 다섯 개? 메이는 고개를 저으며 다시 한 번 더 손바닥을 내밀었다. 그러니까, 다섯 개? 아니요. 열 개.

…난 친구가 없어요. 어릴 적부터 난 언니랑 살았어요. 아빠도 엄마도 아주 어릴 적에 우리 곁을 떠났거든요. 자세한 건 몰라요. 얘기해준 사람도 없었고요. 친구를 사귀는 것도 소질이 없었어요. 친구라면… 언니, 아브리우뿐이었죠. 그런데 언니는 일찍 결혼을 했고 잠시 언니 부부랑 같이 살아도 봤지만 그게 쉽지가 않았어요. 형부가 그렇게 편한 성격은 아니었거든요. 그리고 두 사람 외국으로 갔다가 언니 혼자 돌아왔어요. 이혼한 채로.

　하나뿐인 친구였는데, 언니는 다른 사람처럼 변했어요. 그래서 그때부터 내 유일한 친구는 말뿐이었어요. 그냥 닥치는 대로 배웠어요. 학원을 다니거나 사람을 만나면서 배운 게 아니라 그냥 혼자. 책 보고, 영화 보고, 음악 듣고….

　메이는 담담하게 자신의 이야기를 풀어놓았다. 친구도 없으니 혼자 할 수 있는 게 뭘까 찾다가 다른 나라 말을 하나씩 배우기 시작했다는 것이었다. 그리고 그렇게 한 해 두 해를 보내다 보니 걸을 때나 버스를 탈 때도 귀에 이어폰을 꽂고 남들이 어떻게 보든 혼자 중얼중얼하면서 다른 나라 말을 하나씩 배우고 익혔다는 것이다.

　말수가 적은 메이지만 안드레 앞에서는 달랐다. 그녀는 하루 종일 참았다는 듯 안드레를 만나면 쉴 새 없이 이야기를 하며 깔깔 웃었다. 특히 새로 배운 말에 대한 이야기를 할 때면 메이는 그렇게 신이 나 보일 수가 없었다. 다른 나라에 한 번도 가보지 않고 한 번도 다른 나라 사람을 만난 적이 없으면서 열 개가 넘는 말을 하다니…. 안드레는 상상도 할 수 없는 능력이었다.

두 사람은 만난 지 반년이 지날 즈음 결혼을 했다. 결혼이라고 해봤자 시청에 함께 가서 서류에 도장을 찍고 서약을 하는 것, 그게 다였다. 어느 누가 먼저 청혼한 적도 없었다. 결혼식도 반지도 드레스도 사진 촬영도 없었다. 오히려 필요 없었다는 말이 더 정확했다. 그리고, 어느 따뜻한 나라로 신혼여행을 간 두 사람은 푸른 천사 문신을 팔목에 함께 새겼다. 둘의 유일한 결혼선물이었다.

안드레는 새벽부터 늦은 밤까지 메이가 쓰던 어학용 테이프와 라디오 강좌를 귀에 꽂고 살았다. 텔레비전으로는 요일별로 다른 나라의 방송을 틀었다. 안드레는 사람을 만나지도 않았고 찾지도 않았다. 그렇게 몇 달을 보내다 보니 자연스럽게 안드레를 찾는 사람들도 없어졌다. 마리자의 메시지를 받은 것은 그렇게 산 지 한참이 지나서였다.

'꼭 해줄 얘기가 있는데, 잠깐 볼 수 있을까요?'

'작은 기쁨'에 안드레가 도착했을 때 마리자는 막 카페문을 닫으려던 참이었다. 오, 안드레 어서 와요 어서 와. 오늘 좀 일찍 마치려던 참이었어. 마리자는 껐던 조명을 하나씩 다시 켜면서 안드레를 맞이했다. 나 굉장히 재미있는 걸 찾았어. 뭔가요? 그녀는 안경을 슥슥 닦아 쓴 뒤 카운터 아래 깊숙한 곳에서 낡은 잡지 한 권을 꺼냈다.

『TRIVIAS SIGNIFICAS』

이 잡지 알아요? 아니요. 나, 우연히 이 잡지를 찾았는데 안드레가 생각났어요. 그녀는 잡지를 뒤적이다가 한 페이지를 펼쳐 안드레의 눈앞에 내밀었다. 잡지의 표지를 보니 연예인의 가십거리와 스캔들, 확인되지 않은 소문이나 싣는 싸구려 잡지 같았다. 아브리우가 일하던 잡지사예요. 안드레는 몰랐어요? 네.

마리자가 펼친 페이지엔 은빛 찬란한 우주복을 입고 환하게 웃고 있는 여인의 흑백사진이 두 페이지에 걸쳐 크게 실려 있었다. 그리고 그 아래엔 이렇게 적혀 있었다.

'오래된 진실: 행성으로 떠난 사람들'

다음 장을 넘기자 이상한 모양을 한 건물 조감도가 실려 있었다. 펜 그림과 함께 명칭과 기능 등의 세부사항이 구체적으로 적혀 있었다.

조감도에 그려진 소행성의 플랫폼 겸 종합연구소라는 건물은 여덟 개의 다리를 가진 불가사리처럼 생겼다. 마치 크리스마스트리의 꼭대기에 장식된 별을 옆에서 자른 모양과 같았다. 창 없는 건물의 외부는 신물질로 마감처리되어 있다고 기자는 적고 있었다. 그 신물질은 행성의 지각을 이루는 특정 성분을 산화처리해서 특수 고분자와 함께 처리한 것이란 설명도 덧붙여져 있었다. 그런데 그 설명이 매우 구체적이었다.

산성 토양인 행성의 산화물을 환원한 뒤, 이가 아민 그룹이 펜던트처럼 그래프트되어 있는 분자량 10만 킬로돌턴 이상의 고분자와 정전기적으로 결합시켰다는 것이다. 건물은 강력한 우주전파와 뜨거운 햇살로부터 거주민을 보호해주고, 행성의 대기 중 45퍼센트 이상을 차지하고 있는 산화질소 계열 기체 분자의 강력한 산화력을 억제해준다는 것이었다.

기자는 더 놀라운 사실을 적어놓았다.

'이 플랫폼이야말로 비밀리에 진행된 행성 프로젝트의 첫 번째 성과물이다. 세계 37개국이 추진해온 유엔의 프로젝트 요지는 행성을 지구의 싱크탱크 역할을 하는 곳으로 만드는 것이다. 뛰어난 재능을 가진 사람들이 행성의 종합연구소로 비밀리에 파견되어 예술, 철학, 스포츠 등 각 분야에서 새로운 문화 프로젝트를 진행하도록 임무가 부여되었고, 30년 전 여성 우주인을 포함한 세 명의 탐사요원이 행성으로 떠나면서 이 프로젝트는 원대한 꿈을 안고 시작되었다.'

음베차 고르바?

기자의 이름이었다. 이런 기사를 쓸 정도면 전문적인 지식이 있는 사람임이 분명했다. 용어의 사용이나 인용 방식도 세련되고 논리적이었다. 파파라치의 누드사진을 기대하는 사람들은 들춰보지도 않겠지만 자세히 들여다보면 꽤 과학적인 기사였다.

음베차 고르바…? 어디선가 들어본 적이 있는 것도 같고…. 안드레가 잡지를 다 읽을 때까지 조용히 기다리던 마리자가 천천히 말했다. 그런데 안드레. 아까 그 기사에 등장한 여자 우주인. 혹시… 엄마 아닐까?

안드레가 다시 잡지를 펼쳤다. 은색 우주복을 입고 짧은 머리에

선한 눈매를 한 여인이었다. 하지만 안드레에겐 엄마에 대한 기억도 사진도 없다. 정확히 30년 전이란 말이죠…. 마리자가 말했다. 그다음 장도 한번 봐요. 안드레가 또 한 장을 넘기자 한 페이지를 가득 채운 커다란 표가 나오고 그 표 안에는 수많은 사람의 이름이 적혀 있었다. 누구나 알 만한 전 세계 각 분야 천재들의 이름이었다.

대중음악계는 쿠르트 코벤, 자무쉬 핸드리키스, 이아리스 프레실리아, 바이 하오, 류지허. 철학계는 카무시, 바르통. 문학계는 수용, 사월 등등. 그런데 이들은 모두 마흔이 되기 전에 요절한 사람들이다. 만약 이 기사가 사실이라면 이 사람들은 이른 나이에 세상을 떠난 것이 아니라 이 행성으로 옮겨 살고 있다는 건가? 그리고 이곳에서는 어마어마한 일들이 비밀리에 일어나고 있다는 건가?

이 잡지 제가 가져가도 될까요? 물론이죠. 창밖으로 하얀 눈송이가 조금씩 흩뿌리기 시작했다. 두 사람은 아무 말 없이 창밖을 바라보았다. 마리자가 먼저 입을 열었다. 크리스마스 장식 해야겠네. 눈송이들이 나선을 그리며 나풀나풀 내렸다. 그곳에도 눈이 내린다면 어떤 모습일까? 여기보다 더 천천히 내릴까, 더 빨리 내릴까? 더 오랫동안 녹지 않을까, 금세 사라져버릴까? 안드레는 코트 안주머니에 잡지를 넣으며 일어났다. 마리자, 고마워요. 밤 10시 30분 전이었다. 심야 강의가 있는 날이다. 안드레는 서둘러 어학원으로 향했다.

어학원 건물을 들어서던 안드레는 맞은편 건물을 바라보았다. 안드레는 드문드문 불이 켜진 건물을 한참 바라보다가, 아래부터 천천히 층수를 세어보았다. 1, 2, 3…, 그리고 6, 7, 8…, 9층에서 잠시 멈췄다가 10, 11, 12, 13, 14…, 15층. 안드레가 일하던 14층도, 메이가 일하던 9층도 불이 켜져 있었다. 메이도, 사람들도 모두 보고 싶었다. 지금 누가 있을까? 사람들은 많이 바뀌었겠지. 회사는 얼마나 변했을까? 날 아는 사람들은 아직 회사에 다닐까? 내 자리엔 누가 있을까?

안드레는 처음으로 수업을 포기하고 무엇에 홀린 듯 회사를 향해 걸어갔다. 눈이 쌓여 미끄러운 거리를 지나 컴컴한 건물 안으로 들어섰다. 텅 빈 로비는 마치 처음 출근했던 날처럼 조용하고 어두웠다. 안드레는 예전 사원증을 꺼내 출입대에 대보았다. 삑, 에러입니다. 다시 읽혀주세요. 차가운 목소리였다. 안드레는 사용할 수 없다는 걸 알면서도 계속 사원증을 댔다. 삑. 다시 읽혀주세요. 삑. 다시 읽혀주세요. 삑. 다시 읽혀주세요… 그런데 갑자기 덜컹, 소리가 나며 유리문이 열렸다.

닝엔이었다.

두 사람은 열린 유리문을 사이에 두고 서 있었다. 닝엔은 예전과는 조금 달라 보였다. 수척하고 힘이 없어 보이는 그녀는 마치 반쯤 불이 꺼진 건물 로비 같았다. 그녀 안의 무언가가 반쯤 사그라진 것 같았다. 두 사람 모두 놀라 서 있는 사이 덜컹 소리와 함께 유리문이 닫혔다. …어쩐 일이야? 놀랐어. 어… 나도 몰라. 오랜만에 그냥 와보고 싶었어.

닝엔이 문을 열었다.

회사는 그대론데. 그럼. 뭐 바뀔 거 있겠어? 11층 휴게실 창밖으로 노랗고 빨간 자동차 불빛이 크리스마스램프처럼 줄지어 흘러가고 있었다. 아이는? 응… 아이한테… 좀 안 좋은 일이 있었어.

그녀는 커다란 쇠붙이 같았다. 온기도 없고 숨이 멎은 동상처럼 가만히 서 있었다. 하지만 안드레는 그런 그녀가 불편하거나 어색하지 않았다. 오히려 예전에 안드레를 불편하게 했던 과한 생기가 사라진 그녀는 더 편안하고 자연스러워 보였다. 그래서 이런 침묵도 전혀 어색하지 않았다. 닝엔이 안드레를 쳐다보며 입을 열었다. 재밌는 얘기 하나 해줄까?

지금 우리가 받고 있는 스트레스의 상당 부분은 바로 이 중력 때문이라는 거야. 중력을 거스를 수 있는 사람은 아무도 없잖아? 그렇게 우리는 태어나면서부터 거스를 수 없는 스트레스를 받고 사는 거라구. 그런데 우주 어떤 곳은 말이야. 중력이 우리가 살고 있는 이곳의 10분의 1밖에 안 된대. 닝엔이 안드레에게 더 바짝 다가오며 말했다. 쉽게 생각해봐. 만일 그곳의 중력이 여기의 10분의 1이라면, 그곳에서 받는 인간의 스트레스도 10분의 1이 되겠지? 그래서 더 오래 살 수가 있대. 지금 평균 수명이 백 살에 육박하니까 이 행성에 사는 사람들의 평균 수명은 1천 살이 된다는 거야. 여기서 보낸 10년의 시간이 그곳의 1년이 되는 거라고.

안드레는 피식 웃었다. 재밌네. 근데 그 얘기를 왜 해? 닝엔은, 당신 이런 거 좋아하잖아, 하더니 지갑에서 사진 한 장을 꺼내 보여주었다. 검은 곱슬머리에 턱수염이 덥수룩하고 삐쩍 마른 남자와 닝엔이 나란히 찍은 사진이었다. 사진 속 남자의 얼굴도 닝엔의 과장된 웃음도 어딘가 텅 빈 듯 불안해 보였다. 남편? 응. 그이가 나한테 마지막으로 해준 게 중력 얘기야.

어떤 사람이었어? 어린 여자와 첫 결혼을 하고 외국에 나갔다가 돌아온 이혼남. 이학박사. 회사 홍보일로 우연히 만나서 친구로 지내다가 만난 지 두 달 만에 결혼했었어. 그게 나랑 같은 달 아니었나? 맞아. 닝엔은 안드레의 뒷머리를 쓰다듬으며 말했다. 그리고 전에 그 우주선 얘기, 그이가 해준 얘기였어. 근데 정말이더라?

대학시절 안드레는 닝엔을 처음 보자마자 사랑에 빠졌다. 하지만 두 사람은 이내 헤어졌다. 닝엔은 다재다능한 여자였지만, 다른 사람을 찾아 안드레를 떠났고, 금세 후회했고, 다시 안드레를 찾았다. 하지만 그때 안드레에겐 이미 메이가 있었다. 그리고 안드레의 결혼 소식을 듣자마자 닝엔은 사귀고 있던 남자와 결혼식 날짜를 잡아버렸다.

닝엔의 남편이 누구며 어떤 사람인지 주위 누구도 알지 못했다. 닝엔도 사람들에게 남편에 대해 전혀 말하지 않았다. 누군가 물어보면 아유 평범해요, 그냥 회사원이라면서 특유의 웃음으로 말머리를 돌렸다. 안드레도 이번에야 알게 되었다. 상대방은 재혼이었고, 조촐하게 식을 치렀다는 사실을.

그런데 마지막으로 해준 얘기라니? 닝엔은 잠시 머뭇거리더니 말했다. 몇 달 전에 사라졌어. 어디로? 아무도 몰라. 그냥 사라졌어. 그이를 찾기 위해 경찰서에 갔는데 전부인을 만났어. 그녀도 사라진 그이를 찾고 있었어. 담담하던 닝엔의 목소리가 조금씩 떨리기 시작했다. 천재였어. …천재? 음. 내가 본 유일한 천재. 닝엔은 사진을 만지작거렸다.

그 사람, 1년 전에 잡지사로 직장을 옮겼어. 전부인이 일하는 잡지사란 걸 알았다면 반대했었겠지만 그땐 몰랐으니까. 닝엔이 아무렇지 않은 듯 말했다. 두 사람 다시 만나고 있었나 봐. 닝엔은 지갑 속에서 명함을 한 장 꺼내 안드레에게 보여주었다. 이게 그 전부인의 명함이야. 참, 나도 이제 전부인인가? 갑자기 사라진 연기 같은 남자의 전부인들이 경찰서에서 만났더라… 두 사람이 함께 연기처럼 사라진 한 남자를 찾고 있더라… 웃기지?

'TRIVIAS SIGNIFICAS 선임기자 아브리우 오키드'

과학기술처 건물 앞에는 수많은 사람들이 줄을 지키고 있었다. 행성탐사 프로젝트 지원 첫날, 인터넷 접수가 가능함에도 수많은 사람들이 직접 원서를 내기 위해 몰려왔다. 우주인이 되기 위해서는 그야말로 어마어마한 경쟁률을 뚫어야 한다는 의미였다. 나이든 노인부터 어린 학생들, 군인 복장을 한 사람, 교복을 입은 사람,

전통의상을 입은 커플까지, 거리는 사람들로 가득 찼다. 인파를 통제하는 경찰의 호루라기 소리, 사람들의 말소리, 간간이 터지는 웃음소리가 뒤섞이면서 북적댔다.

안드레는 벌써 일주일째 잡지에 적힌 전화번호로 전화를 걸어 보았지만 실패였다. 안드레는 그 기사를 거의 외우다시피 할 정도로 읽고 또 읽었다. 기사를 쓴 기자 음베차 고르바에게 연락을 하려 했던 것이었다. 지나가는 사람들이 안드레가 들고 있는, 반라의 여성들이 뒤엉킨 잡지 표지를 흘끔흘끔 바라보았다. 마지막이다… 안드레는 다시 번호를 눌렀다. 하지만 무응답이었다.

세 시간 넘게 기다린 끝에 안드레는 준비한 원서를 마침내 창구에 넣었다. 직원들은 무표정하게 원서를 받았다. 원서를 접수하기까지는 채 1분도 걸리지 않았다. 그리고 돌아오는 길에 안드레는 한동안 정지시켰던 휴대폰을 다시 연결했다.

1분도 지나지 않아 1차 서류심사에 통과했다는 문자를 받았다. 오늘 자정까지 응시료를 입금해야 한다는 문자였다. 하지만 사기성 문자를 조심하라는 내용의 문자가 뒤이어 과학기술처에서 날아왔다. 문자를 지우려는 순간, 휴대폰 화면에 실시간 뉴스가 떴다. 속보였다.

'템프상 수상 경력의 과학기자 음베차 고르바 박사 실종 사건. 수사 종료.'

1차 서류심사에 합격한 사람들은 여러 달 동안 체력검사를 받았다. 안드레는 체력에 자신이 있었던 데다가 꾸준히 준비를 한

덕분에 체력검사는 그리 큰 문제가 되지 않았다. 그러나 응시자들의 체력 수준은 한심했다. 특히 중력 시험과 폐활량 시험에서 80퍼센트 이상이 낙오했다. 그나마 통과한 사람들도 지구력 시험에서 거의 남아나지 못했다.

다시 계절이 바뀌고, 마침내 마지막 면접시험 일자가 정해졌다.

면접시험 날 아침, 안드레는 깨끗하게 다린 슈트와 코트를 세탁소에서 찾아와 입었다. 어학원의 집중코스는 이미 끝났고 안드레는 무난하게 심화등급을 통과했다. 그동안 안드레는 메이가 그랬듯이, 사람들과의 대화 대신 '말'과의 대화를 택했다. 아무것도 소진하지 않고, 모두 차곡차곡 몸속에 쌓아두고 싶었다. 안드레는 오랜만에 '작은 기쁨'을 찾았다.

문을 열고 카페에 들어서자, 어린 소녀가 안드레를 맞았다. 마리자의 눈매와 입술을 쏙 빼닮은 예쁜 소녀였다. 엄마, 어디 가셨나요? 소녀가 말없이 뜨거운 말차를 한 잔 가져왔다. 조금 편찮으셔요. 저런, 많이 아프신가요? 아니요. 감기에 심하게 걸리셨어요. 그래서 제가 일을 돕고 있어요. 어쩌면 오늘은 가게에 안 나오실지도 모르겠어요. 소녀의 눈망울이 또렷하고 맑게 빛났다. 그렇구나. 커피 한 잔만 부탁해도 될까요? 그럼요.

소녀는 자신의 키만 한 사이폰 머신 앞으로 다가가서 동그란 캔에 들어 있는 커피가루를 능숙하게 꺼내 한 스푼 담았다. 물을 붓고 가스불을 켜고 영수증에 볼펜으로 한일자를 그었다. 물이 끓고, 유리 튜브를 통해 물이 솟구치며 커피가 흘러 내려왔다. 짙은 갈색 커피가 서서히 아래쪽 플라스크를 채우고, 소녀가 커피를 가지고 왔다.

고마워요. 오랜만에 맡아보는 커피향이었다. 눈을 감고 가슴 깊숙이 커피향을 들이마셨다. 온몸으로 커피향이 번졌다. 커피를 마시면서도 안드레는 계속 카페문을 바라보았다. 추워 추워, 하며 당장이라도 메이와 아브리우가 들어올 것만 같았다. 그때였다.

딸랑. 딸랑.

오랜만이에요. 건강하게 지냈어요? 마리자였다.

마리자도 잘 지냈어요? 그럼요. 저, 오늘 저녁 마지막 면접이 있어요. 가기 전에 소식 전하고 싶었어요. 마리자는 손으로 입을 막으며 애써 기침을 참았다. 잘될 거예요, 우리 가게 커피를 마셨으니까. 면접 잘되게 도와주는 커피잖아. 마리자는 못 참겠다는 듯 기침을 콜록 하더니, 그리고… 메이가 하늘에서 도와줄 거야. 마리자는 다시 콜록댔다. 올해 감기 너무 지독해. 근데 오늘 커피 마실 만해요? 그럼요. 아주 맛있는데요. 마리자가 웃으며 딸의 머리를 쓰다듬었다.

안드레는 가끔 이런 생각을 했다. 자신이 마치 썰매에 매달린 산타클로스의 선물꾸러미 같다는 생각. 어디로 갈지 모르는 선물꾸러미 같다는 생각 말이다. 하지만 어디로 가든, 혹시 아무 데도 갈 수 없더라도 모두 받아들일 준비가 되어 있었다. 그냥 썰매라는 이름의 운명에게 다 맡겨버리기로 했다. 마리자의 딸이 안드레에게 다가오며 말했다. 오늘 눈 온댔어요. 볼록 튀어나온 이마가 예쁜 소녀였다. 마리자는 안드레를 꼭 안아주었다. 안드레, 엄마가 있는 곳으로 꼭 가요. 갈 수 있을 거예요.

 과학기술처 건물 지하에 마련된 면접실은 외부인의 출입이 철저히 통제되었다. 건물 밖은 수많은 취재진들로 북적대고 있었다. 경찰의 호위를 받으며 건물로 들어서는 최종 후보자들에게 플래시 세례가 쏟아졌다. 포토라인 좌우로 기자들의 질문, 셔터 소리, 플래시 불빛이 쏟아지고, 안드레도 경찰 두 명의 호위를 받으며 지하로 내려갔다.
 복도 위로 낡은 조명이 드문드문 매달려 있고 검은 슈트를 입은 안내원들이 무전기에 대고 무언가 끊임없이 이야기하며 안드레를 대기실로 안내했다. 첫 번째 대기실로 들어간 안드레는 가방과 휴대폰 등 모든 소지품을 맡기고 준비된 옷으로 갈아입었다. 잠시 후 두 번째 대기실로 옮겼다. 환한 조명이 켜진 두 번째 대기실에는 가죽소파가 길게 누워 있고, 검은색 탁자 위에 음료수와 과일이 담긴 바구니가 놓여 있었다. 거울 아래에는 커다란 정사각형의 공기청정기와 라디에이터가 놓여 있었다. 라디에이터 끝에서 사각거리는 소리와 함께 뽀얀 김이 피어나고 있었다. 잠시 후 스피커에서 차분한 여자 목소리가 흘러나왔다. 유 안드레 님, 입장 준비.
 문을 열고 들어서자 다섯 명의 면접관이 안드레를 맞이했다. 책상 양옆에서 돌아가는 비디오카메라 두 대 외에 실내에 특별한 것은 없었다. 면접관들은 안드레의 얼굴을 볼 수 없도록 반투명 유리 뒤에 앉아 있었다. 바쁘게 무언가를 쓰는 그들의 손이 유리 아래로 보였다. 면접실의 각 모서리에는 검은 제복을 입은 경찰들이 한 명씩 서 있고, 안드레를 대동하고 들어온 두 요원도 안드레의 양옆에 부동자세로 섰다. 면접관들은 여러 나라 말로 질문을 던지기 시작했다. 안드레는 모든 질문에 성의껏 대답했다.

한 시간여 동안 진행된 면접이 끝날 무렵, 마지막 질문이 던져졌다. 자신이 이번 프로젝트에 꼭 선발되어야 하는 이유를 말해보세요. 안드레는 잠시 침묵한 뒤 대답했다.

…어머니가 행성에 계십니다. 그래서 저는 꼭 탐사요원으로 선발되어야 합니다. 무슨 일이 있어도 그곳으로 가야 합니다. 도와주세요.

면접관들이 수군대는 소리가 들리더니 곧 조용해졌다. 방금 하신 답변을 취소할 기회를 드리겠습니다. 여성 면접관의 목소리가 들렸다. 아니요, 취소하지 않겠습니다. 면접관은 단호한 어투로 다시 말했다. 탐사 행성에 대한 어떠한 정보도 정부는 공개한 바가 없습니다. 그녀의 차가운 목소리가 방 안을 울렸다. 잠시 생각에 잠긴 안드레가 다시 입을 열었다.

번복하지 않겠습니다. 저는… 인류 최초의 여성 우주인, 타티의 아들. 유 안드레입니다.

다시 무거운 정적이 흘렀다. 안드레는 고개를 숙여 인사를 한 뒤 등을 돌렸다. 등 뒤에서 중년 남성의 목소리가 들렸다. 방금 미스터 유의 말은 책임 면접관의 권한으로 속기록에서 삭제하겠습니다. 나가셔도 좋습니다.

면접을 마친 안드레는 경찰들의 호위를 받으며 과학기술처를 나왔다. 특수 경호차가 집까지 데려다주었지만 기진맥진한 안드레는 도착하자마 다시 택시를 타고 병원으로 갔다. 응급실에 도착한 안드레는 그냥 쓰러져버렸다.

링거와 침을 맞고 한 시간여를 쉬고 나니 기력이 돌아왔다. 그제야 면접 대기실에 가방과 휴대폰을 두고 온 것이 기억났다. 가방 안에는 그동안 하루도 빠짐없이 들고 다닌 어학용 테이프와 너덜너덜해진 사전 몇 개가 들어 있다. 그래 탈락하면 무슨 필요가 있어. 아무래도 난 통과하지 못하겠지. 실패한 것 같아. 온몸이 땅속으로 꺼지는 기분이었다. 커다란 납덩어리가 온몸을 짓누르는 듯했다.

가까스로 팔을 들어 침대 옆에 달린 벨을 누르자 간호사 두 명이 왔다. 저… 하루만 더 머물다 가고 싶습니다. 병실을 예약할 수 있을까요? 독방을 원하시는 거지요? 네, 가능하다면요. 간호사는 방을 배정할 때까지 잠시만 기다려달라고 말한 뒤 의사와 함께 왔다. 의사는 진맥을 짚어본 뒤 '심한 탈수와 기력 저하'라고 쓴 진단서를 머리맡에 붙였다. 그리고 남자 간호사 두 명이 안드레가 누워 있는 침대를 위층으로 옮겼다. 잠시 후 간호사들이 들어오고, 커튼 치는 소리, 조명 끄는 소리가 들리더니 간호사들의 웃음소리가 문밖으로 사라졌다.

몇 시간이 지난 건지 며칠이 지난 건지도 알 수 없었다. 휴대폰도 없었고 시계도 없었다. 다만 허리가 견딜 수 없을 만큼 뻐근한 것으로 보아 오래 누워 있었던 것만은 분명했다. 안드레는 침대 옆으로 드리워진 커튼을 젖혔다. 또 눈이 오네. 창 너머 보이는 나지막한 산이 하얀 눈꽃으로 덮여 있었다. 병실 안도, 병실 바깥도 온통 어두운 흰색뿐이었다. 그때 누군가가 병실 문을 두드렸다.

누구시죠? 문이 열리고 카멜색 코트에 중절모를 쓴 중년 신사가 들어왔다. 그는 중절모를 벗고 가볍게 고개를 숙이며 안드레를 바라봤다. 휴식을 취하는데 방해해서 죄송합니다. 모자를 벗자 눈밭처럼 하얀 그의 머리카락이 눈에 들어왔다. 갈색 가죽장갑을 벗는 그의 손에는 안드레의 가방이 들려 있었다.

가방을 전해드리려고 온 것만은 아닙니다. 그가 테이블 위에 가방을 올려놓았다. 할 이야기가 좀 있어서요. 물론 어제까지만 해도 제가 여기 올 수는 없었습니다. …네? 저는 어제 미스터 유를 면접했던 책임 면접관입니다. 면접 후 1년까지는 피면접인을 만날 수가 없으니까요. 그렇다면 지금 저를 만나시면 안 되는 것 아닌가요? 지금 책임 면접관직을 사임하고 오는 길입니다. 잠시 자리에 앉아도 될까요?

그는 코트 안주머니에서 노란색 봉투 하나를 꺼내며 안드레에게 건네주며 말했다.

축하합니다.

순간, 세상의 시간이 주춤주춤 흘러가기 시작했다. 안드레는 봉투를 받아 그 안에 들어 있는 종이를 꺼내 읽었다.

'유 안드레님은 이번 과학기술처에서 주관한 행성탐사 국제 프로젝트의 탐험대원으로 선발되셨습니다. 축하합니다.'

그가 다시 한 번 축하합니다라고 말하며 안드레에게 손을 내밀었다. 안드레는 그의 손을 잡은 채 바닥에 무릎을 꿇고 주저앉았다. 그리고 다리 사이에 얼굴을 파묻고 울음을 터트렸다. 안드레는 꼼짝도 않고 한동안 그대로 주저앉아 있었다. 타티도 안드레를 자랑스러워할 겁니다. 안드레는 아무 말 없이 눈물만 계속 흘렸다. 저도 이제 마지막입니다. 아이들도 모르게 40년이 넘도록 이 일을 했으니까요. 면접관은 모자를 눌러쓴 뒤 병실을 나서며 말했다.

안드레. 마음껏 행복하세요.

문을 나서던 그가 잠시 걸음을 멈추더니 다시 병실 안으로 한 발 들여놓으며 말했다. 아, 그리고 제 이름은…. 희미한 햇살이 문을 통해 들어왔다. 사바루 오키드입니다. 자, 그럼.

잠시 후 안드레를 찾는 전화가 병실로 걸려왔다. 그리고 평상복 차림의 건장한 사람들이 병실로 들어와 안드레를 안내했다. 정복을 입은 사람들이 병실문 앞에서부터 복도, 계단, 통로에서 지키고 있었지만 위압적인 모습은 아니었다. 엘리베이터 앞에서 누군가가 위로 올라가는 버튼을 눌렀다.

옥상으로 올라간 일행은 대기하고 있던 헬기에 올라탔다. 요원들이 능숙한 손놀림으로 일체형 옷과 헬멧 고글을 착용시켜주었다. 야전침대에 눕혀진 안드레의 헬멧을 뚫고 소음이 들려오면서 헬기가 하늘로 올라가고 고글 위로 석양이 떨어졌다. 함께 탄 어느 누구도 아무 말도 하지 않았다. 안드레는 어디로 가는지 알 수 없었다. 하지만 상관없었다. 그래. 난 썰매 위에 놓인 선물꾸러미잖아. 어디로든 가겠지. 어디론가 가겠지. 분명히.

헬기의 소음에 익숙해지자 날이 어두워지며 눈앞이 캄캄해졌다. 잠시 잠에 빠져들었다가 눈을 떴을 때, 안드레는 옅은 옥색 벽지로 도배된 방의 침대 위에 눕혀져 있었다. 침대 옆에는 말끔하고 하얀 잠옷이 놓여 있고 거실의 식탁 위에는 간단한 먹을거리가 마련되어 있었다. 그리고 스탠드 아래 하얀 종이 한 장이 놓여 있었다.

'유 안드레 씨는 내일부터 한 달간의 훈련에 돌입하게 됩니다. 사유재산은 매년 이자가 계산되어 언제든지 사용할 수 있는 형태로 안전하게 관리될 것입니다. 한 달간의 훈련내용에 대해서는 내일 아침 브리핑이 있을 것이며 이번 프로젝트에 선발된 두 명의 요원과 함께 훈련받게 될 것입니다. 필요한 사항이 있으면 수화기를 들어주십시오.'

현실이었다. 가슴에선 심장이 뛰고 있고, 맥박도 뛰고 있었다. 환각도 꿈도 아닌 명백한 현실이었다. 안드레는 자신이 있는 공간을 둘러보았다. 어디선가 환풍기가 돌아가는 소리가 들리고 방향제 냄새가 은은하게 났다. 텔레비전이나 라디오, 컴퓨터는 어디에도 보이지 않았다.

사인용 목재식탁이 한구석에 놓여 있는 거실 한가운데엔 하얀 가죽소파와 커다란 장스탠드 두 개가 있고, 맞은편 벽에는 몇 가지 언어로 된 책들이 꽂힌 책장이 있었다. 식탁 옆에는 빨간 전화기가 벽에 걸려 있었는데, 전화기엔 버튼이 한 개밖에 없었다. 현관에는 유리문이 있고 유리문 바깥으로 은색 철제 현관문이 있었다. 문은 바깥에서 잠글 수 있는 구조였다. 침실에는 더블 사이즈의 침대와 스탠드가 놓인 사이드테이블만 있었다. 거실과 침실 어디에도 창문은 없었다. 안드레는 냉장고 문을 열었다. 각종 음료수와 과일, 치즈, 생선요리, 달걀, 샐러드 등 음식이 가득 차 있었다. 안드레는 작은 술병을 열어 한 모금 들이켰다. 온몸에 따뜻한 기운이 퍼지면서 취기가 돌았다.

모노레일에 앉은 안드레와 동료들은 아무 말 없이 우주선으로 이동했다. 대장 메멧이 손으로 신호를 보내자 다들 일사불란하게 헬멧을 쓰고 산소마스크 밸브를 열었다. 탐사요원인 피에르장도 헬멧에 달린 버튼을 눌러 마이크를 켜고 벨트를 채운 뒤 임무에 맞는 테스트를 시작했다.

기계가 하나둘 작동하고 오른쪽 아래에 있는 흑백 스크린에선 관제센터 사람들의 모습이 보였다. 그들은 서로 이야기를 주고받기도 하고 어떤 사람은 환히 웃으며 화면을 향해 두 팔을 흔들기도 했다. 3분 전, 2분 전, 1분 전. 시간이 흐르고 세 대원의 손놀림이 그동안 수천 번 반복한 매뉴얼대로 정확하고 빠르게 움직였다. 모든 것이 준비가 되자 예상대로 시계는 35초가 남았음을 가리켰다. 30초가 남자 세 가지 다른 언어로 카운트다운이 시작되었다.

20, 19, 18… 안드레는 눈을 감았다.

12, 11, 10… 세 명 모두 조종간을 힘껏 잡았다. 스크린에서는 사람들이 다 함께 같은 순간에 다른 입 모양으로 카운트다운을 하고 있었다.

5, 4, 3, 2, 1….

순간, 온 세상을 뒤덮는 듯한 굉음이 고막을 찢을 듯 터져 나왔다. 한 번도 경험해보지 못한 엄청난 힘이 등을 밀며 우주선을 땅에서 밀어냈다.

안드레는 애써 눈을 뜨려 했지만 아무것도 볼 수 없었다. 그는 조종간을 붙잡은 채 마음속으로 숫자를 세기 시작했다. 하나, 둘, 셋… 일흔둘, 일흔셋… 이백구십구, 삼백. 그제야 겨우 눈을 떠 정면의 액정 패널을 보았다. '안전'이란 글씨가 푸르고 선명하게 빛났다. 안드레는 다시 오백을 세기 시작했다. 귀를 찢을 듯한 소리와 등을 떠미는 힘이 조금씩 약해지고 시야가 조금씩 어두워졌다. … 사백구십팔, 사백구십구, 오백.

아무 소리도 들리지 않았다. 잠시 뒤 고개를 오른쪽으로 돌리자 황홀한 빛의 향연이 지평선 위로 펼쳐졌다. 그리고 사람들이 얼싸안으며 기쁨을 나누는 모습이 스크린으로 보였다. 대장 메멧의 목소리가 들려왔다.

모든 것이 정상입니다.

우아!! 환호 소리와 휘파람 소리가 헤드셋을 울렸다. 안드레는 조종간에서 손을 떼고 옆에 앉은 피에르장과 악수를 나눴다.

우주선이 지구에서 점점 멀어질수록 지구는 더 둥글게 작아지더니 푸른 별빛으로 변해갔다. 번쩍거리는 물체들이 간간이 우주선을 바짝 스치며 지나가고 헤드셋을 통해 대장의 목소리가 들렸다. 자동항법장치로 픽스모드를 해제합니다. 안드레는 헬멧을 벗어 트레이 위로 올리고 시트를 뒤로 힘껏 젖혔다.

플랫폼 건물은 잡지에 실린 조감도 그대로였다. 놀랍게도 모든 것이 정확하게 일치했다. 가운데가 볼록 튀어나온 여덟 개 다리를 가진 십층 건물이었다. 플랫폼 게이트에서 대기하던 현지요원들이 세 탐사요원들에게 새로운 중력에 적응할 수 있는 자동 허리띠와 보조제를 나누어주었다. 이 행성의 중력에 서서히 몸을 적응시키기 위해 꼭 필요한 것들이었다.

본격적인 탐사작업을 시작할 때까지 요원들에게는 일주일간의 자유시간이 주어졌다. 메멧은 이 행성에는 지금 묵고 있는 터미널 건물 외에도 여러 동의 건물들이 산재해 있으며 일부 지역에는 주거단지가 형성되어 있다는 이야기를 전해주며 안내원의 연락처를 건네주었다. 안드레는 짐 가방을 숙소에 내려놓고 편안한 복장으로 갈아입었다.

안드레는 숙소의 입구에 있는 자동연결 장치로 안내원에게 전화를 걸었다. 잘 오셨습니다. 수화기 너머로 특이한 억양의 목소리가 들렸다. 식당에서 저녁을 먹으면서 필요한 정보를 자세히 알려드리겠습니다. 안내원은 안드레에게 약속 시간과 장소를 친절하게 알려주었다. 그리고 전화를 끊기 전 한마디를 남겼다. 그리고… 손님 한 분 모시고 가겠습니다.

창밖은 온통 붉은빛이었다. 자외선과 유해한 우주광선을 차단하는 필름 때문이었다. 넓디넓은 사막 같은 바깥 풍경 멀리 초록색 별 하나가 지평선 위로 떠오르고 있었다. 아주 작지만 선명한 빛의 지구돋이였다. 아…. 안드레는 넋을 잃고 창밖을 바라보았다. 땅 위로는 길쭉한 팔다리를 가진 로봇들이 휙휙 지나다니고, 버기카처럼 커다란 바퀴를 단 자동차들이 굴러다녔다. 바퀴 뒤로 날리는 먼지가 깃털처럼 천천히, 땅 위로 내려앉았다.

정말 그랬다. 별로 힘들이지 않고도 손을 젓고, 발을 옮길 수 있었다. 허리를 감싼 무거운 허리띠를 제외하곤 그 어떤 무리한 힘도 느껴지지 않았다. 시계를 본 뒤 안드레는 바깥이 훤히 보이는 통유리 통로를 지나 한참을 걸어 식당으로 향했다. 식당 입구에 서 있던 낄끔한 원피스 차림이 여자 두 명이 환히 웃으며 안드레를 안내했다. 방에는 여러 명이 둘러앉을 수 있는 투명한 원형탁자와 세 개의 노란색 의자가 마련되어 있었다.

똑, 똑. 노크 소리가 들렸다. 들어오세요. 애써 태연하게 말했지만 안드레는 차마 문 쪽을 바라볼 용기가 나지 않았다. 문이 열리며 누군가가 방으로 들어왔다. 유 안드레 씨. 조금 전 수화기 너머 들리던 선명한 톤의 목소리였다. 수염이 덥수룩하고 삐쩍 마른 남자가 웃으며 안드레에게 손을 내밀었다.

음베차 고르바입니다.

안드레는 그에게서 눈을 뗄 수가 없었다. 유심히 자신을 바라보는 안드레에게 그가 웃으며 말을 건넸다. 혹시 저를 아십니까? 아… 아니요. 아닙니다. 안드레는 웃음을 지으며 악수했던 손을 내려놓았다. 그때 음베차가 뒤를 돌아보며 누군가를 불렀다. 들어오시죠. 그리고 어떤 여인이 방 안으로 들어왔다. 검은 머리를 위로 묶은 여인의 목에는 진한 분홍색 명찰이 걸려 있었다.

'메이 오키드'

자, 앉으세요, 어서. 음베차는 두 사람의 손을 끌어당기며 인터폰으로 음식을 주문했다. 안드레와 메이는 아무 말이 없이 서로를 바라보고 있을 뿐이었다. 잠시 후 종업원이 전채음식과 손수건, 음료수를 내오고 음베차가 이야기를 시작했다. 이렇게 갑자기 미스터 유를 놀라게 할 생각은 없었어요. 메이는 임무가 끝나는 대로 돌아갈 계획이었어요. 저도 마찬가지예요. 곧 이 프로젝트는 마무리되니까. 저는 사실 오늘 특별히 미스터 유에게 해줄 얘기가 없어요. 자세한 얘기는 메이에게 들으면 되니까요. 최대한 빨리 식사를 마치고 저는 물러나겠습니다. 두 사람을 방해하고 싶은 생각은 없어요.

다시 종업원들이 음식을 들고 들어오고, 음베차는 이곳의 역사며, 주의할 점, 편의시설들, 가볼 만한 곳 등등에 대한 이야기와 당분간은 어쩔 수 없이 극비사항이어야 하지만 곧 지구와 자유로운 왕래가 가능하게 될 거라는 이야기 등을 장황하게 늘어놓았다. 굳이 어떤 정보를 전해주기 위해서라기보다 두 사람이 더 편안하게 침묵할 수 있도록 배려하는 것 같았다.

자, 천천히 많은 이야기 나누세요. 하나 더. 안드레가 음베차 쪽으로 얼굴을 돌렸다. 오래 기다리던 소식일 거예요. 음베차가 안주머니 속에서 작은 봉투 하나를 꺼내 안드레에게 주었다. 지금 열어봐도 되나요? 음베차는 고개를 끄덕였다. 안드레는 예감했다. 엄마에게서 온 편지다…. 그리고 그 예감은 맞았다. 안드레는 떨리는 손으로 봉투를 열어 편지지를 꺼냈다. 펼친 편지지 위로 또박또박하고 정갈하게 쓰인 손 글씨가 보였다. 메이가 손을 뻗어 안드레의 어깨를 톡톡 털어주고는 살며시 머리를 기댔다.

사랑하는 아들, 유 안드레에게.

엄마였다. 엄마의 편지였다. 안드레는 주체할 수 없을 만큼 떨리는 마음으로 천천히 한 글자, 한 글자를 읽었다. 그런데 편지를 다 읽은 안드레는 미친 듯이 웃다가 울다가 다시 웃다가, 다시 또 꺼이꺼이 울었다. 그리고 고개를 번쩍 쳐들더니 실성할 듯 웃다가 다시 고개를 숙이고 엉엉 울었다. 영문을 알 수 없는 음베차와 메이는 서로를 멀뚱멀뚱 쳐다보고 있었다.

엄마는 너의 소식을 듣고 너무나 자랑스러워 밤잠을 설쳤단다.
그리고 머지않아 우리 아들을 만날 수 있게 될 것을 생각하니
꿈만 같으면서도 미안한 마음에 하루하루를 보내고 있단다.
얼마 전, 소식을 듣고 엄마는 이제 드디어
죽기 전에 우리 아들을 보게 되었구나 하는 생각에
감사기도를 했단다.
아무쪼록 건강하게 임무 잘 수행하고 곧 만나자꾸나.
그날이 어서 오면 좋겠구나.
사랑한다. 아들아.
엄마를 용서해다오.
엄마가 맛있는 쇠고기 요리를 준비해두마.

횡성에서 엄마가.

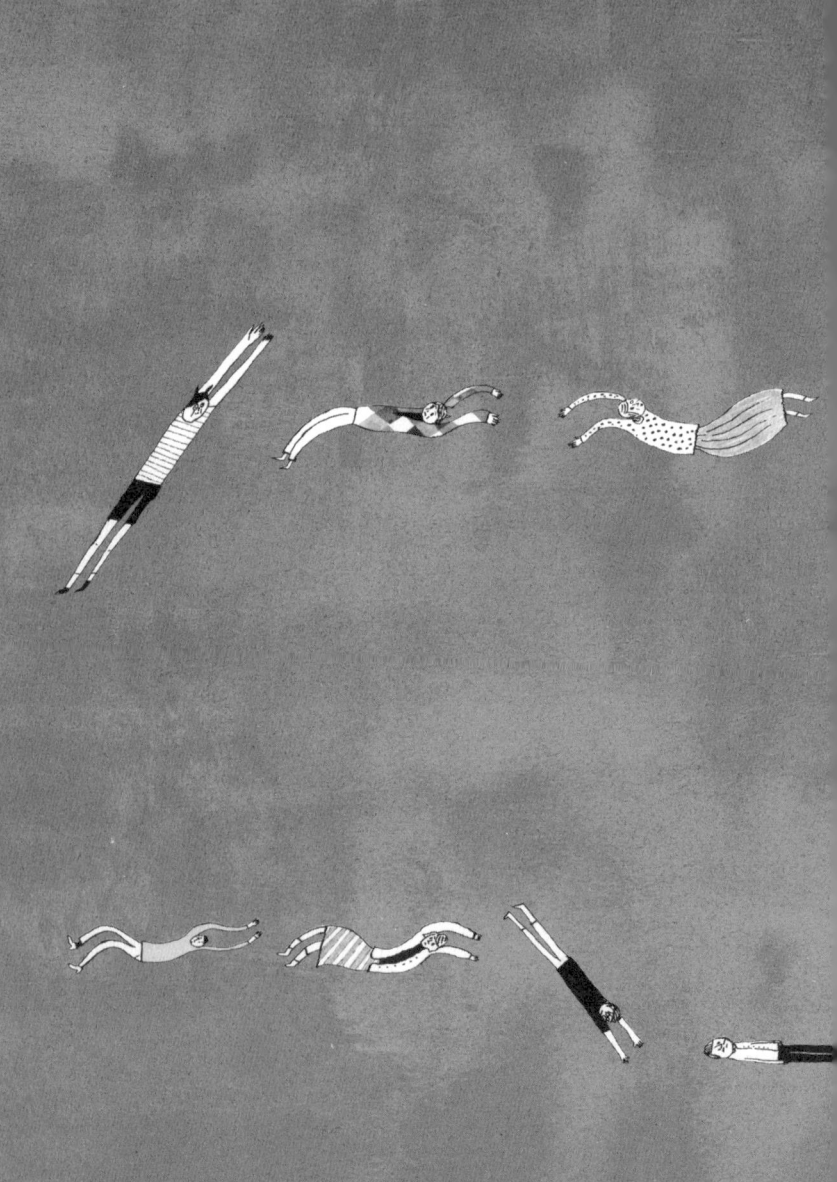

싫어!

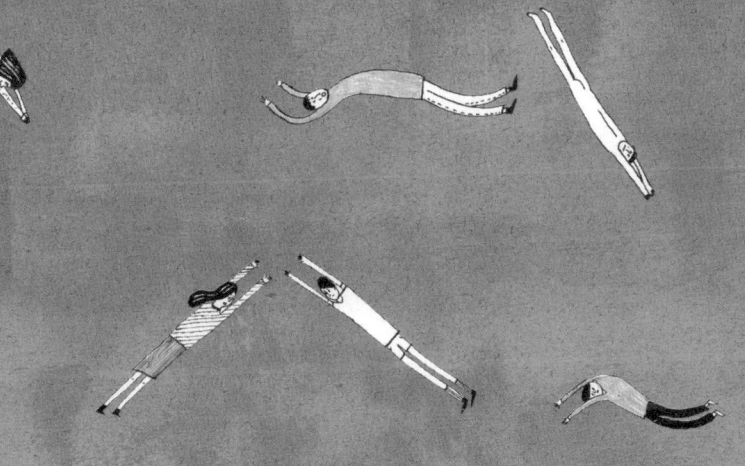

"싫어!"

나는 눈물이 그렁그렁한 눈을 굴리며 소리쳤다. 엄마의 눈이 큼지막해졌다. 깜짝 놀란 듯한 엄마의 등 뒤로 머리를 양 갈래로 땋은 보현이가 고개를 빼꼼 내밀고 나를 보고 있다. 즐거운 표정이다. 나는 화가 났다. 하지만 보현이와 싸워봤자 엄마는 보현이 편을 들 것이 분명하다.

일단 꾹 참자. 참기로 한다. 보현이와 다투면 엄마는 나에게 또 이렇게 말할 것이다. 니가(_/) 오빠가(￣￣\) 돼가꼬(￣_) 동생을(_￣_) 갋아가(￣_) 되겠나(_￣_)? 단어 하나도 안 바꾸고 항상 같은 말만 하는 천사 같은 우리 엄마.

하지만 나의 천사 엄마는 보현이와 내가 다툴 땐 늘 보현이 편이다. 그럴 때만은 엄마가 천사가 아니라 하느님이라고 해도 나는 도무지 이해가 안 간다.

아예 확 울어버릴까. 하지만 나는 보현이와 달라서 억지로 울 줄도 모르고, 설령 운다고 해도 보현이는 또 나를 울보라고 더 얄밉게 놀릴 것이고, 나는 또 약이 오를 것이고, 엄마는 또 나에게,

니가(_ ⁄) 오빠가(¯¯\) 돼가꼬(¯_) 동생을(_ ¯ _) 갚아가(¯_) 되겠나(_ ¯ _)?라고 할 것이고. 아, 그런 상황은 생각만 해도 싫다.

나는 조금 더 떼를 써보기로 마음먹었다.

싫다고! 싫다고!

두 번째 '싫다고!'는 아주 조금 더 강하고 날카롭게! 그렇지. 음. 그런데 혹시 엄마가 내 의도를 눈치챈 건 아니겠지? 나는 한 번 더 작게 중얼거렸다. 나 진짜 싫다고….

이쯤 되면 엄마는 나와 눈을 맞추고 나를 달래주거나 동생 앞에서 내 기를 살려주려 할 것이다. 저녁에 내가 좋아하는 반찬을 해준다든가 아니면 일부러 보현이에게 들으라는 듯이,

우리(_ ⁄) 문수는(¯_) 참(¯) 듬직하이(_ _ ¯\) 남자라(¯_) 남자(¯ _),라고 말할 것이다. 그런데 어라. 엄마가 나랑 눈도 마주치지 않고 아무 말 없이 화장실로 그냥 들어가 버린다. 왜지? 왜지?

오늘 아침, 나는 아빠가 엄마에게 하는 이야기를 잠결에 듣고 말았다. 새벽에 바닷가에서 아침거리를 사온 아빠의 말은 이랬다. 그동안 잠잠했던 아빠의 치질이 다시 도진 것 같은데, 대략 일주

일 전쯤, 회사동료 박 부장 아저씨 송별회 때 아빠가 술을 과하게 마셨던 게 주요한 원인인 듯하다는 것.

아. 응. 그래… 기억난다. 요 근래 아빠가 최고로 많이 취했던 날이었지. 자는 척하는 나에게 뽀뽀하는 아빠의 입 냄새나 다음 날 아침 아빠가 볼일을 본 후 화장실에서 나는 이상야릇한 똥 냄새로 난 아빠의 음주 상태를 알 수 있거든.

아무튼 그렇게 과음을 한 다음 날 아침 똥 누는 기분이 영 찜찜했는데, 그날 오후부터는 아예 자리에 앉기조차 힘들 만큼 아프기 시작했다는 것이다.

아빠는 치질이 있다는 사실을 숨긴 채 엄마와 결혼을 했다. 그리고 신혼 시절 1년여를 고생고생하다가 엄마 몰래 완치했는데 몇 년이 더 지나고 나를 낳을 무렵에야 그 이야기를 엄마에게 울면서 털어놓았다는 것이다. 물론 엄마도 그날 밤 아빠를 붙들고 펑펑 울었단다.

암튼 그렇게 완치됐다고 생각한 아빠의 치질이 다시 재발한 게 아닌가 싶다는 이야기였다. 아빠는 예전에 효과를 본 봉침, 쑥뜸, 요가, 케켈운동 등등 민간요법부터 다시 해보겠다고 했다. 그러다가 엄마와 아빠의 말소리가 갑자기 사라졌다.

아 물론 나도 이미 눈을 뜬 지 오래다. 그리고 그렇게 한참을 아무 말 없이 서로 바라보는 아빠와 엄마. 안 봐도 어떤 모습인지 안다. 그건 바로, 무언가 아주, 아주 중요한 결정을 하기 바로 직전의 모습이다. 그리고 나는 또 안다. 보현이도 나처럼 엄마 아빠의 얘기를 몰래 엿듣고 있다는 사실을.

침묵이 끝난 건 엄마가 갑자기 꺼낸 아빠와의 첫 데이트 이야기 때문이었다. 이건 오늘 처음 들은 얘긴데, 아빠는 십여 년 전 늦봄, 그러니까 대략 4월 말에서 5월 초 무렵 친구의 소개로 엄마를 처음 만났단다. 그때 엄마와 아빠는 멀리 떨어져 있어서 자주 만날 수 있는 사이가 아니었는데, 아빠가 엄마를 찾아와 첫 데이트를 한 곳은 놀이동산이나 극장이 아니고, 동물원 식물원 술집 밥집 찻집도 아니고, 노래방 디브이디방 만화방은커녕 콘서트홀 영화관 미술관 박물관도 아닌, 어릴 적 아빠가 할아버지 손을 잡고 가던 오래된 '온천'이었다는 것이다.

그랬제(ˉˉ_)? 하, 하, 하. 싫었제(ˉˉ_)? 아니(_ˉ), 좋았지(_ˉˉ). 내 원래(_ˉˉ) 온천(_ˉ) 좋아하잖아(_ˉ_ˉ_). 호, 호, 호. 맞다 맞다(ˉ_ˉ_), 하. 하. 하. 호. 호. 호. 하. 하. 호. 호. 하. 하. 호. 호. 그리고 믿고 싶지 않은 엄마의 말 한마디.

아아들(ˉ_) 다(_) 데꼬(ˉ_)
온천 가까(_ˉˉ\\)?

'온천 가까?'
......!

나는 이불 속으로 쏙 들어가서 빌었다. 사랑하는 우리 아빠. 빨리, 이렇게 말해주세요. 귀찮다(_ ̄\). 그냥(̄\) 우리 동네(_ ̄ ̄\) 봉래탕이나(_ ̄ ̄_) 가자(̄ _). 이렇게 얘기해주세요, 제발. 그런데 아빠의 말씀.

어엉(_/). 그라아까(̄ ̄_)?
……

망했다.
난 오늘 망했다.

온갖 생각들이 파리 떼처럼 머릿속을 뒤덮었다. 머릿속의 똥파리들이 낄낄대면서 나를 놀리는 것 같았다. 온천 가까? 온천 가까? 낄. 낄. 낄. 낄. 같이 가까? 우리도 같이 가까? 등또 밀어주까? 때도 밀어주까? 빠나나우유 사주까? 온천 가까? 온천 가까? 낄. 낄. 낄. 낄. 낄.

나는 이제 누워만 있을 수 없었다. 벌떡 일어나서 창밖을 보았다. 혹시라도 밖에 비가 올까? 비가 아주 많이 오면 비 맞는 걸 싫어하는 엄마는 온천 계획을 취소할지도 몰라. 하지만 블라인드를 올리자 방 안으로 스며드는 기분 나쁘게 눈부신 햇살.

같은 동에 사는 아이들이 주차장에서 왁자지껄 떠들며, 온천 가까? 온천 가까? 같이 가까? 우리도 같이 가까? 난 창문을 쾅, 닫고 블라인드를 내려버렸다. 저 멀리서 깔깔대는 아줌마들 소리 호각 소리 발자국 소리 트럭 소리. 일요일 아침의 모든 소리들이 어지럽게 들려왔다.

 일단 날씨에 대한 기대는 접었다. 오른쪽 벽에 걸려 있는 달 모양 벽걸이 시계를 보았다. 9시를 갓 넘었다. 그리고 거실에서 내가 좋아하는 기상캐스터의 목소리가 들려왔다.

 좋은 아침이네요. 전국적으로 맑은 날씨가 휴일 내내 계속되겠습니다. 나들이하기에 좋은 날씨고요, 황사지수도 매우 낮습니다. 자외선 차단제를 준비하시는 것이 좋겠네요, 어쩌구···. 근데, 오늘따라 목소리가 거슬린다. 불쑥 이럴 것만 같다.

 아, 참 날씨도 좋네요. 온천 가실래요? 문수야 온천 갈래? 좋아하는 바나나우유 들고, 엄마 손 아빠 손잡고, 뜨거운 온천으로 한번 들어가 보실래요? 그리고 이어지는 목소리. 좋은 하루 되세요. 띠리링~☆. 빰빰빠~♪.

 오전뉴스가 끝났다. 나는 다시 침대에 철퍼덕, 쓰러져 이불을 머리까지 뒤집어썼다.

 엄마는 지금쯤 커피를 내리고 있을 것이다. (가끔 엄마는 나보다 커피를 더 좋아하는 것 같기도 하다.) 아빠는 컴퓨터 앞에 앉아서 민간요법을 검색하고 있을 것이다. 보현이는 벌써 일어나서 이불도 반듯하게 개고 엄마 아빠에게 어떻게 애교를 부릴지 연구하고 있을걸. 오늘은 또 무슨 여우 같은 짓을 할까.

 아빠, 사랑해. 엄마, 투데이(today) 이즈(is) 선데이(Sunday). 아빠 엄마, 자는 내내 보고 싶었어여.

상상만 해도 현기증이 난다. 그 순간 방문이 좌르륵, 열리는 소리와 함께 들리는 보현이의 목소리.

엄마! 엄마! 나도 온천 가고 싶어!

그리고 아빠의 웃음소리 허, 허, 허, 엄마의 웃음소리 호, 호, 호, 이어지는 아빠의 말씀.

우리(_╱) 딸내미(╱¯╲) 엄마하고(¯¯╲_) 아빠하고(¯¯╲_) 온천 갔다 오까(_╱¯¯╲)?

그런데,
나는?

우리(_╱) 딸내미(╱¯╲) 엄마하고(¯¯╲_) 아빠하고(¯¯╲_)?

나는?
나는? 나는?
나는? 나는? 나는?

이 최악의 사태 속에서 나는 기쁘면서 서운하고, 서운하면서 기쁜, 이상야릇한 기분에 사로잡혔다. 그리고 나도 모르게 머릿속으로 세 사람이 온천에 가고 혼자 집을 보는 오늘의 가상 시나리오를 쓰기 시작했다.

현관문이 닫히는 소리가 들린다. 복도에서 울리는 발자국 소리. 저벅 저벅 저벅. 세 사람의 다른 다리 길이만큼이나 다른 템포로 발자국 소리가 점점 멀어진다. 열에 다섯은 아빠가 다시 집으로 돌아온다. 아빠는 지갑이라든가 휴대폰 같은 걸 꼭 빠뜨리니까. (꾀병은, 심한 복통이라고 치자.) 나는 숨죽인 채 침대에 누워 있다가, 식구들이 모두 택시를 타거나 버스 정류장까지 가기에 충분한 시간이 흐른 뒤 일어날 것이다.

오래 누워 있은 탓에 잠옷이 땀으로 살짝 젖어 있다. 나는 슬금슬금 일어나서 마루로 나와 거실에 쏟아지는 햇살을 마주할 것이다. 열어놓은 베란다 창문 너머 향긋한 꽃향기가 불어올 것이고, 푹 데친 숙주나물처럼 푹 고개를 숙인 채 교회나 온천으로 끌려가는 동네 아이들을 보며 열외의 기쁨을 느낄 것이다.

배가 아프다는 핑계를 댔으니 엄마는 죽을 만들어놓았을 것이고, 환으로 된 한약도 하나 두고 갔을 테다. 나는 죽이 세상에서 가장 맛없는 음식이라고 생각하지만 배가 고프니까 반쯤은 먹고, 남은 죽과 한약은 변기에 버릴 것이다. 그리고 라면 한 봉지를 꺼내 부숴 먹겠지. 하지만 증거를 확실히 없애야 하니까, 라면봉지를 내 침대 아래 KF-16 조립식 전투기 상자 안에 넣어둔다.

대략 두 시간 반 정도가 지날 때부터는 행동반경을 넓히면 안 된다. 예를 들면 베란다 바깥으로 나가거나 안방에서 컴퓨터를 하다가 정신을 놓아도 안 되고, 텔레비전 소리도 아주 작게, 언제든지 침대로 돌아갈 수 있도록 방문도 열어놓고, 복도에서 방 안이 안 보이도록 반투명 유리창도 닫고, 그렇게 대기모드로 있어야 할 것이다.

그때, 문이 좌르르르륵 열리고 아빠 목소리가 들려왔다.

문수야(¯_).

밥 빨리 묵고(_ ¯\\ ¯\\), 아빠하고(¯¯_) 엄마하고(¯¯_) 온천 가까(_/¯\\)?

'온. 천. 가. 까?'

내 모든 시나리오를 사정없이 구겨 쓰레기봉투 속으로 휙, 던져 버리는 듯한 차분한 아빠의 목소리. 하지만 처음 엄마의 말에 비하면 충격은 덜했다. 다만 현실이 조금 더 현실처럼 다가왔을 뿐.

나는 다시 자는 척하면서 실눈을 살짝 떴다. 형광등 아래로 늘어진 줄을 잡아당기는 아빠의 손이 보였다. 나는 다시 눈을 꽉 감았다. 작년 겨울 포경수술을 받기 위해 누워 있던 수술대가 떠올랐다. 두 명의 간호사 누나와 의사 선생님은 들어오자마자 수술대 위의 조명을 켰는데, 여섯 개의 동그란 원과 길쭉한 램프에서 빛이 우두둑, 쏟아졌었다. 그리고 마취주사를 한 대 맞자마자 그 불빛들은 마치 우주선처럼 점점 멀어져갔다.

딸깍, 깜빡, 깜빡, 깜빡깜빡깜빡… 천장을 가로지르는 두 개의 긴 형광등 중 하나가 켜지고, 오렌지색으로 한쪽 끝이 살짝 물든 다른 형광등은 계속 깜빡깜빡거렸다. 등(_) 갈아야겠네(¯¯__). 그때 마치 아빠의 말을 알아들은 듯 깜빡거리던 형광등이 번쩍,

켜졌다. 움찔, 자는 척하는 게 들킨 기분이었다. 머릿속의 시나리오는 쓰레기봉투에서 튀어나와 형광등을 타고 이미 우주 속으로 날아가 버린 지 오래였다.

보현이는 나와 한 살 터울이다. 하지만 나보다 키도 크고 유치원에서 발표도 잘하고 야무지고, 아무리 생각해도 나보다 못한 구석이라곤 하나도 없는, 한마디로 얄미운 여동생이다. 오빠인 내 말을 무시하거나 듣지 않는 건 물론이고 내가 싫어하는 것들, 하지만 엄마나 아빠가 좋아하는 것들을 일부러 더 과장하며 좋아하는 티를 팍팍 내곤 했다. 예를 들면 지금 들리는 이런 거 말이다.

우아, 신난다! 온천에 인형 갖고 가도 돼, 엄마?

그리고 띵똥땡똥, 보현이는 피아노에 앉아 하농 2번을 치기 시작했다.

보현이는 나보다 늦게 피아노를 시작했지만 지금은 나보다 진도도 빠르고 피아노 선생님의 칭찬도 더 많이 듣는다. 나도 보현이처럼 피아노를, 딴건 몰라도 하농만은 조금 더 잘 친다고 생각하지만, 선생님은 한 번도 나를 칭찬한 적이 없었다.

엄마도 마찬가지다. 엄마는 피아노를 전공하지는 않았지만 피아노를 꽤 잘 친다. 나는 언젠가 엄마가 잘 들을 수 있도록 방문을 살짝 열어놓고 하농 2번을 열심히 치고 있었다. 마침내 엄마가 피아노방으로 들어왔다.

나는 분명히 엄마한테서 칭찬을 받을 거라고 잔뜩 기대하고 있었다. 하지만 무심한 엄마는, 엄마(¯¯) 501호(_/¯¯) 갔다 오께에에(¯¯_¯\/). 배고프다고(¯¯__) 라면 먹고(_/¯_) 그라지 말고오(¯¯_¯\/)라는 말을 남기고 방문을 쿵, 닫고 나가버렸다.

온몸에서 힘이 빠졌다. 손가락들이 제멋대로 건반 위를 돌아다니면서 낑, 낑, 낑, 낑, 문수 바보, 놀릴 즈음 다시 방문이 열렸다. 피아노 선생님(_/¯_/\) 오늘(¯_) 몬 오신단다(_¯¯_). 근데 아들(¯¯¯\) 숙제는 다 했나(¯¯_¯\)? 나는 엄마 말을 못 들은 척 계속 피아노를 치며 작게 말했다. 하믄 되지, 오늘 숙제 별로 안 많은데….

아빠는 아침 일찍 포구에서 멍게와 개불, 붕장어를 사왔다. 엄마는 깻잎을 넣고 붕장어 껍질과 대가리, 뼈를 넣고 매운탕을 끓였다.

나는 장어매운탕이 정말 싫다. 맵기 때문이기도 하지만 특히 매운탕에 들어 있는 장어 대가리가 너무나 무섭다. 뾰족한 이빨 길쭉한 대가리도 싫고, 볼따구니에 박힌 하얀 점과 미끈미끈한 껍질도 싫고, 물끄러미 나를 쳐다보는 것 같은 눈알도 싫다.

싫어, 싫어, 정말 싫어, 이러면서 머릿속으로 X표를 백 개쯤 치고 있는데, 뜨겁다(_¯_), 조심조심(_¯_¯), 앞치마를 두른 엄마가 넓적한 냄비를 식탁 한가운데에 턱, 올려놓았다. 으아악. 매운탕 안으로 삐죽삐죽 보이는 장어 대가리들. 마치 온천탕 안에서 머리만 쏙 내밀고 있는 대머리 아저씨들 같았다. 으어어어 시워언하다아. 그중 대가리 하나가 휙, 나를 돌아보며, 온천 가까? 온천 가까? 나 봐라. 안 뜨겁다, 문수야. 문수 이 바보야. 온천 가까? 온천 가까? 그러자 다른 대가리들이 전부 고개를 끄덕끄덕하면서 낄, 낄, 낄, 낄, 온나, 온나, 온천 조옿잖아, 온천 조옿잖아, 그러는 것이었다.

보현이는 벌써 장어 대가리 하나를 밥공기에 올려놓고 어디서 들었는지 생선은 대가리가 맛있다는 둥 온갖 잘난 척 온갖 맛있는 척을 다 하면서 쪽쪽 빨아먹고 있었다. 아빠는 멍게 두 점을 초고추장에 듬뿍 찍어 동네 텃밭에서 따온 깻잎과 미나리 위에 올리고, 베란다에서 키운 매운 풋고추 한 조각을 올려 우물우물 먹고 있었다.

언젠가 친구들에게 우리 집 식구들은 일요일 아침에 장어매운탕을 먹는다는 이야기를 한 적이 있다. 아이들은 아무도 내 말을 믿지 않았지만 그건 사실이다. 일요일 아침이면, 우리 가족은 이렇게 장어매운탕으로 아침식사를 하고 한숨 잔 뒤 오후 늦게 동네 목욕탕에 가곤 했던 것이다.

가끔 있는 일이지만 온 가족이 아예 아침 일찍 동네 목욕탕에 가기도 했다. 난 그게 훨씬 더 좋았다. 왜냐하면 그런 아침에는 장어매운탕을 먹지 않아도 됐기 때문이다. 그리고 또 다른 이유는 선지해장국 때문이다.

목욕을 마치고 나면 우리 식구는 봉래탕 근처에 있는 해장국 집으로 가서 아침을 먹었다. 이건 정해진 코스다. 삼층짜리 가정집을 개조한 해장국 집이었는데, 휴일 아침은 언제나 사람들로 붐볐다. 한 가지 메뉴밖에 없어서 따로 주문할 필요는 없었지만 막걸리를 먹고 싶은 아저씨들은 냉장고에서 손수 꺼내 마셨다. 어른들은 해장국에 이상한 냄새가 나는 가루를 잔뜩 뿌려 먹었다. (어른들은 그걸 산초라고 불렀다.) 그리고 선지. 나는 선지를 잘 먹는다. 그런데 선지는 보현이가 못 먹는 유일한 음식이다.

엄마는 매번 해장국을 세 그릇만 시켰다. 한 그릇은 반을 갈라 우리 둘에게 나눠준 뒤 선지는 모두 내 그릇에 옮겼다. 나는 보란 듯이 맛있게 선지를 먹었다. 보현이는 그런 나는 신경도 안 쓴다는 듯 선지 없는 우거지해장국에 밥을 척척 말아 싹싹 먹었다. 엄마나 아빠가 선지를 잘 먹는다고 나를 칭찬해준 적은 한 번도 없었지만, 난 그저 보현이가 못 먹는 선지를 내가 잘 먹을 수 있다는 사실만으로도 좋았다.

그건 내가 보현이보다 잘하는 유일한 것이었으니까.

엄마는 식사를 일찍 끝내고 아빠와 이야기를 하고 있었다. 아빠는 남은 멍게와 개불을 우물우물 씹으며 박 부장 아저씨 얘기를 했다.

박 부장은(¯ ¯_) 그라믄(¯ ¯_) 장사하기로(¯ ¯__) 했나(¯\)? 몰라(_/). 그런(¯¯) 얘기는(_ ¯¯) 안 하든데(_ ¯¯\).

박 부장(¯ ¯\) 사람(_/) 참(¯) 좋은데(_ ¯\) 섭섭하네(_ ¯¯_).

회사(_ ̄) 그만두도(̄ ̄ ̄\) 자주(̄ _) 볼끼라(_ ̄ _).

와이프(_ ̄ _) 고생 쫌 하겠네(̄ ̄ _ ╱ ̄ _).

고생은 무슨(̄ ̄ _ ╱ ̄)⋯. 박 부장이(̄ ̄_) 그마이(_╱ ̄) 잘했으모(_ ̄_) 됐지(_).

박 부장 아저씨와 아빠는 나이 차이가 거의 안 나지만 이마가 훤한 아저씨에 비해 아빠가 훨씬 젊어 보였다. 우리 아빠는 옷도 잘 입고 친구들보다 더 젊어 보인다. 시골 친척집에 갔을 때 아빠를 보고 행님, 행님 하고 부르는 아저씨들이 아빠보다 훨씬 더 늙어 보이는 것이 진짜 신기했다.

술상을 앞에 놓고 아빠와 아저씨들이 나누는 얘기를 들어보면 형 동생 사이임이 확실했지만 처음에는 굉장히 이상했다. 아무튼 박 부장 아저씨는 외국출장을 갔다 오면 꼭 엄마와 나, 보현이의 선물을 챙겨주셨다. 내가 갖고 있는 유일한 레고도 박 부장 아저씨가 사주신 것이고 보현이 방의 형광등 끈에 달려 있는 우산모양 장식등도 아저씨가 사다주신 것이다.

아빠는 박 부장 아저씨와 술만 마시면 그다음 날 굉장히 고생을 했다. 아빠가 박 부장 아저씨와 술을 마시고 온 다음 날, 엄마가, 박 부장(̄ ̄ _) 두 잔 마실 때(_ ̄ ̄_), 당신은(_ ̄ _) 한 잔만(̄ _) 마시라고요(̄ \\ _ _). 그렇게 말하는 걸 나도 여러 번 들었다. 그러고 보니 박 부장 아저씨는 술을 정말 잘 마시는 분인가 보다. 그렇다면 결국 치질 재발도 박 부장 아저씨와의 술자리 때문이라는 건데. 그렇게 생각이 미치자 나는 박 부장 아저씨가 정말 원망스러웠다.

만일 그날 바로 그 문제의 날, 엄마가 심하게 아팠다든가 해서 아빠가 그 술자리에 가지 않았다면 지금 어떻게 됐을까.

아(ˉ), 박 부장님(ˉˉ_). (난 아빠가 친구한테 높임말과 반말을 섞어 쓰는 걸 도무지 이해할 수가 없다.) 아 그러게(_ˉˉ\) 와이프가 (_ˉ_) 아파가지고(ˉ__). 마, 다암에(_,ˉ_) 와이프하고 (_ˉ_ˉ_) 아아들하고(_ˉ_) 다 같이(_ˉˉ) 함 봅시다(/ˉˉ_).

내가(_/) 식사 함 사야지(ˉˉ_ˉˉ\). 아아들한테(_) 그리(ˉˉ) 신갱도(/ˉ_) 마이(/ˉ) 써주고(/ˉ_) 내는 머(_) 해준 기(/ˉˉ) 있으야 말이지(ˉ___). 그래(_) 재밌게(/ˉ_) 보내고(/ˉ_), 또 연락(_ˉ_) 하입시다이(ˉˉ_/).

이런 통화였겠지.

그리고 아빠의 치질은 재발되지 않았을 것이고, 오늘 이 징그러운 장어매운탕을 먹지 않아도 됐을지도 모르고, 온천에는 안 가도 될 거고, 온천 대신 동네 봉래탕을 가든가 했을 것이고, 해장국집에서 나는 보현이 앞에서 보란 듯 선지를 먹어줬을 텐데. 결국 모든 것은 박 부장 아저씨 때문이다. 나는 레고를 당분간 만지지도 않을 거라 마음먹었다.

시계는 10시를 가리켰다. 시간이 천천히 아주 천천히 흘러가 아침식사가 마냥 길어졌으면 좋겠다 싶었다. 실제로 아침식사는 좀 길어지긴 했다. 박 부장 아저씨에 대한 이야기가 끝난 뒤 엄마 아빠는 이해가 잘 안 가는 어려운 어른들 얘기를 나누었다. 보현이가 어제 읽은 영어책 이야기를 하며 또 잘난 척을 하고, 이러다 보니 식사시간이 좀 더 길어진 것이다. 물론 나에겐 짧게만 느껴졌지만 말이다. 네 식구의 밥공기가 점점 비어가고, 냄비도 바닥을 보이고, 장어 대가리와 뼛조각이 쌓여가고, 멍게와 개불 접시도 물기만 남기고 차츰 비어갔다. 시간은 무심하게 꾸역꾸역 흘러갔다.

"싫어!"

난 울먹이며 외쳐봤지만 엄마는 아무 말 없이 화장실로 들어가서 부스럭부스럭 무언가를 챙기더니 목욕가방 두 개를 들고 나왔다. 땅. 땅. 땅. 그건 마치 오늘의 온천행을 백퍼센트 확실하게 선포하는 의식 같았다.

화장실에 들어가 보니 과연 세면대 위에 항상 있던 아빠의 면도기와 네 식구의 칫솔 치약이 보이지 않았다. 변기 위 하얀 벽장에 차곡차곡 개어놓은 수건의 높이도 반으로 줄어 있었다. 그리고 엄마가 쓰는 샴푸와 린스, 아빠의 스킨과 로션도 보이지 않았다. 땅. 땅. 땅. 문수 가족의 온천행을 선포하노라. 땅. 땅. 땅.

나는 조금이라도 더 시간을 끌기 위해 변기의 엉덩이 받침을 내리고 바지를 내린 채 앉았다. 긴장을 한 탓인지 아직 때가 되지 않은 것인지 똥은 나오지 않았다. 이쯤 되면 아무리 앉아 있어도 똥이 나오지 않을 거다. 하지만 그냥 앉아 있었다. 몇 시간이라도 앉아 있고 싶었다.

그때 변기 왼쪽 바닥에 놓인 철제 책꽂이에 꽂힌 잡지 한 권이 보였다. 나는 아무 생각 없이 잡지를 집었다. 차라리 이 책을 처음부터 끝까지 읽다보면 공포를 잊을 수 있을 것 같았다.

표지에 물 몇 방울이 튀었다가 마른 흔적이 있고 우리 집과는 전혀 다른 분위기를 가진 나무집 앞에서 금발 할머니와 백발인 할아버지가 팔짱을 낀 채 웃고 있었다. 잡지 이름은 노란 글씨로 인쇄되어 있었다.

『LES TESTICULES SPECTACULAIRES』

첫 장을 열자 각종 소파와 스탠드, 책이 잔뜩 꽂혀 있는 책장과 다른 색깔 다른 크기의 식탁 사진들이 잔뜩 실려 있었다. 몇 페이지를 더 넘기니 아예 사진 한 장 없이 영어(나중에 알고 보니 불어였지만) 글자만 빽빽했다.

나는 어디서 주워들은 영어로 엄마 아빠에게 잘난 척하는 보현이가 떠올랐다. 아빠는 보현이가 영어로 무슨 말만 하면 그저 신기한지 보현이를 계속 부추겼고, 보현이는 더 신이 나서 영어 단어를 마구 읊어댔다.

한번은 보현이가 갑자기 나한테 와서 왓(what) 타임(time)? 그러는 것이다. 나는 멀뚱멀뚱 보현이를 쳐다보고만 있는데 보현이는 마치 자신의 질문에 자신이 대답하듯이 투(two) 어클락(o'clock)! 이러면서 손가락 두 개를 펼쳐 내 코앞에 들이밀고는 휙 뒤돌아 나가버렸다.

나는 그 순간 보현이가 문지방에 발이 걸려 넘어졌으면 좋겠다고 생각했다. 그런데 바로 그때, 으아아아아앙, 보현이가 정말 문지방에 걸려 넘어졌다. 엄마가 뛰어오고 나는 정말 무죄라는 걸 강조하듯 엄마보다 먼저 보현이에게 달려가서 걱정하는 척을 했지만 사실 속으로는 매우 통쾌했다.

 엄마는 상황을 파악하고 나의 결백을 알았는지 어쨌는지 나를 꾸짖지 않았다. 한의사인 엄마는 약 상자에서 엄마가 만든 연고를 들고 와서 보현이의 무릎에 발라주었다. 울음을 그친 보현이는 나의 '저주'를 의식하지 못한 채 엄마에게 또 영어로 말했다. 아임(I'm) 오케이(OK) 맘(mom). 그렇게 나의 '저주'가 우연히 통한 뒤 나는 가끔 보현이가 문지방에 걸려 넘어지면 좋겠다고 생각하거나, 배탈을 심하게 앓았으면 좋겠다는 생각을 한다. 물론 똑같은 일이 다시는 일어나지 않았지만. 그건 그렇고.

 온천. 그래, 그 온천 이야기를 해야겠다.
 내가 처음 그 지옥에 가게 된 건 한 달 전, 오늘처럼 맑고 조금 쌀쌀한 일요일이었다. 옆동에 사는 엄마 친구가 우리 집으로 놀러 왔었다. 어떤 얘기 끝에 나, 아줌마, 보현이, 엄마 이렇게 네 명이 아줌마의 차를 타고 온천으로 가게 되었다.
 30분 정도를 달려 온천 앞에 주차를 하고 우리는 입구로 걸어갔다. 외관은 일반 목욕탕과 다르지 않은 삼층으로 된 갈색 건물이었다. 건물 안으로 들어갈 때까지만 해도 나는 우리 동네 봉래탕과 별다른 차이점을 발견하지 못했다. 하지만 건물 안으로 들어선 순간 뭔가가 조금 이상했다. 건물 분위기도 카운터에서 파는 용품도 그곳에 오는 사람들도 뭐라 딱 설명하기는 힘들지만 아무튼 달랐다.

입구의 분위기가 특히 이상했다. 우선, 앉아 있는 모든 사람들이 할아버지 아니면 할머니였다. 카운터 왼쪽 벽에 붙은 커다란 거울에 비친 내 얼굴 뒤로 자판기 옆 나무벤치에 줄지어 앉아 있는 할아버지 할머니들이 보였다. 거울에 보이는 사람들 사이로 바가지머리를 한 내 얼굴만 둥둥 떠 있는 것 같았다. 거울 아래, '친절은 생명입니다. 모든 전기제품은 여기에. 명성전자 대리점. 전화: 7-3452'라는 금색 글씨가 내 허리를 가로질러 갔기 때문에 더 그랬는지도 모르지만.

카운터 옆으로 난 크지도 작지도 않은 유리창 너머로 삼층짜리 건물이 하나 보였다. 그 건물에는 여관처럼 작은 갈색 문들이 다닥다닥 붙어 있었다. 온천을 이용하는 사람들이 잠을 자는 곳 같았다. 그때 일층 가운데쯤에서 문 하나가 스스슥, 열리더니 머리가 짧은 할머니가 분홍색 타월을 가지런히 올려놓은 하얀 바가지를 들고 천천히 걸어 나왔다. 나는 사람이 저렇게 느릴 수도 있구나 싶었다.

엄마는 아줌마와 서로 돈을 내겠다고 실랑이를 했다. 자판기 옆 선반에 놓인 작은 텔레비전에서는 노래자랑 프로그램이 방송되고 있었다. 보현이는 건물 여기저기를 기웃거렸다. 할머니와 할아버지들은 보현이의 머리를 쓰다듬으며 아이고 이뻐라(￣＼_／￣). 몇 살이고(￣￣＼_)?
이리 쪼그만 아아가(￣￣_／￣＼＼_) 온천 하로 왔나(_￣￣＼＼_)?
아이고(￣￣￣), 어른이네, 어른(／￣￣_,_￣).

다들 귀여워했다. 질투가 난 나는 얼른 엄마 쪽으로 시선을 돌렸다. 엄마가 허리를 굽히며 나에게 말했다.

여기선(￣＼_) 비누 몬 쓴다(￣_／￣_).

그리고 엄마는 내 손에 젤리 같은 말랑말랑한 촉감의 무언가를 쥐여주었다.

'벨라모드 바디클렌저'.

나는 또래에 비해 몸집이 작다. 그래서 만 여섯 살이지만 엄마가 고집을 부리면 여탕에 들어갈 수 있었다. 엄마는 아빠를 못 믿겠다면서 가끔 나를 여탕으로 데리고 갔다. 나를 무릎 위에 눕히고 머리를 감겨주기도 하고, 가로줄이 두 줄 들어간 노란 이태리타월로 때를 밀어주기도 했다. 엄마의 손길은 아빠보다 훨씬 더 섬세하고 부드러웠다. 나는 내심 항상 엄마랑 여탕으로 가길 바랐고 열에 한두 번 정도는 내 바람대로 되었다.

탈의실에서 엄마와 아줌마가 옷을 벗었다. 탈의실 할머니들 속에서 엄마의 하얀 몸만 싱싱하게 보였다. 할머니들은 어디서 무엇을 하든 천천히, 아주 천천히 움직였다. 탈의실의 세 군데 벽에 커다란 유리가 붙어 있고 천장에는 푸른 날개를 단 선풍기 석 대가 윙윙 돌아가고 있었다.

나는 몇 번 보관함을 고를까 잠시 망설였다. 좋아하는 야구선수 김풍기의 등번호인 22번 보관함을 찾았다. 그런데 보현이가 벌써 옷을 다 벗고 22번 열쇠를 손목에 걸고 있었다. 나는 화가 났지만 아줌마도 있고 해서 꾹 참고(엄마는 다른 사람들 앞에서 우리가 싸우면 우리를 두 배로 더 혼냈다) 그다음으로 좋아하는 야구선수 박봉선의 등번호 14번을 찾았다. 조금 높이 있기는 했지만 다행히 보관함은 비어 있었다. 팔을 뻗으면 옷을 넣을 수 있을 정도였다.

나는 크기에 비해 싱거우리만큼 가벼운 열쇠를 눌러 보관함 문을 열고 윗옷과 양말을 벗어 보관함에 넣었다. 그리고 내복을 벗으려 하는데 어, 왼쪽 무릎에 작은 구멍이 난 것이 보였다.

창피했다. 황급히 벽 쪽으로 돌아서서 내복 바지를 벗으려 했지만 중심 잡기가 힘들었다. 내복 바지는 빨리 벗고 싶고, 다리 한쪽은 잘 안 빠지고, 결국 나는 기우뚱, 하다가 넘어져버렸다.

꽈당.

그때 미닫이문이 열리고 문 사이로 하얀 김이 뿜어져 나왔다. 솜털 같은 하얀 김 사이로 머리를 뒤로 넘긴 엄마 얼굴이 보였다. 나를 보며 이리 오라고 손짓하는 엄마의 하얀 가슴, 하얀 다리가 오렌지색 불빛을 받아 반짝거렸다.

엄마는 선녀 같았다. 형광등이 크리스마스트리처럼 깜빡깜빡거리고 꾸벅꾸벅 졸던 할머니가 문소리에 벌떡 일어나더니 등(_)갈아야겠네(¯ ¯ \ _ _), 하며 부스럭, 부스럭, 무언가를 찾고, 할머니의 자주색 꽃무늬 조끼에 잠시 가렸다가, 다시 보이는 우리 엄마.

정말, 선녀였던 거야!

난 열쇠 줄을 손에 돌돌 말고 엄마에게 뛰어갔다. 엄마가 나를 번쩍 들어 올리며 볼에 뽀뽀를 했다.

우리 아들(_ ¯ ¯ \)! 우리 엄마!

우리 아들(_ ¯ ¯ \)! 우리 엄마!

거기까진 좋았다.

탕 안의 모습은 그야말로 충격이었다. 탕은 딱 두 개. 아주 고요해 보이는 검은 바닥의 큰 탕이 있고, 벽 쪽으로 아주 작은 탕이 붙어 있었다. 사람들은 모두 벽 쪽으로 등을 돌리고 구부정하게 앉은 채 몸을 씻고 있었다.

수도꼭지는 파란색과 빨간색이 있었는데 힘을 주어야 겨우 돌아갈 정도로 꽉 죄어져 있었다. 벽에는 음산한 색깔을 띤 수도 파이프가 군데군데 박혀 있었다.

나는 무엇보다 뜨거운 열기를 견딜 수 없었다. 그뿐만 아니라 엄마에게 안긴 채 바라본 열탕 수도꼭지 아래엔 그물망이 달려 있었다. 그런데 그물망 안에 하얀 계란이 잔뜩 들어 있었던 것이다. 계란을 삶으려고 저 큰 탕을, 그것도 떡하니 한가운데에 만들어 놓았을 리는 없잖아. 그럼… 저건 뭐지…? 심장이 둥둥거리며 두 배, 세 배, 빠르게 뛰기 시작했다.

엄마가 내 손을 잡더니 수돗가로 데리고 갔다. 카운터에서 본 짧은 머리 할머니가 탕 옆으로 천천히 걸어가는 것이 보였다. 할머니는 탕 안으로 한 발을 들여놓고 다시 나머지 다른 한 발을 담그면서 아주 천천히 몸을 낮췄다.

늘어진 할머니의 젖가슴이 물 아래로 슬며시 가라앉고 할머니는 우- 외마디 신음을 토하며 몸을 더 낮게 낮춰 아래턱까지 탕 속에 담갔다. 으으우우우- 다시 할머니의 신음 소리가 들려왔다.

나는 문득 일요일 아침에 먹는, 장어매운탕이 생각났다. 적어도 두 가지는 똑같았다. 뜨거운 것. 그리고 너무나 싫다는 것. 넋을 잃고 그 광경을 보고 있는 사이에 엄마는 플라스틱 의자를 갖고 와 나를 앉혔다. 보현이는 어디에 있는지 보이지 않았다.

엄마는 벨라모든가 뭔가를 입으로 찢어 손바닥 위에 붓고 내 몸 여기저기를 문지르다가 머리도 감겨주었다. 나는 눈을 꽉 감았다. 저 탕에 들어가지 않아도 된다면. 그럴 수만 있다면. 나는 무엇이든 할 수 있을 것 같았다.

눈을 감고 있으니 내 몸을 닦는 엄마의 손길이 유난히 부드럽게 느껴졌다. 엄마가 바가지에 물을 받는 소리가 들리고, 꼭지에서 물이 세차게 흘러나왔다. 그때 뜨거운 물이 한 방울 튀어 왼팔에 닿았다. 아! 엄마는 내 소리에 화들짝 놀라며 다시 바가지에 손을 넣어 물을 휘휘, 저었다. 마치 간을 보듯 찬물과 뜨거운 물을 조금씩 바가지에 붓다가 조금 버리고 다시 손을 넣어 휘휘 저은 뒤 적당한 온도가 되었다 싶었을 때 내 몸에 물을 붓고 비눗기를 씻어주었다.

이상했다. 아무리 몸을 헹궈도 다 씻기지 않은 기분이었다. 여전히 비누, 아니 벨라모든가 뭔가가 몸에 남아 있는 건지 아니면 엄마의 손이 오늘따라 유난히 더 부드러운 건지 이유는 알 수 없었다. 하지만 엄마가 내 몸을 아무리 헹궈도 온몸이 여전히 미끈거렸다. 나는 또 장어매운탕이 생각났다. 미끈거리는 내 몸이 꼭 장어 껍질 같았다. 그러자 이곳이 더더욱 몸서리치게 싫어졌다. 그리고 엄마가 말했다.

온천물이(_ ¯¯ _) 원래 이렇다(¯¯ ¯¯ _). 이상하제(_ ¯¯ \)?

나는 엄마 말이 더 이상했다.

그렇게 이상한 여기 날 왜 데리고 온 거지?

그리고 카운터 옆에 적혀 있던 손 글씨가 생각났다.

온천의 효능
1. 신경통, 류머티즘 등에 좋습니다.
2. 피부, 가려움증 등 미용에 좋습니다.
3. 원활한 혈액순환을 도와줌으로써 피로를 신속하게 풀어줍니다.
4. 알칼리성 물이….

나는 내가 왜 이곳에 왔는지, 와야만 했는지 알 수 없었다. 나는 신경통도 류머티즘도 가려움증도 없는데. 왜 이 어둡고 뜨겁고 미끄러운 여기에 있어야 하는지 이해할 수 없었다.

엄마가 나를 번쩍 들어올렸다. 나는 내가 어디로 가는지 직감했다. 엄마의 발걸음이 향하는 방향과 나를 꽉 붙잡은 엄마의 팔과 등 뒤로 조금씩 가까워지는 열기와, 모든 것을 종합해볼 때,

우리는 열탕으로 가고 있었다.

나는 모든 걸 포기한 뒤 눈을 감았다.

그리고,

울었다.

바보처럼 펑펑 울고 말았다. 엄마는 처음엔 괜찮다고 하며 나를 안은 채 내 등을 쓰다듬으며 나를 꼭 안고 먼저 탕 안으로 들어갔고, 천천히 내 몸이 물에 닿게 해주었다. 나는 있는 힘껏 울고 또 울었다. 그건 두려움과 짜증과 원망과 질투와 모든 기분이 마구 뒤엉킨 내가 할 수 있었던 유일한 의사표현이었다.

엄마는 계속 내 등을 쓰다듬다가 나중에는 과감하게 내 몸을 탕 안으로 조금 더 담갔다. 사실 생각보다 열탕은 그리 뜨겁지 않았다. 하지만 나는 계속 울었다. 그냥 서러웠다. 게다가 울면 울수록 울음을 멈추기가 힘들었다. 그건 마치 멈출 수 없는 오줌 같았다. 조금씩 무언가가 몸 밖으로 빠져나가면서 어딘가 모르게 개운해졌다.

눈물 맺힌 눈으로 바라본 탕 안은 아까와는 다르게 뽀얗고 아름다웠다. 벽 중간중간에 걸려 있는 오렌지색 형광등 불빛도 낡은 수도관도 물이 방울방울 맺힌 천장 타일도 온갖 빛들이 번져 빛나고 예뻐 보였다.

울음을 멈추니 딸꾹질이 나왔다. 난 열탕의 수도꼭지를 쳐다보았다. 그런데 이상했다. 아까 내가 본 계란망이 보이지 않았다. 그 사이 할머니가 가져갔나. 아니면 내가 헛것을 봤나.

내 몸은 엄마에게 꼭 안긴 그대로 열탕 깊숙이 잠겨 있었다. 엄마를 필사적으로 붙들고 있는 나를 엄마는 더 꼭 껴안아주었다. 수영장에서도 봉래탕에서도 잠들기 전에도 엄마가 나를 이렇게 꼭 안아준 적은 없었다. 나는 머리를 엄마의 어깨 위에 올리고 눈을 감았다. 그리고 무슨 일이 있어도 다시는 여기에 오지 않으리라 마음먹었다. 다시 눈을 뜨자 엄마가 나를 씻겨준 그 수돗가에서 보현이가 나와 엄마를 물끄러미 바라보고 있었다.

나는 일부러 더 엄마를 꼭 끌어안았다.

이 순간만큼은 엄마도 나를 보현이보다 더 사랑할 거야 생각하면서.

아빠와 엄마의 발걸음은 버스정류장으로 향하지 않았다. 그냥 (¯_) 택시 타고 가까(¯＼__¯／)? 아빠의 제안에 엄마도 고개를 끄덕였다.

길거리에는 차가 별로 없었지만 손님을 태운 택시들이 지나가고 있었다. 아빠는 내 손을 잡고 엄마는 보현이의 손을 잡았다. 아빠와 엄마가 각자 들고 있는 목욕가방의 사이즈를 봤을 때, 아마 오늘 나는 아빠를 따라가게 될 것 같다는 예감이 들었다.

나는 더 심란해졌다. 우리는 택시를 잡으러 집 근처 시장까지 걸어갔다. 그때 아빠가 엄마를 보며 멋쩍은 듯 웃었다. 지갑 나뚜고 왔네(¯¯ \＿＿ ＿＿). 엄마는 그런 아빠가 한심하고 귀엽다는 듯 피식 웃었다. 아빠는 경사진 아파트 입구 쪽으로 뛰어 들어갔다.

나는 아빠가 지갑을 잃어버렸거나 아예 지갑을 영영 못 찾게 된다면 좋겠다고 생각했다. 하지만 5분도 채 되지 않아 아빠는 검은 지갑을 든 손을 자랑스럽게 흔들며 나타났다.

나는 오늘 딱 하루만 지구상의 모든 택시들이 사라졌으면 좋겠다고 생각했다. 그러나 그 순간 하얀 중형택시가 우리 앞에 멈춰섰다. 내가 앞에 타게에에(_¯¯_ _/\/). 아빠가 먼저 앞자리에 타고 엄마는 아빠에게 목욕가방을 건네준 뒤 뒷좌석 문을 열었다. 보현이가 재빨리 안으로 들어가고, 엄마는 나를 태운 뒤 옆에 앉고 뒷문을 닫았다. 콰앙~♨. 아빠가 택시기사에게 말했다.

온천 가입시다(_¯¯\＿＿).

차 안에서 나는 여러 가지 생각을 했다.

차의 기름이 떨어지면 좋겠다.

타이어에 바람이 빠지면 좋겠다.
민방위 훈련을 하면 좋겠다.

물론 아무것도 이뤄지진 않았다.

거리는 유난히 한산했다. 라디오에선 남녀 디제이가 나와 수다를 떨고 있었다. 사투리가 아주 심한 통기타 가수가 디제이들에게 노래를 가르쳐주기도 했다. 정작 가수는 노래를 정말 못했지만 디제이들은 맞장구쳐 주면서 노래를 따라 했다. 가수는 노래보다 말을 더 많이 했다. 나는 너무 싫었지만 아빠와 기사님이 으하하하, 임마 노래 진짜 몬하네(¯ ¯ ¯ _ ¯ _ _ ¯＼), 누고 임마야(¯＼_／＼)? 하며 즐거워하는 통에 아무 말도 할 수 없었다.

오늘따라 택시는 신호등 근처에 올 때마다 마치 자동감지 기능이라도 있는 듯 금세 초록색 신호로 바뀌었다. 보현이는 왼쪽 창밖을 바라보고 있고, 엄마는 내 손을 꼭 잡은 채 오른쪽으로 펼쳐진 바다를 바라보고 있었다.

저 멀리 백사장가에 우리 식구가 처음 이 도시에 왔을 때 살던 작은 집이 보였다. 앞자리에 앉은 아빠가 창문을 내리더니 손가락으로 가리켰다. 문수(¯_), 기억나나(¯ ¯ ¯ ¯)? 저기(¯＼).

아빠의 셔츠 소맷자락이 바람에 펄럭이며 택시가 천천히 방향을 틀고 아빠의 손가락도 서서히 다른 곳으로 움직였다.

네. 아빠.

나는 그 집이 참 좋았다. 아주 작은 집이었지만 집 앞에는 하얀 백사장이 있었다. 어부들이 널어놓은 그물이 백사장 군데군데 널려 있었다. 그물에선 가끔 역겨운 냄새가 나기도 했지만 아빠와 나는 백사장에서 야구도 하고, 엎어놓은 작은 통통배 위로 공을 차며 축구도 했다.

바다 위로 해가 밝게 빛났다. 햇살에 데워진 바람이 차 안으로 스며들어 왔다. 완전 봄이다(_ ¯¯¯ _), 봄(¯). 엄마가 이렇게 말하는 순간, 끼익, 갑자기 멈춘 택시 위로 보이는 파란색 이정표. 그리고 하얀 글씨.

'온천 500m⇒'

나는 다시 불안하고 초조해졌다. 택시 기사가 오른손에 힘을 주며 기어를 넣었다. 안전벨트(_ ¯¯ _) 단디이(_) 뭉꾸우이소(_ ¯_). 순간 차 안에 탄 다섯 명의 몸이 한꺼번에 탁, 흔들리며 차가 튀어나갔다.

택시는 아까보다 더 빨리 달리고 도로는 여전히 한산했다. 호텔 신축 공사장을 오른쪽으로 돌자 갈색 건물이 정면에 보였다. 그리고 선명한 붉은색 온천마크. 그때 난 알았다. 처음 온천에 갔을 때 왜 그리도 저 건물이 낯설고 이상했는지.

굴뚝이 없다.

끼이익.

무표정하고 굴뚝도 없는 갈색 건물 건너편에 택시가 섰다. 엄마는 재빨리 내려, 나와 보현이를 차례로 차에서 꺼내주었다. 그사이 아빠는 검은 지갑을 열어 택시비를 냈다. 나는 지갑에 돈이 없기를 바랐다. 하지만, 아빠의 지갑 안에는 지폐가 두툼하게 들어 있었다. 아빠는 기사에게 한 장을 건네주고 거스름돈도 받지 않았다.

회색 갈매기 몇 마리가 머리 위로 날아오며 웰컴! 하고 낄낄대고, 태양은 구름 뒤로 숨어버렸다. 갑자기 어두워진 하늘 탓인지 엄마 얼굴에 오늘따라 유난히 기미가 많아 보였다. 아빠의 어깨도 엉덩이도 굉장히 무거워 보였다. 우리는 아빠를 따라 일렬로 줄을 지어 횡단보도를 건넜다. 보현이는 또 잘난 척하며 한 손에는 인형을 든 채 한 손을 번쩍 들고 길을 건넜다.

건물 바로 옆으로 빨간 십자가가 달린 약국 간판이 보였다. 딱 몇 시간만 기억을 마비시킬 수 있는 약이 있다면 얼마나 좋을까. 단 몇 시간만 모든 걸 건너뛰게 해주는 그런 약 말이지.

온천 입구가 점점 가까워지자 이런저런 생각들이 머릿속을 스쳤다. 보현이가 쪽쪽 빨아먹던 장어 대가리, 깜빡거리는 형광등, 할머니의 굽은 허리, 미끄러운 엄마의 손, 엄마의 귀 뒷머리에서 나던 냄새, 수도꼭지 아래 걸려 있던 도깨비 같은 계란망, 벨라모드 바디클렌저, 엄마의 살 냄새, 엄마의 어깨, 엄마의 느낌, 엄마,

엄마… 엄마.

이렇게 된 마당에 난 엄마와 함께 여탕에 들어가겠다고, 아빠에게 졸라야겠다고 생각했다. 그때, 앞서가던 아빠가 건널목에서 갑자기 머뭇거렸다. 초록색 신호등이 깜빡깜빡거리고 우리는 서둘러 길을 건넜다. 아빠가 우리를 뒤돌아보자 갑자기 다른 모든 소리가 사라진 채 아빠의 목소리가 또렷이 내 귀를 울렸다. 나는 고개를 들었다. 나는 아빠의 말을 믿을 수 없어서 다시 아빠를 빤히 쳐다보았다. 아빠는 한 번 더, 분명히, 또렷하게, 이렇게 말했다.

내부 수리 중이네(_ ̄ ̄＼＼__).

마법의 주문이었다.

아빠는 (치질 걸린) 마법사였다!

일곱 글자 주문이 세상에 울려 퍼지자 구름 뒤에 숨어 있던 태양이 다시 나오고, 저 멀리 날아갔던 갈매기가 콩그레츄레이션! 하며 우리 머리 위를 한 바퀴 돌더니 반대 방향으로 날아갔다. 길 오른편으로 이어진 철길에서 종소리가 두어 번 울리더니 끼익, 끽, 안전바가 내려오고 기차가 빼애액, 웃으며 신나게 달려 나갔다.

안전바가 올라가자 사람들이 환하게 웃으며 건너갔다. 원피스를 입은 보현이의 다리가 유난히 길어 보이고, 화장기 하나 없는 엄마의 얼굴은 봄 햇살을 받아 맑고 투명하게 빛났다. 하얀 와이셔츠 선이 어깨에 딱 맞는 아빠는 남성복 모델 같았다. 길거리의 다른 어떤 아빠보다 젊어 보이는 우리 아빠.

거리에 갑자기 차가 많아지고 상점과 카페, 음식점에서 환희에 찬 표정으로 사람들이 쏟아져 나왔다. 목욕가방을 나에게 쥐여준 아빠가 차도로 성큼 나서서 손을 휘휘 저었다. 오면서 탄 택시보다 더 근사한 중형택시가 비상깜빡이를 깜빡거리며 천천히 다가왔다.

아빠는 앞자리에 타고 보현이도 뒷자리로 들어가고 그다음 나, 엄마가 마지막으로 탄 뒤 문을 닫았다. 타앙~♬. 이번에는 엄마가 크게 말했다.

봉래탕(ノ ̄ ̄), 가입시다(̄ ̄＼_).

나도 큰 소리로 외쳤다.

"좋아!"

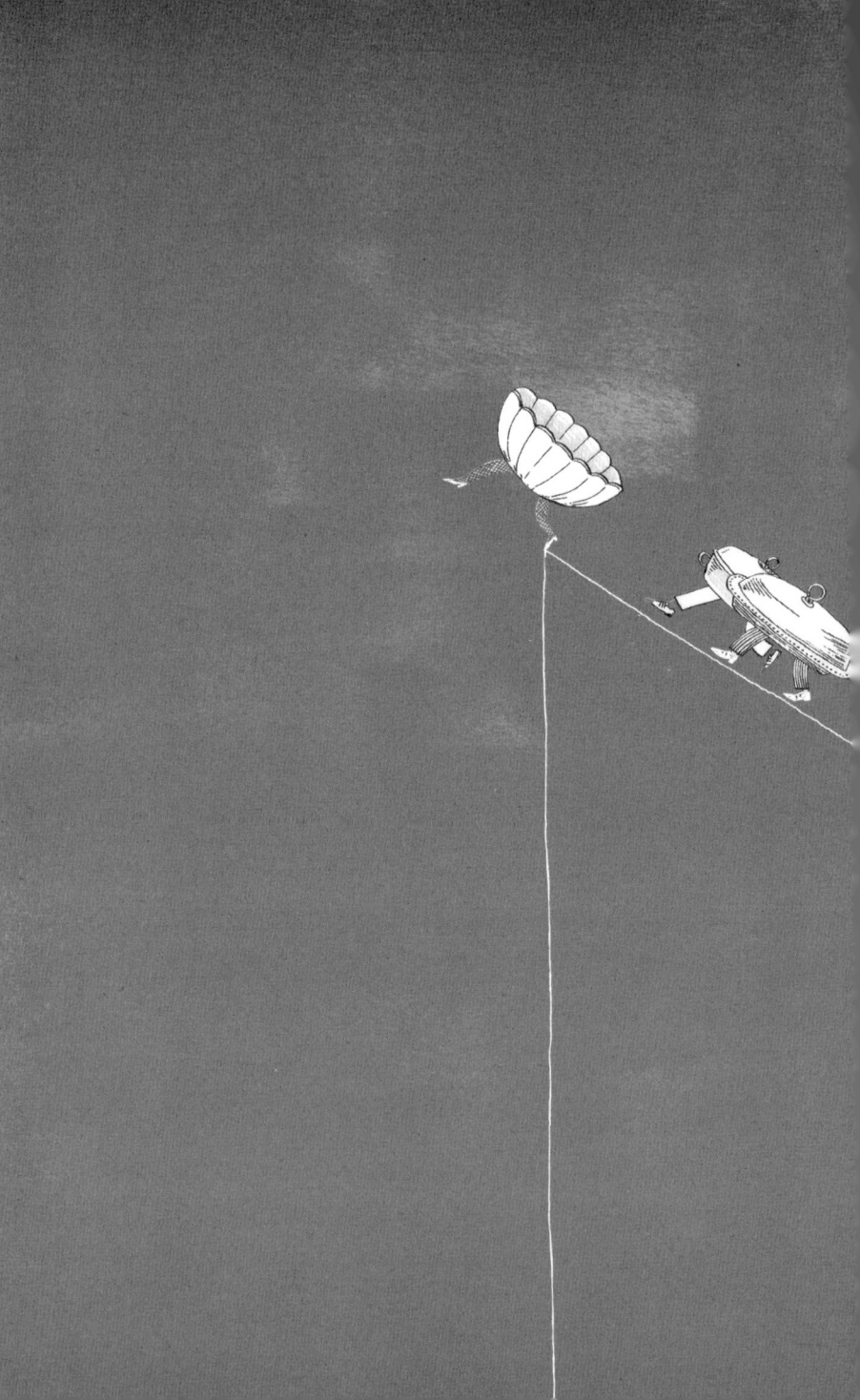

추구

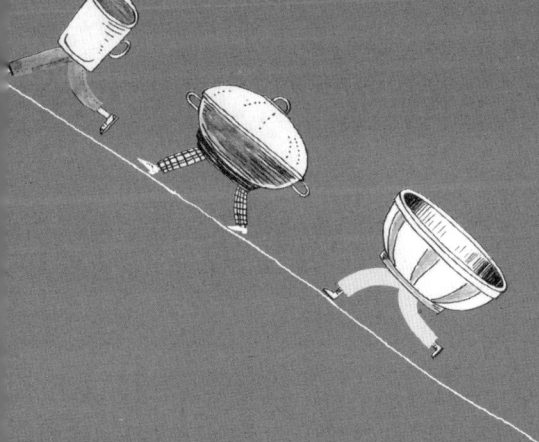

검은 장막이 쳐진 녹화장의 무대 좌우에는 하얀 테이블보로 덮인 식탁이 놓여 있다. 오른쪽 끝에는 사회자를 위한 작은 단상이 있고 반달처럼 앞으로 나온 무대 아래에 배심원들을 위한 자리가 있다.

표는 이미 서너 달 전에 모두 팔렸다. 어렵사리 표를 구해 입장한 관객들은 다들 잔뜩 들뜬 표정이다. 응원하는 사람의 이름이 적힌 플래카드나 야광봉을 들고 온 사람도 있고, 같은 색 셔츠를 맞춰 입고 온 사람들도 있다.

사진기자들은 좋은 자리를 차지하기 위해 반나절 전부터 자리를 잡고 있었다. 벌써 플래시를 터뜨리는 기자도 있었다. 신문 인터넷 방송 기자들은 모두 일층 객석에 마련된 기자석에 앉아 노트북 자판을 두드리며 쇼가 시작되기를 기다렸다.

4천 명을 수용할 수 있는 공개홀에는 열 대의 중계 카메라가 연신 돌아가며 리허설이 한창이었다. 크레인 위 카메라들도 분주하게 허공을 윙윙 가르며 보다 멋진 장면을 보여주기 위해 책임연출자의 지시에 맞춰 일사불란하게 움직이고 있었다.

오후 8시가 되자 두 번의 리허설을 끝낸 스태프들은 늦은 저녁 식사를 하기 위해 사라졌다. 그리고 한 시간이 지난 9시 정각, 안내방송이 흘러나왔다. 사진 촬영은 중단해달라, 쇼가 시작되면 모든 출입이 금지되며 허용한 상표의 음료수 외의 다른 식음료는 반입이 금지된다, 환호와 박수는 더 힘차게 쳐주기를 부탁한다, 등등의 멘트가 이어졌다.

이어서 장내 아나운서가 쇼의 시작을 알렸다. 객석이 고요해지면서 모든 조명이 꺼졌다. 수천 명의 사람들은 암전 속에서 숨을 죽이며 쇼가 시작되기를 기다리고 있었다. 몇 분이 더 흘렀다. 갑자기 무대 뒤 스크린이 환해지며 카운트다운이 시작되고 관객들은 일시에 괴성을 질렀다.

10, 9, 8, 7,
긴장감 넘치는 로고 음악이 시작되고,

6, 5, 4,
모두 한목소리로 카운트다운을 하며,

3, 2,

멋진 조명과 불꽃이,

1,

동시에,

0!

터졌다.

 박수 소리, 휘파람 소리, 쉴 새 없이 돌아가는 사이키 조명 사이로 뽀얀 안개와 폭죽이 터지고 음악은 클라이맥스를 향해 달려갔다. 무대 앞 사각지대에서는 헤드셋을 머리에 쓴 조연출들이 돌돌 만 대본을 든 팔을 휘휘 돌리며 관객들의 호응을 끌어내고, 무대 옆에서 사회자가 천천히 걸어 나왔다.
 사회자가 단상에 서자 객석에서 터지던 플래시가 멎고 장내가 조용해졌다. 은회색 머리를 뒤로 넘긴 사회자는 검은 슈트에 타이 없이 하얀 버튼다운 셔츠를 입고 있었다. 진하게 화장을 한 사회자는 종이 하나를 전달받은 뒤 오리 목처럼 가늘고 긴 단상용 마이크의 위치를 바로잡으며 말했다.
 "안녕하세요. 오늘 사회를 맡은…"
 사람들은 사회자가 자신을 소개하기도 전부터 미친 듯이 환호를 보냈다. 사회자의 목소리는 사람들의 환호에 가려 잘 들리지도 않았다. 사회자는 사람들이 잠잠해질 때까지 미소를 지으며 느긋하게 기다렸다. 베테랑다워, 베테랑이라니까. 정말 최고의 사회자야. 객석이 술렁거렸다.

"드디어 3개월의 대장정을 마치는 역사적인 순간, 여러분들은 이 자리에 초대되셨습니다. 아시는 바와 같이 오늘은 최종결선이 펼쳐지는 날입니다!"

다시 폭죽이 터지고 잠잠하던 스피커가 시끄러운 음악 소리를 쏟아냈다. 조연출들이 팔을 빙빙 돌리고, 사람들은 터질 듯한 환호를 아낌없이 보냈다. 두 대의 크레인이 공개홀 천장에 닿을 듯이 휘휘 돌면서 부감을 잡았다. 사람들의 소리가 잠잠해지길 기다리던 베테랑 사회자가 다시 말을 이었다.

"그동안 전국뿐 아니라 전 세계에서 총 340만 명이 참가한 이 대회가 지금까지 걸어온 길입니다. 보시죠!"

박수 소리가 이어지고, 스크린에서는 '하늘 높이 나는 이 기분!'이라는 자막과 함께 8비트 록음악이 나왔다. 이어서 음료수 광고와 함께 3개월 전부터 지금까지 있었던 다양한 장면이 편집되어 나왔다.

음료수병 모양으로 길게 줄을 선 예심 후보자들이 하늘을 향해 환호하는 모습, 삼삼오오 짝을 지어 앉아 레시피를 두고 고민하는 장면, 도마 앞에서 손가락을 베어 고통스러워하는 참가자의 모습, 펄쩍펄쩍 뛰며 요리모를 벗어 던지는 모습, 쓸쓸하게 배낭을 메고 사라지는 탈락자의 뒷모습 등이 화면에 나타났다. 음료수병을 들고 웃는 결선 참가자, 꿀꺽꿀꺽 마시는 사람, 아예 음료수를 팬 위에 부어서 무언가를 볶는 사람 등 다양한 화면이 파노라마처럼 어지럽게 흘러갔다.

관객들은 환호를 멈추지 않았다. 조연출들이 객석을 향해 양팔을 활짝 들어 환호가 멎기를 요청하고, 사회자 바로 앞에 있는 메인카메라의 램프가 빨갛게 켜졌다.

"자, 다들 보셨죠. 이 수많은 사람들을 물리치고 오늘 최종후보 두 사람이 남았습니다. 그들이야말로 진정한 이 시대의 승자들입니다!"

다시 번쩍거리며 음악이 울려 퍼지고 사회자 머리 위로 핀조명이 떨어졌다.

"그토록 기다리던 결선을 시작하기에 앞서 규칙을 말씀드리겠습니다. 먼저 두 명의 최종후보들이 각각 자신의 작품을 여러분들 앞에 공개하게 됩니다. 물론 승자는 한 명, 단 한 명뿐입니다. 그들의 작품이 무대 위에서 지금 여러분을 기다리고 있습니다. 두 후보가 평생을 연구해서 완성한 최고의 역작입니다. 이들이 아니면 그 누구도 해낼 수 없는 작품, 그 작품들을 여러분은 곧 만나게 됩니다."

방청객들이 사회자의 말을 듣고 있는 동안 스크린 오른쪽 화면 위로 자막이 떴다.

'최종 승자를 찍어라!

하늘 높이 나는 이 기분! 상상콜라와 함께하는

승자 알아맞히기 이벤트! ARS. 060-0808-2828'

화면 아래에는 SNS 반응들이 실시간으로 물결처럼 흘러가며 사람들의 코멘트를 보여주었다.

"각 후보들은 자신의 작품을 10분간 프레젠테이션하게 됩니다. 끝나는 대로 다섯 명의 전문가 그룹으로 구성된 배심원단이 후보자와 함께 작품에 대해 토론을 합니다. 그렇게 두 차례씩 발표와 토론과정을 거친 뒤 관객들의 현장 반응, ARS점수와 SNS 반응 점수, 배심원 여러분의 채점 결과를 합산해서 최종 승자를 발표할 예정입니다."

지난 3개월 동안 전국을 떠들썩하게 했던 이 프로그램의 마지막 대결을 보기 위해 현장에 온 사람들은, 다들 어디론가 문자를 보내고, SNS를 하고, 그러다가 자신의 코멘트가 스크린에 뜨면 끼약, 눈을 동그랗게 뜨고 두 볼을 감싸고, 어쩔 줄 몰라 했다.

표값은 상상 이상으로 비쌌지만 모두들 기꺼이 내야 할 금액으로 생각할 뿐 누구도 불만이 없었다. 암표상들이 다섯 배에서 많게는 열 배까지 표값을 올려 받았다는 소문이 보도되기도 했다. 매표소에 경찰 중대가 급파되어 신분증과 인터넷 아이디를 대조하는 소동을 겪기도 했다.

"자, 여러분. 이제 오늘의 전문가 그룹 배심원들을 자리로 모십니다."

방청객들은 모두 일어서서 우레와 같은 박수를 보냈다. 조명이 꺼지고 검은 슈트를 입은 배심원들이 무대로 올라왔다. 왼쪽에서

부터 한 명씩 입장하는 모습을 팔로우 조명이 차례로 비췄다.

헤드셋을 착용한 다섯 명의 배심원들 역시 잔뜩 긴장한 표정이었다. 배심원들은 壹, 貳, 參, 肆, 伍, 하얀색 번호가 적혀 있는 자신의 자리로 가서 앉고, 각 배심원의 뒤에는 건장한 체격의 보조요원들이 한 명씩 뒷짐을 지고 서 있었다. 배심원들은 한 명 한 명 소개될 때마다 일어나서 앞뒤좌우를 돌아보며 인사를 하고, 방청객을 향해 손을 흔들었다. 배심원 소개가 끝나자 사회자는 최후의 후보자 두 명을 소개했다.

"네! 자아 이제 오늘의 주인공 두 명의 후보가 입장합니다. 여러분. 모두 힘찬 박수로 맞이해주십시오!"

무대 위 불이 꺼지고 딱, 딱, 딱, 딱, 구두 소리가 들리면서 무대를 가리던 하얀 샤막 위로 두 사람의 실루엣이 나타났다. 사람들이 다시 벌떡 일어나 박수를 보내려는 순간, 샤막이 바닥으로 툭, 떨어지며 조명이 환하게 켜졌다. 쏟아지는 박수 소리와 함께 하얀 더블슈트를 입은 두 후보자가 앞으로 천천히 걸어 나왔다. 두 사람은 가볍게 악수를 나눈 뒤, 좌우로 나뉘어 양쪽 식탁 뒤에 뒷짐을 지고 섰다. 무대 뒤 스크린에는 두 후보자의 약력과 예선과 본선에서의 주요 장면이 펼쳐졌다.

"340만 명의 예심 참가자들이 모두 울면서 집으로 돌아갔고요…"

카메라가 두 후보를 한 명씩 번갈아 가면서 비췄다.

"…이제 단 두 사람이 남은 겁니다!"

방청객들은 응원하는 후보가 보일 때마다 환호성을 질렀다. 화면과 무대 조명이 암전되면서 두 개의 핀조명이 두 후보자의 머리 위를 비췄다.

탁자 위 흰 천 아래는 불룩한 언덕처럼 두 군데가 봉긋 솟아 있었다. 천 아래 숨겨진 반구 모양 뚜껑 아래에 무언가가 놓여 있는 것 같았다.

"자, 시작합니다!"

소란스럽던 장내가 조용해지고 사회자가 버튼을 누르자, 갑자기 후보1의 가슴팍 위에 붉은빛으로 남은 시간이 투사되었다. 10분 00초, 9분 59초, 9분 58초….

"작품 제목은…"

스크린에서 후보1이 준비한 화면이 나오며 장내 아나운서가 제목을 외쳤다.

"리버스밤부!"

스크린 왼쪽에서 오른쪽으로 초록색 타이틀 리버스밤부가 휘익 획 흘러가고, 이국적 분위기의 음악이 흘러나왔다. 그리고 스크린 양쪽에 드리워진 반투명 천 위로 대나무숲 그림자 이미지가 등장했다. 천이 흔들리며 대나무들이 출렁거렸다.

"이젠 대나무를 맛있게 먹을 수 있습니다."

후보1이 성우처럼 굵직한 목소리로 말하자 대나무숲 그림자 이미지가 점점 확대되었다 사라지고, 다시 스크린에는 대나무 숲길을 따라 뛰어가는 후보1의 뒷모습이 펼쳐졌다. 장독이 가득 놓인 뜰이 보이고 후보1이 장독 뚜껑을 열어 무언가를 떠내 맛을 보고는 고개를 끄덕이는 모습이 클로즈업되었다. 그의 표정은 진지하다 못해 비장했다.

"먼저, 대나무를 적당한 크기로 자릅니다."

대나무를 톱으로 자르는 후보의 모습이 화면에 나타났다.

"그리고 제가 개발한 효소에 하루 동안 숙성시킵니다. 자, 숙성된 대나무입니다."

후보1의 말이 끝나자 화면 위로 촘촘하게 칼집을 낸 대나무가 보였다. 후보1이 두 손으로 대나무를 반으로 쪼갰다. 반이 쩍 벌어지는 장면과 동그랗게 말린 대나무를 평평하게 펴는 후보1의 손이 보였다.

"대나무를 이런 상태로 24시간 더 동결건조시킵니다. 변형을 최소화하기 위해서 초극저온 액체질소에 넣었다가 진공을 유지하면서 말이지요. 그러면 아주 작고 규칙적인 균열이 생긴 대나무 조직으로 바뀝니다. 그리고…"

다시 화면이 바뀌었다. 이번에는 나무도마 위에 놓인 고기 덩어리가 보이고 네모난 칼로 능숙하게 고기를 다지는 후보1의 손이 보였다. 한쪽 방향으로 다졌다가 다시 다른 방향으로 다지고, 또 다졌다.

"다진 양고기를 특수효소로 처리해 지방을 분해합니다. 양고기 지방은 거르고 근섬유만 남기는 거지요. 그렇게 남은 근섬유조직을 장인이 만든 특수 식도로 길게 썹니다. 양고기 지방은 중합제를 넣어 점성 액상으로 만든 뒤…"

화면이 다시 바뀌었다. 열심히 무언가를 젓고 있는 후보1의 모습과, 작은 은색 그릇 안에서 점점 뿌옇게 변하는 점성의 액체가 보였다.

"대나무 조직 사이에 넣고 동결건조시킵니다. 그리고 아주, 아주 얇게 저미는 거지요. 놀랍게도, 이렇게 준비한 재료는 아주 고탄성이 됩니다."

얇게 썬 옅은 갈색의 대나무 위에 길게 자른 양고기 근섬유를 올리고 그 전체를 조심스럽게 말고 있는 후보1의 얼굴이 스크린에 나타났다.

"이렇게 하나씩 하나씩 말아서, 심해에 사는 해초로 만든 아로마 소스를 뿌려줍니다. 최종 작품입니다."

후보1은 천을 휙, 젖히더니 반투명 반구를 조심스레 열어 그 아래에 놓여 있는 검은 접시를 앞으로 내밀었다.

ENG 카메라가 다가갔다. 길게 말린 대나무가 두 마리의 길쭉한 장어처럼 뒤엉켜 접시 위에서 헤엄치고 있는 것처럼 보였다. 대나무 위에는 선명한 초록색 소스가 흩뿌려져 있고 금가루도 드문드문 보였다. 객석에서 플래시가 터지고 다시 빠른 템포의 하우스풍 음악이 흘러나왔다. 마치 접시 위의 작품을 설명하려는 듯 두 개의 다른 취주악기가 경쾌한 리듬으로 선율을 연주하기 시작했다.

"야채로 고기를 싸 먹는 시대나 고기로 야채를 싸 먹는 시대는 이제 끝났죠. 고기와 야채의 경계를 없애는 거지요. 야채가 된 고기, 고기가 된 야채. 다른 재료지만 하나로, 그리고 다시 두 개로 나뉘었다가 이렇게 합쳐지는 겁니다."

객석에서 큰 박수와 함성이 터졌다.

"통합과 전복의 시대를 선언합니다!"

사람들은 고개를 절레절레 흔들었다. 놀라워, 저 친구. 음악에서부터 비주얼까지. 아이디어는 물론이고 연출도 완벽해…, 방청객들이 수군거리고 기자들은 한마디 말도 놓치지 않으려는 듯 노트북 자판을 다다닥다다닥, 열심히 치면서 작품 설명과 현장 분위기를 받아 적고 있었다.

마침내 발표가 끝났다. 2번 배심원이 손을 들었다.

"작품 잘 보았습니다."

후보1이 짧게 목례를 하고 본격적인 토론이 시작되었다.

"효소는 사람 몸에는 괜찮습니까?"

"네."

"어떻게 증명합니까?"

후보1이 화면을 가리켰다. 두 개의 그래프가 보였다.

"이미 임상실험을 거친 제품입니다."

"장기적인 유해성 여부는 모르지 않습니까?"

"물론 모르죠. 우리가 언제 죽을지 모르듯이 말입니다."

방청객들이 웃음을 터뜨리자, 사회자가 객석을 바라보며 손가락을 향해 입에 갖다 댔다. 웃음을 가까스로 참고 있던 3번 배심원이 질문을 이어갔다.

"효소도 그렇고 아로마 소스도 그렇고 재료의 명확한 출처와 이름을 밝히셔야 합니다. 친환경이라고 하지만 우리가 친환경 비누를 먹을 수는 없잖아요?"

"특허출원 중이라 그렇습니다. 이미 배심원장께 모든 정보를 제공했습니다. 다만 이 자리에서 공개할 수 없을 뿐입니다."

배심원 자리 한쪽에 마련된 길쭉한 등에서 초록색 불이 켜졌다. 배심원장이 후보의 말을 공식적으로 인정한다는 의미였다. 5번 배심원이 손을 들었다.

"과정들이 너무 어렵습니다. 또 애매합니다. 양고기를 섬유질화하는 과정이라든가…"

후보1은 냉소적인 표정을 지으며 곧바로 대답했다.

"요리를 제대로 연구해본 사람이라면 어려울 게 없는데요."

5번 배심원이 입술을 깨물었다. 애써 태연한 척했지만, 잔뜩 굳은 표정이었다.

"2009년 『나노요리학회지』 43권 1289페이지에 게재된 사쿠라이와 동료들의 논문, 1989년 『요리과학』 2권 576페이지의 하이라이트를 보세요. 다 나와 있습니다."

5번 배심원이 목소리를 높였다.

"물론… 보았습니다. 그런데 의문이 있어요."

"말씀하시죠."

5번 배심원은 뒤에 서 있는 보조요원에게 준비한 영상을 틀어

달라는 신호를 보냈다.

"논문에서 사용한 양고기는…"

스크린에 논문 첫 장 초록이 번역되어 나오고,

"거세한 양고기… 그렇죠? 그런 고기만 이런 중합법이 가능하다고 보고되어 있습니다. 그런데…"

화면이 다시 후보1이 제출한 성분표로 바뀌었다.

"후보는 거세하지 않은 숫양을 사용했더군요."

객석이 술렁거렸다. 후보1은 당황한 듯 보였다. 잠시 침묵이 흘렀다. 후보1은 얼굴이 벌게진 채 말을 잇지 못했다. 5번 배심원은 차분한 목소리로 한마디를 덧붙였다.

"요리 연구, 좀 더 하시고 내년에 다시 오세요."

삼층 객석에 앉은 일부 사람들이 옳소! 외치며 박수와 함께 후보2의 이름을 연호하자, 진행요원들이 재빨리 그들을 제지했다.

제한시간이 끝났다.

"후보1의 첫 번째 작품. 리버스밤부였습니다!"

사회자의 멘트와 함께 후보1의 작품 발표가 끝났다. 다시 어지러운 조명과 음악, 사람들의 환호 소리가 들려오고 후보2를 지지하는 사람들의 고함 소리가 이어졌다.

"네! 방송 역사상 최초의 쌈 서바이벌! 이제 2번 후보의 첫 번째 작품입니다."

후보2의 머리 위로 조명이 쏟아졌다. 후보2가 땀을 뻘뻘 흘리며 인사를 꾸벅했다.

"작품 제목은… 평범하지 않아요!"

사람들의 환호 소리와 함께 후보2가 흰 천을 걷고 플라스틱 반구를 열어젖힌 뒤 작품이 담긴 접시를 어깨 높이까지 들어올렸다.

검은 접시 위에는 평범하게 보이는 붉은 차조기 잎 하나와 반쯤 삶긴 양배추 한 잎이 놓여 있었다. 사람들은 음식을 자세히 보기 위해 고개를 앞으로 숙이면서도 저게 뭐야, 하는 눈빛이었다. 후보 1도 도대체 저게 뭐지 하는 표정으로 바라보고 있었다. 하지만 카메라에 잡힌 후보2의 표정은 자신감이 넘쳤다.

"간단한 것이…"

후보2가 접시를 내려놓았다.

"아름답죠."

하얀 스크린이 붉게 변하더니 하얀 점 하나가 탁, 하는 효과음과 함께 화면 한가운데에 찍혔다.

"국내산 암소 채끝 부위를 생강과 와인, 넛맥, 파프리카, 바질, 고수, 증류식 소주로 열두 시간 숙성시켰습니다. 평범하죠."

화면은 그대로 멈춰 있었다. 여전히 붉은 화면과 한가운데에 찍힌 하얀 점 하나뿐이었다.

"그런데…"

순간, 흰 점이 조금씩 커졌다. 아주 조금씩 커지다가 화면 절반 정도를 차지할 무렵 멈췄다. 화면 오른쪽 아래에서 스케일바가 나오고 화면은 천천히 전자현미경 사진으로 오버랩되었다.

"아시다시피 저는 나노요리를 전공했습니다. 나노 양념 쇠고기

입자를 만들었지요. 지름이 80나노미터입니다. 평균."

스케일바 아래에 '80nm'란 자막이 떴다.

"사용한 고분자는 2008년 EPFL연구소에서 발표한 물질입니다. ACS의 『Macromolecules』 41권 1140페이지를 보시면 됩니다. 이미 과학적으로 검증된 물질이지요. 그리고…"

사람들은 숨을 멈추고 후보2의 말을 경청했다.

"양념 쇠고기 입자를…"

화면이 절반으로 분할되면서, 왼쪽에는 차조기 잎과 양배추 잎, 오른쪽에는 '평범하지 않아요' 기법으로 만든 차조기와 양배추 잎이라는 자막이 나타났다. 얼핏 봐서는 차이를 알 수가 없었다.

"차조기와 양배추의 잎맥 안에 주입했습니다. 그 비교 화면입니다."

갑자기 무대 위 불이 꺼지고 적막이 흘렀다.

"성공적으로 주입된 것을 증명하기 위해서 야광물질을 붙인 입자를 사용했지요."

사람들은 탄성을 질렀다. 화면 오른쪽에 있는 차조기와 양배추 잎의 잎맥이 눈부신 푸른색으로 빛나고 있었다. 비행기에서 내려다본 도시의 불빛처럼 푸른 야광 잎맥이 아름답게 빛났다. 그리고 후보2가 들고 있는 접시 위의 이파리들도 선명한 푸른색으로 빛났다. 우와! 우레와 같은 박수갈채가 쏟아졌다. 일층에 앉아 있던 일부 사람들은 번쩍 일어나서 손을 머리 위까지 높이 올리고 힘차게 박수를 쳤다.

다시 불이 켜지고 1번 배심원의 질문이 시작되었다.

"아름답네요."

"감사합니다."

1번 배심원이 후보를 노려보며 말을 이었다.

"근데 이걸 먹자는 겁니까, 보자는 겁니까?"

"먹으면서 보자는 겁니다. 자외선램프 아래에서는 다르게 보이니까요."

관객들이 웅성거렸다.

"자외선램프라… 자외선 차단제를 바르고 밥을 먹어야겠군요."

후보2는 표정 변화 없이 차분하게 대답했다.

"식당 입구에서 나누어드리면 됩니다. 자외선 차단 안경도 같이 드리죠."

그때 무대 옆 조연출들이 객석을 향해 양팔을 들고 안경 쓰는 시늉을 했다. 후보2와 일층 관객들, 배심원들은 입장할 때 나누어 준 검은 안경을 썼다. 불이 꺼지자 모두 으헥, 탄성을 내며 앞뒤로 몸을 흔들었다. 스크린에는 두 개의 흐릿한 영상들이 움직이고 있었다. 푸르게 빛나는 이파리 잎맥이 무대 위를 뱅뱅 돌 때마다 안경 쓴 사람들은 헉헉 숨소리를 내뿜으며 넋이 빠진 듯이 무대를 응시했다.

"식당에서 3D로 음식을 감상하지 말라는 법은 없지요."

불이 꺼진 뒤에도 사람들은 좀처럼 안경을 벗지 못했다.

"3D 안경 겸 자외선 차단 안경입니다."

대단해. 미쳤어. 괴물이야. 정신 나갔어. 사람들의 모든 감각을 알아. 트렌드를 읽는 셰프야. 흠잡을 데가 없어. 영상과 맛의 조화와 결합. 아 이걸 뭐라고 표현해야 하나. 안경을 이마 위로 올려 쓴 기자들이 서로 수군거리고 있었다. 3번 배심원이 큭큭거리더니 질문을 던졌다.

"온 식당이 그 평범하지 않은 쌈의 불빛과 음… 특히 그 냄새. 냄새로 가득하겠군요."

후보2가 긴장한 듯 눈꼬리가 올라갔다.

"아니면, 냄새가 없든가."

4번 배심원이 안경을 올려 쓰며 3번 배심원의 말을 받았다.

"저널 『쌈』 지난 달 호에 발표된 논문을 보면, 나노요리 기법을 사용한 재료의 85퍼센트가 향이 줄어든다는 통계가 있더군요."

"통계일 뿐입니다. 제 쌈은 나머지 15퍼센트 안에 듭니다."

"어떻게 증명합니까?"

후보2가 말을 멈추었다. 배심원들이 모두 뚫어져라 후보2를 쳐다보았다.

"통계라는 게… 말입니다. 뭘 다 보여주는 거 같으면서도…"

후보2가 싱긋 웃었다.

"정말 중요한 건 안 보여주죠."

사람들이 웅성거렸다.

"꼭 끈 빤스 같다고나 할까."

관객들이 푸, 웃음을 터뜨렸다. 사회자, 기자, 무대 옆의 조연출,

모두 큭큭대는 동안 후보2가 스크린을 가리켰다. 화면이 좌우로 갈라졌다.

"최종 승자를 찍어라!

하늘 높이 나는 이 기분! 상상콜라!와 함께하는

승자 알아맞히기 이벤트! ARS. 060-0808-2828"

장내 아나운서의 멘트와 함께 무대의 불이 꺼지며 동영상이 시작되었다.

화면은 두 개로 나뉜 철장을 위에서 풀샷으로 비춰주었다. 왼쪽에 있는 하얀 개들은 우왕좌왕하고 있었다. 오른쪽에 있는 하얀 개들은 재빨리 접시로 달려가 잎을 먹어치우고 있었다. 다음 화면에서는 양쪽 모두가 거의 같은 속도로 무언가를 정신없이 먹어치우고 있었다.

"처음 보신 왼쪽 먹이는 조리를 하지 않은 차조기 잎과 양배추입니다. 개들이 가질 않죠. 오른쪽에는 이번 작품을 둔 겁니다. 바뀐 화면의 왼쪽에는 양념 쇠고기를 오른쪽에는 여전히 이번 작품을 뒀습니다. 쇠고기 향에만 반응하게 훈련된 특수견들입니다. 두 살에서 네 살까지 거세한 수캐들이죠. 반복 실험한 결과 개들의 반응속도는 유의적 차이를 보이지 않았습니다. 그러므로…"

후보2가 배심원들을 보면서 말했다.

"향이 똑같다는 겁니다."

우와아 하는 소리와 함께 박수갈채와 휘파람 소리, 브라보라고 외치는 소리가 터져 나왔다. 3번 배심원이 손을 들었다. 1번 배심원은 돋보기를 벗고 손에 든 서류를 유심히 보고 있었다.

"말씀하신 그 고분자 관련 논문…"

후보2가 고개를 갸우뚱했다.

"일주일 전에 철회된 거 아십니까?"

후보2의 표정이 흙빛으로 변하고 후보1의 입가에는 살짝 미소가 번졌다.

"철회됐어요. 그 윤숙 요라는 친구. 박사학위도 취소됐어요. 그래서 이 작품의 과학적 근거가…"

후보2가 3번 배심원의 말을 잘랐다.

"…아마도 다른 논문을 찾을 수 있을 겁니다. 아니면 다른 방법으로 나노 양념 쇠고기를 만들 수 있을 거라고 확신합니다."

"어떻게요?"

후보2가 입을 꽉 다물었다.

"어떻게 확신합니까? 아니 결과가 없는데 어떻게요?"

침묵이 흘렀다. 그리고 버저가 울리며 다시 조명이 후보1에게로 옮겨갔다. 후보2는 고개를 떨구었다. 객석은 쥐죽은 듯 조용해졌다.

후보1이 두 번째 반구를 열자 작은 볼이 나왔다. 붉은 국물과 하얀 면이 볼에 담겨 있었다. 아직도 김이 모락모락 나는 평범한 짬뽕처럼 보였다. 화장실에 가기 위해 문을 열고 나가려는 사람들이 안전요원들에게 제지당하고 다시 자리로 돌아가는 모습이 실수로 카메라에 잡혔다. 어디선가 연출자가 고래고래 쌍욕을 하는 소리와 함께 다시 장내 아나운서의 음성이 들렸다.

"후보1의 두 번째 작품 제목…"

두루루루루루, 요란하게 북소리가 울렸다.

"나는 짜장면이에요!"

아나운서의 소개가 끝나자마자 박수 소리와 함께 후보1이 두 손으로 그릇을 들어 국물을 후루룩 마셨다. 어어… 저저… 사람들이 손을 앞으로 내밀었다. 저거 뭐야… 반칙이야, 반칙. 안 돼, 안 돼, 큰일 나려고…, 한마디씩 탄식을 내뱉었다. 배심원석의 등에 붉은 불이 켜졌다.

"안전을 고려해서 시식은 금지되어 있습니다."

사회자의 말에 후보1은 입가를 한 번 훔치고 가볍게 목례를 했다.

"죄송합니다. 제가 짜장면을 워낙 좋아해서요."

사람들은 의아했다. 보이는 건 분명히 짬뽕이었다. 그런데 짜장면이라니. 그때 스크린에는 스무 명 남짓 되는 사람들이 하얀 가운을 입고 무언가를 맛있게 먹는 장면이 나왔다.

"이삼십대 피험자들의 증언을 들어보시죠."

카메라가 한 명씩 짧은 인터뷰를 하고 있었다. 놀라워요. 짜장면 맛입니다. 해물짜장면이요. 짬뽕을 먹는 기분으로 짜장면을 먹는 기분입니다. 아주 고급 짜장면 맛이에요. 이럴 수가. 말도 안 돼요. 짜장면이에요. 국물과 면을 목 뒤로 넘기는 기분은 짬뽕인데요, 맛은 짜장면이에요. 하얀 가운들은 극찬을 쏟아냈다.

후보1이 말을 이었다.

"짬뽕 먹을 때 짜장면 생각, 나시죠? 뺏어 먹을 사람이라도 있으면 다행이지만…"

그리고 면 한 가닥을 손가락으로 들어 보였다. 어어어. 저저저거. 사람들은 웅성거렸다. 저거 위험하잖아. 저런 저런. 맨손으로. 저런 저런…. 스크린 위로 후보가 들고 있는 면이 클로즈업되었다.

"자, 평범한 짜장면을 우선 만듭니다. 그리고…"

다시 화면에는 아주 맛있어 보이는 짜장면 한 그릇이 등장하고 스피커에서는 기묘한 무국적 음악이 흘러나왔다. 그리고 짜장면 그릇에서 기계 속으로 한 가닥씩 빨려 들어가는 면발이 보였다.

"무슨 면발이든 겉과 속을 뒤집어주는 비파괴식 기계입니다."

면이 기계 반대편에서 쭉쭉 뽑혀 나왔다. 후보1이 손에 쥐고 있는 것과 같은 흰색 면발이었다.

"특수 다이아몬드 칼로 면을 절반으로 가릅니다. 그리고 두 가닥의 면을 뒤집어서 붙여주지요. 접착제는 홍합에서 나온 물질입니다. 홍합. 다들 아시죠? 짬뽕 국물 주재료 중 하나."

화면은 현미경 카메라로 찍은 동영상을 보여주었다. 가는 면이 반으로 갈린 뒤 홍합 물질로 처리된 다음, 재접합되어 한 가닥의 면으로 바뀌는 장면이었다. 그리고 카메라는 객석을 비췄다. 죽인다, 대단하다, 감탄을 내놓으며 스크린에서 눈을 떼지 못하는 방청객의 모습이 클로즈업되었다.

"더 중요한 건요. 그다음."

화면에는 커다란 유리 비커를 비추고 이어서 붉은색 국물을 휘휘 젓는 프로펠러 교반기가 보였다. 후보1이 작은 통에 담긴 갈색 분말을 비커 안에 넣자 연기가 치익, 나오며 국물이 투명하게 맑아지더니 다시 원래 색깔로 천천히 바뀌었다.

"저기 보이는 갈색 분말이 바로 짬뽕 맛을 완전히 없애주는 물질입니다. '567-2'이라고 이름 붙인 이 분말은 천연원료로 만들었습니다. 다시마 표고버섯 오징어 홍합 새우 양파 마늘 생강 등이 들어갔지요. 짬뽕 국물을 만드는 원재료와 똑같습니다. 다만 놀라운 건…"

화면에는 하얀 가운을 입은 피험자들이 다시 등장해 국물을 마시는 장면이 나왔다. 다들 놀라움에 말을 잇지 못하는 표정이었다. 어떤 사람은 못 믿겠다는 듯이 국물을 마시다가 쳐다보다가 다시 마시고는 허탈하게 웃기도 했다. 아무 맛도 안 나요. 뜨거운 그냥 물? 향도 맛도 없어요. 조금 찐득하기는 한데….

"똑같은 재료를, 정확히 지구 정반대에서 채취해서, 정확히 똑같은 양을 넣으면…"

화면을 지켜보던 후보2가 꿀꺽, 침 삼키는 소리가 마이크를 타고 들렸다.

"맛이 사라집니다."

사람들이 웅성거렸다.

"정반대 성질을 가지거든요."

박수 소리와 함께 "사랑합니다"라고 방청객들이 외치는 소리, 발을 구르며 손뼉 치는 방청객들의 함성 소리가 들려왔다. 배심원들은 무언가를 열심히 적고 있었다. 후보1이 득의에 차서 목소리를 높였다.

"촉각과 시각, 후루룩, 소리를 듣는 청각으로는 짬뽕을…"

사회자는 후보1이 말하는 동안 손거울을 보며 열심히 기름종이와 파우더로 화장을 고치고 있었다.

"후각과 미각으로는 짜장면을 즐길 수 있게 되는 겁니다."

아아, 방청객들은 고개를 절레절레 흔들며 웅성거렸다. 미쳤어, 미쳤어. 이젠 신의 영역을 건드리기 시작했어. 인간의 한계를 넘어서는 거야. 요리라니 무슨 소리. 이건 예술이야. 아니 종교야. 과학과 요리의 결혼. 바벨탑과 짜장면. 미쳤어. 대단해. 멋져. 기자들은 탄성을 내뱉으면서 바쁘게 자판을 두드렸다.

후보1이 발표를 마쳤다. 2번 배심원이 질문을 시작했다.

"멋진 작품입니다. 단 하나…"

"말씀하시죠."

"이건 쌈이 아니죠."

후보1이 사회자를 보며 말했다.

"쌈에 대해 다시 한 번 더 정의를 내려주시죠."

사회자는 옆에 있던 진행요원에게 무언가를 가져오라고 손짓했다. 사회자는 진행요원이 가져온 봉투를 열어 종이를 끄집어내어 읽었다. 조명이 사회자의 은회색 머리카락 위로 떨어졌다.

"쌈은 둘 이상의 서로 다른 재료를 사용하여 다른 차원의 형태로 감싼 것이라고 정의한다."

2번 배심원이 배심원장에게 물었다.

"이해를 돕기 위하여 몇 가지 예를 들겠습니다. 주먹밥은 쌈입니까?"

"아닙니다. 1:1.7 이하의 비율일 경우 등방형 물체로 취급하며 가장 작은 크기의 디멘션은 0으로 봅니다. 즉 특수한 경우가 아닌 국내산 쌀은 대부분 0차원이지요."

"소면은?"

"1차원입니다. 국수의 단면은 0으로 처리하니까요."

"라자냐 면은?"

"2차원입니다. 다른 차원의 물질들이 섞여야 하며 단순히 물리적으로 섞인 것은 인정하지 않습니다. 하나가 다른 하나의 90퍼센트 이상 표면을 감싸야 합니다."

후보1이 말을 가로챘다.

"그럼 마카로니는요?"

배심원장이 컥, 헛기침을 한 번 하고 말했다.

"물론… 3차원이죠. 그 안에 빈 공간이 들어 있지 않습니까."

후보1이 다시 2번 배심원을 앞질러 말했다.

"그러면 제 작품은 쌈이 되는 거네요."

후보1이 회심의 미소를 지으며 화면을 가리켰다. 작품에 사용한 면의 단면을 담은 현미경 사진이 떴다. 마카로니처럼 보이는 면의 한가운데에 검은 짜장 소스가 보였다. 후보2가 손을 들었다.

"이의를 제기합니다. 다시 한 번 더 쌈에 대한 배심원 여러분들의 판단을 부탁드립니다."

배심원들이 모여 토론을 시작했다. 이견이 좁혀지지 않는 듯 때로 목소리가 높아지기도 했다. 2, 3번 배심원은 끝까지 주장을 포기하지 않는 모양이었다. 결국 모두 조용히 자신의 자리로 돌아갔다.

잠시 뒤 배심원석의 등에 초록색 불이 켜졌다. 방청객들은 미친 듯이 환호하고, 후보1이 양팔을 높이 쳐들었다. 배심원장이 발표를 했다.

"파이프처럼 가공된 면을 3차원 물체, 고체 짜장 소스 막을 1차원 물체로 인정하며 쌈의 정의에 위배되지 않는다는 판단을 내렸습니다."

조명이 휘휘 돌면서 음악이 장내에 쏟아졌다. 대단해. 대단해. 소스를 면에 바른 게 아니라 면을 소스에 발랐어. 맛을 상쇄하는 극성 개념도 등장했어. 미쳤구만, 미쳤어. 멋있어. 탁월해. 죽인다, 죽여. 끝이야 끝. 더 뭐가 나오겠어. 끝났어, 끝났다고. 방청객 사이로 감탄이 쏟아졌다.

이제 마지막 한 작품만이 남았다.

"제 마지막 작품입니다."

후보2가 뚜껑을 열자 검은 접시 위에 덩그러니 유리컵 하나가 놓여 있었다. 2번 후보가 잔을 높이 들자 마치 오팔처럼 빛나는 희뿌연 액체가 반짝였다. 우조나 파스티스 같기도 하고, 연한 색깔의 막걸리나 니고리자케 같기도 했다.

"후보2의 마지막 작품."

아나운서의 목소리가 장내에 울려 퍼졌다.

"마셔볼까, 내 고향!"

후보2는 유리잔을 뒤집었다. 하지만 유리잔에 담긴 액체는 움직이지 않은 채 뒤집힌 컵 안에 남아 있었다. 화면에는 바다에서 갓 잡은 듯한 싱싱한 청어와 함께 무언가를 열심히 만드는 후보의 모습이 나타났다.

"갓 삽아 올린 싱싱한 칭이를 한 달간 말려 과메기를 만든 다음, 미역, 마늘과 함께 마이크로에멀션을 만들었습니다. 청어 기름을 추출해서 자연 캡슐을 만든 거지요. 그다음 캡슐 안에 재료들을 나노기법으로 넣어 만든…"

후보2는 거친 억양으로 외쳤다.

"제 고향 음식, 과아메기 아입니꺼."

그는 여전히 컵을 뒤집은 채 들고 있었다.

"그냥 떠먹으면 됩니더. 차갑게 떠먹는 개념에 과메기 아입니꺼!"

후보가 두 손으로 컵을 감쌌다.

"근데 손으로 쪼매 뜨시게 뎁히면…"

후보2의 몸 위에 그려진 붉은 시계 숫자가 째깍째깍, 바뀌었다. 1분쯤 됐을 때 갑자기 컵 안의 내용물이 반구 위로 와르르르 쏟아졌다.

"마실 수도 있다아. 그 말이지예."

허연 국물이 반구 위로 쏟아지며 후보2의 옷에 몇 방울 튀었다.

무대 옆에 서 있는 조연출들이 과메기 비린내에 얼굴을 찡그렸다.

"씹고 싶으면 차갑게, 마시고 싶으면 따뜻하게, 알아서 먹으면 되는 거지요. '평범하지 않아요'의 연작 개념이라고나 할까요."

화면에는 사람들로 분주한 허름한 식당이 보였다. 사회자의 목소리가 뒤이어 들렸다.

"참고로 말씀드리는데, 오늘 모든 영상에 등장하시는 분들은 모두 저희 방송국에서 섭외한 분들입니다. 경연의 공정성과 기밀 유지를 위해서입니다."

식당 안에는 50여 명의 사람들이 삼삼오오 짝을 지어 떠들고 웃으며 소주를 마시고 있었다. 테이블 위에 초록색 소주병과 투명 주전자에 담긴 후보2의 액체 쌈이 있었다. 모두 술을 한 잔씩 들이켠 뒤 쌈을 한 숟가락씩 떠먹었다.

사람들 사이로 카메라가 들어가고 사람들에게 말을 거는 카메라맨의 목소리가 들렸다. 맛이 어떤가요. 어떤 이는 입안에 가득 넣은 쌈을 우물거리며 말없이 손가락을 치켜들고, 부끄러운 듯 고개를 돌리는 사람도 있었다. 직이네예, 소주 안주로 최곱니더. 말라꼬 귀찬크로 과메기를 일일이 싸 먹습니꺼, 그냥 떠먹으면 되지예. 홀홀 마시등가. 맛도 더 좋은 거 가꼬. 아 이거 뭐라 캐야 대나. 어릴 때 먹던 딱 그 맛입니더. 모두 벌겋게 달아오른 얼굴이었다. 소주병이 쌓여가고 식당 종업원들이 주전자에 안주를 리필하는 모습이 반복적으로 보였다.

방청객의 반응도 대단했다. 무릎을 치는 사람도 있었다. 이건 혁명이야. 이런 걸 기다린 거지. 심플한 게 멋지다니까. 후보2는 의기양양하게 잔을 내려놓고 후보1을 바라보았다. 5번 배심원과 4번 배심원이 동시에 손을 들었다. 5번 배심원이 양해를 구한 뒤 물었다.

"비린내도 납니까?"

후보2는 옷을 쓱쓱, 닦더니 냄새를 한번 맡고는 얼굴을 찌푸렸다.

"물론이죠. 청어 기름을 얼마나 발효시키느냐에 따라 0단계부터 255단계까지 비린내도 정확하게 컨트롤할 수 있습니다."

"미역이 싫은 사람은 어떡해야 합니까? 저는 배춧속에 싸 먹는 걸 더 좋아하는데요."

후보2가 골똘히 생각에 잠겼다. 아무 말이 없었다. 사람들은 모두 후보2의 입을 뚫어져라 쳐다보았다. 후보2의 몸에 새겨진 붉은 전자시계가 0을 향해 가고 있었다. 후보2는 계속 무언가를 생각하고 있는 것 같았다. 열심히 무언가를 적던 배심원들도 연필을 내려놓고 후보2를 바라보았다. 후보2가 입을 열었다.

"이건 말 안 하려고 했는데…"

후보2가 턱 밑을 쓰다듬으며 말을 이었다.

"배추쌈은 쉽지가 않았습니다. 앞으로 도전해야 할 목표 중 하나지요."

방청객들은 다시 술렁였다. 역시 솔직해, 솔직하다고. 하지만 미역도 했는데 배추쌈이 뭐 대수겠어. 금세 만들어낼 거야. 난 미역이 좋다고. 청어 과메기는 미역이지 암. 천재야 천재, 천재라니까. 아니, 혁명가야. 이건 혁명이야. 겸손하기까지 해. 새로운 세상이 열리는 거지. 놀라워, 놀라워. 기자들, 방청객들은 두서없이 떠들었다.

그때 버저가 울리며 후보2의 시간이 끝났음을 알렸다. 사회자에게 마이크가 넘어갔다.

"자, 두 분의 작품세계를 모두 알아보았습니다. 정말 놀라운 작품들이었습니다. 우리나라 쌈에 일대 혁명이 시작되는군요. 잠시 휴식시간을 가지도록 하겠습니다. 그사이 광고 나갑니다!"

로고 음악이 쏟아지고 상상콜라 마크가 화면에 가득 찼다. 음악만큼이나 요란한 조명들이 무대 위로 번쩍거렸다. 카메라가 쉴 새 없이 돌아가는 가운데, 배심원들은 토론하느라 정신이 없어 보이고 두 후보자는 여전히 잔뜩 긴장한 표정으로 그 자리에 서 있었다. 사회자가 다시 화장을 고치는 동안 같은 노래가 두세 번 반복되다가 조용히 페이드아웃되었다. 조명이 배심원석으로 떨어졌다.

"이제 배심원들을 대표해서 배심원장님의 심사평이 있겠습니다. 현재 사단법인 '멋진 삶과 찰진 쌈'의 회장직을 맡고 계시구요."

1번 배심원이 무선마이크를 전달받았다. 그는 무언가 적힌 종이를 본 뒤 돋보기를 벗었다. 그리고 헛기침을 한번 한 뒤 떨리는 목소리로 소감을 말하기 시작했다.

"여기 계신 국내 쌈계의 권위자 네 분을 대표해서 제가 한 말

쓸드리게 되어서 영광입니다. 저는 오늘 이 자리에서 정말로 커다란 감명을 받았습니다. 특히나 쌈의 가능성을 무한대로 확장시킨 두 분의 작품세계는 그 자체로 예술이며 경이로운 경지에 이르렀습니다. 이제 세계는 무한경쟁과 협력의 시대로 접어들었습니다. 융합. 모든 것들의 융합. 그리고 각 분야의 통섭이 절실히 요망되는 시기인 것입니다. 그런 의미에서 후보1의 두 작품은 요리와 과학이 어느 정도까지 긴밀한 레벨에서 서로서로 쌈을 싸줄 수 있는가. 과학이 요리를 쌈 싸 먹는다는 것이 어떤 것인가에 대한 모범답안을 최고의 기량으로 보여주었습니다. 놀라웠어요. 그리고 후보2의 작품은 시각의 변화 그리고 단순미의 극치를 보여주었습니다. 패러다임의 변화. 그렇습니다. 쌈의 패러다임은 이제 바뀌어야죠. 우리 삶의 질을 높이기 위해 그리고 우리 민족의 오랜 전통인 쌈 문화를 더 아름답게 지켜나가기 위해서 그리고 많은 것들을 더 창의적으로 쌈 싸 먹기 위해서 이런 노력은 끊임없이 지속되어야 합니다. 지속가능하면서도 우리의 실생활에 밀접한 쌈에 대한 치열한 고민과 그 결과로 쌈 세계의 무한한 가능성을 보여주었습니다. 감사합니다. 수고 많으셨습니다."

배심원과 사회자, 방청객들의 갈채가 쏟아졌다. 두 후보자는 그대로 선 채 사람들에게 손을 흔들며 인사를 했다. 하지만 이미 두 사람은 마지막까지 달려오느라 몸도 마음도 지쳐 보였다. 지친 표정을 숨기느라 안간힘을 쓰면서 두 사람은 여기저기서 터지는 플래시를 바라보며 웃어주었다. 사회자가 다시 마이크를 잡았다.

"자, 그럼 심사결과를 모으는 동안 축하무대가 있겠습니다. 공연이 끝나고, 60초 광고 뒤에 다시 찾아옵니다!"

무대 위에서 폭죽이 터지고 배심원들이 다시 모였다. 방청객들은 자리에서 일어나 화장실에 가기도 하고 다시 돌아와 자리를 잡기도 했다. 메시지를 보내거나 기념촬영을 하기도 하고 이어폰을 꽂고 음악을 듣기도 하며 모두 이번 쌈 경연의 최종 발표를 기다리고 있었다.

그때 바닥이 열리면서 커다란 무대가 올라오고 가수와 밴드, 백댄서들의 모습이 서서히 보였다. 방청객들은 환호성을 지르며 자리로 돌아와 사진을 찍기 시작하고, 안전요원들이 팔을 저으며 사진 찍는 사람들을 막으면서 큰 소리로 외쳐댔다. 어이, 찍지 마, 찍지 말라고, 찍지 말라고! 조연출들은 손에 든 종이를 보면서 헤드셋으로 고함을 꽥꽥 질러대고, 공연하는 가수와 백댄서의 표정 하나하나를 카메라가 비췄다.

선글라스를 낀 가수의 모습이 스크린에 등장할 때마다 방청객들은 일제히 함성을 질렀다. 조용히 자리에 앉아 두 손을 모은 채 눈물을 뚝뚝, 흘리는 사람도 있었다. 음악은 더 큰 출력으로 쿵, 쿵, 울리기 시작하고 가수와 백댄서들이 춤을 추자 모두 제자리에서 펄떡펄떡 뛰며 똑같은 몸짓으로 춤을 췄다. 오오오오오- 4천여 관객의 코러스와 함께 가수가 노래를 불렀지만 가수의 목소리는 아예 들리지도 않았다. 그사이에 조명이 꺼진 메인 무대 위로 안전요원들이 올라가 두 후보를 무대 아래로 안내해 내려오고, 무대 양옆으로는 초대형 음료수병 모양의 세트가 준비되었다. 조명등을 잔뜩 단 철제 빔이 내려왔다가 다시 올라가며, 가수의 공연이 펼쳐지는 동안에도 스태프들은 무대 전환을 하느라 바쁘게 움직였다. 오오오오오- 녹화장의 모든 사람이 온통 화려한 초대공연에 정신이 팔려 미친 듯이 춤추고 노래하는 사이에, 배심원석은 텅 비었다. 배심원들은 모두 녹화장을 빠져나가고 배심원석에는 배심원들이 심사하는 동안 휘갈겨 쓴 메모가 적힌 흰 종이만 흩날리고 있었다. 기자들은 전화기를 어깨와 턱 사이에 낀 채 고래고래 소리를 지르며 컴퓨터에 무언가를 받아 쓰고 있었다.

  잠시 후 정체를 알 수 없는 예닐곱 명의 사람들이 무대 위로 성큼성큼 걸어서 올라갔다. 모두 나이트릴 보호 장갑과 분진 마스크를 끼고 일체형 보호복을 입고 있었다. 그들은 하얀 탁자 위에 놓인 두 후보의 작품과 하얀 식탁보를 노란 비닐봉투 속에 황급히 쑤셔넣고 무대 아래에서 대기 중인 카트를 타고 휘익, 어디론가 사라져버렸다.

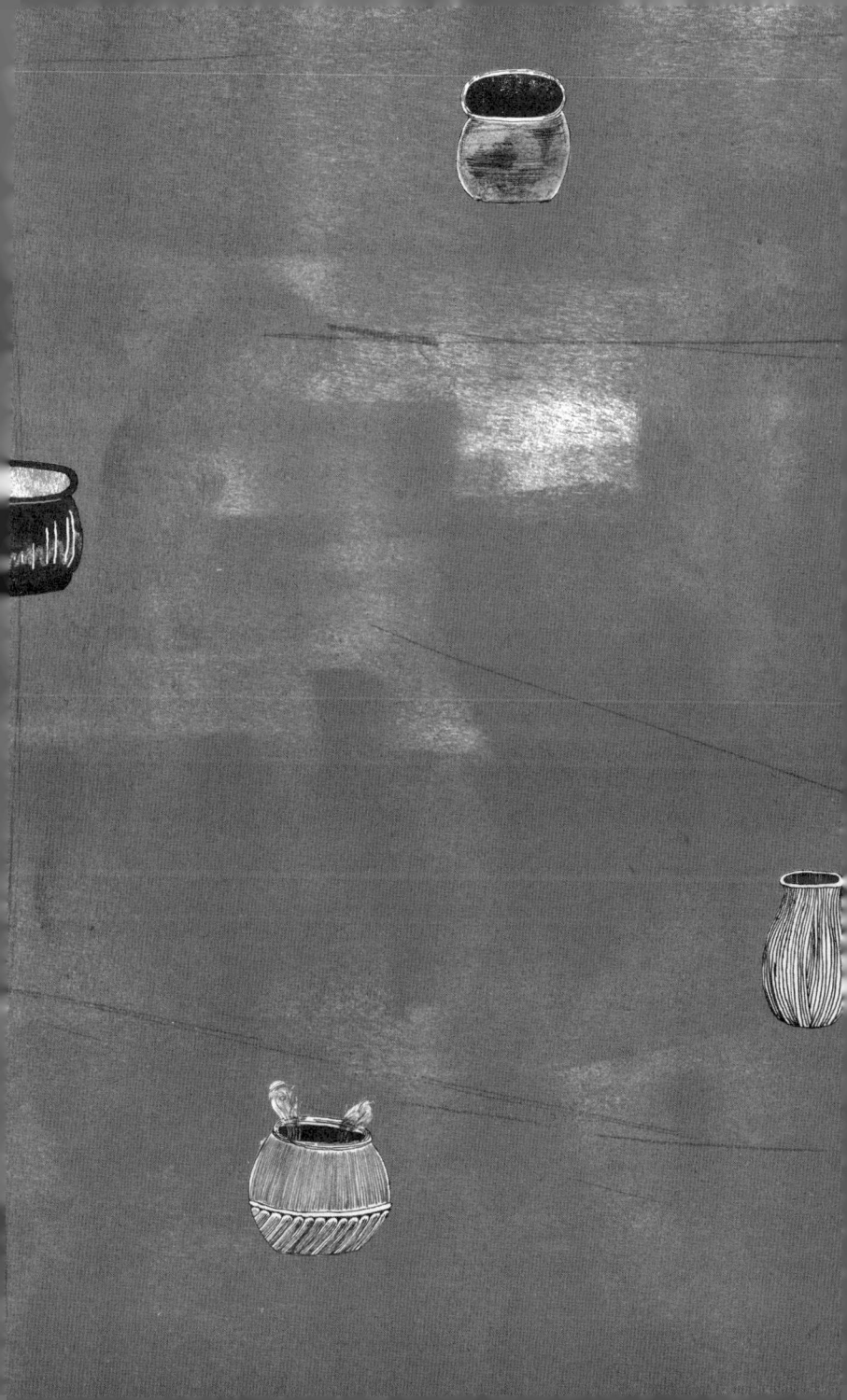

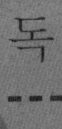

독

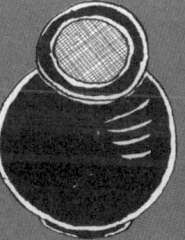

우체국장은 우미보다 늦게 출근하는 적이 없었다. "좋은 아침이야." 한 손에 은색 커피잔을 든 국장이 우미를 향해 인사를 했다. "일찍 나오셨어요." "날이 추워지니까 잠이 더 빨리 깨는 거 있지." 국장은 후루룩, 커피를 마시면서 메시지를 체크했다.

우미는 서랍 속에서 투명한 편지 주머니 두 개를 꺼내 낡은 연갈색 가죽가방에 넣었다. 가방을 어깨에 멘 우미가 다가가자 국장은 검은색 열쇠를 우미의 손에 쥐여주었다. "요즘 편지가 많이 줄었어." "그러네요." 열쇠를 받아 든 우미는 검은 철창이 달린 우편창고 문을 열고 불을 켰다.

창고 안에는 진녹색으로 칠해진 함 두 개가 놓여 있었다. 오전과 오후에 배달해야 할 편지를 모아둔 함이다. 우편물을 가방에 담으며 우미가 말했다. "몸이 안 좋아 보이세요. 괜찮으신 거죠?" 우체국장은 커피를 마저 마셨다. "괜찮아. 걱정 말아요." 그는 껄껄 웃으며 잔을 들고 일어나 싱크대로 가서 촤르륵, 쏟아지는 물에 잔을 헹궜다.

"의원님한테 진찰이라도 받아보세요. 영 안 좋아 보이세요." 우미가 걱정스러운 표정으로 국장에게 말을 건넸다. "요즘 이상하게 잠이 잘 안 오네." 우미가 어, 저도…, 라고 말하려는 순간, 국장의 책상 위에 놓인 전화기가 삐르르, 울렸다.

사실 우미도 그랬다. 아침마다 개운찮게 눈을 뜬 것이 벌써 며칠째다. 지난밤엔 의원이 건네준 약을 먹고 오랜만에 조금 수월하게 잠들었지만, 아침이 되자 어딘가 성큼 다른 세상으로 옮겨온 듯했다. 눈뜬 뒤에도 몸은 아주 천천히 잠에서 깨어나는 기분이었다. 아니 슬금슬금 옷을 벗듯 꿈에서 벗어나는 기분이었달까.

우미는 눈을 뜨자마자 아직 덜 깬 몸을 질질 끌고 거실로 나와 라디오를 켰다. 라디오에선 느릿한 템포의 음악이 흘러나왔다. 음악이 끝나자 디제이가 역시 잠이 덜 깬 듯한 목소리로 곡 설명을 하고 노래는 다음 곡으로 이어졌다. 그사이 디제이는 헤드폰을 낀 채 디제이석에 엎드려 코를 드르렁 골며 자고 있을 것만 같았다.

어떤 곡은 10분이 넘기도 하고 어떤 곡은 3분이 채 안 되기도 했다. 하지만 모든 곡들은 마치 한 곡처럼 이어지고 또 이어졌다. 다시 우물거리는 듯한 디제이의 목소리가 들리고 빰빰빠 로고송이 흘러나왔다. 뉴스가 시작되는 모양이었다. 같은 디제이가 다른 톤의 목소리로 진행하는 뉴스는 여전히 음악의 일부처럼 느껴졌다.

뉴스가 끝나자 우미는 기지개를 쭉, 펴고 몸을 이리저리 구부리며 스트레칭을 했다. 그제야 정신이 든 그는 샤워를 한 뒤 보온병을 가방에 넣고 출근을 했다.

"아주 가끔은 괜찮아요. 허. 허. 아직 젊어서 그래." 껄껄 웃으며 의원은 봉투 하나를 내밀며 우미에게 말했다. "원래 이맘때가 좀 그래. 잠도 안 오고 그렇지?" "정말 괜찮은 거죠?" "잠 안 올 때 한 알 먹고 푹 자. 잘 자는 게 잘 먹는 것보다 더 중요하다고." 백발의 의원은 진찰료마저 사양했다. "우미한테 돈을 받으니 차라리 내가 의원 노릇을 그만두지"라면서 끝까지 진찰료를 받지 않았다. "힘들지?"란 말과 함께 작은 드링크 병까지 내밀었다.

"자꾸 이러시면 저 다시 못 오잖아요. 죄송해서." 우미가 뒤로 물러서자 의원은 다시 껄, 껄, 껄, 웃으면서 우미의 어깨를 툭, 쳤다. "그럼 내가 가면 되지. 안 그래? 자네가 없으면 우린 어쩌라고." 우미는 좀 전에 한 아주머니에게서 받은 감 하나를 내밀었다. "의원님도 건강 챙기세요. 원래 자기 병은 자기가 더 모른다잖아요." "어이쿠, 고마워." 의원은 우미의 손을 꼭 잡았다. 그는 기어이 약차 한 병을 처방해주며 인터폰을 눌러서 "어, 간호사. 보온병에 포장"이라고 말했다. "가지고 다니면서 일할 때 마셔봐. 좋으면 또 지어줄게." "고맙습니다, 잘 마실게요." 우미는 두 손으로 의원의 손을 오랫동안 꼭 잡았다. 그리고 병원을 나섰다.

국장은 전화를 받아 들고 "여보세요, 여보세요" 하더니 잠시 침묵했다. 다시 "잠시만요, 잠깐만" 하며 베란다 문을 열고 나갔다.

우미의 우편배달 가방의 모서리는 가죽으로 여러 번 덧댄 흔적이 남아 있다. 가방에 찍힌 금빛 우체국마크도 이젠 희미해졌다. 이 낡은 배달 가방을 우미에게 물려준 국장이 처음 집배원이 되었을 때, 그가 모시던 전 우체국장으로부터 이 가방을 받았고, 전전 우체국장 역시 그렇게 가방을 물려받았다. 그런 대물림이 이어져 온 지 벌써 200년이 지난 것이다.

마을에서 집배원이란 자리는 특별한 것이다. 모든 마을 사람들을 빠짐없이 매일매일 만날 수 있는 일만큼 중요하고 고귀한 일은 또 없으니 말이다. 집배원으로 일하던 사람이 임기를 마치면 우체국장이 되었고, 그 후 우체국장을 그만두면 마을의 원로로 대접받았다. 마을의 중요한 일을 결정하거나, 긴급한 사항이 있으면 사람들은 우체국장을 찾아 그의 의견을 귀 기울여 들었다. 40년 동안 마을의 집배원으로 활동하던 우체국장이 우미에게 일을 물려준 건 작년 여름이었다. 우미는 진심으로 국장을 존경했고, 그만큼 우체국장도 우미를 아꼈다.

마을에 성당이 지어지고 처음 수도사들이 파견된 그해, 수도사들은 우미가 지금 들고 있는 우편배달 가방을 직접 만들었다. 그런 만큼 우미의 가방은 사람들에게 중요한 물건이자 마을의 상징과 같은 것이었다.

성당은 소나무 숲 한가운데에 있었다. 우미는 자전거를 타고 첫 배달지인 성당과 함께 있는 수도원 쪽으로 가는 진입로에 들어섰다. 붉은색 흙길 좌우로 들어선 소나무에서 맑은 공기가 끊임없이 뿜어져 나오는 것 같았다. 이 소나무 숲은 마을 사람들에겐 아주 특별한 곳이다. 마음의 안식처이자, 해독(解毒)을 하는 곳이며, 기도를 하는 곳이기도 하니 말이다.

몇백 년은 족히 된 홍송들이 사시사철 하늘을 가릴 듯 빽빽이 들어찬 숲엔 오래된 마을의 사당이 있었다. 그리고 시장 초입에서 숲으로 들어가는 진입로 입구와 이 사당은 성당과 더불어 정확하게 정삼각형을 이루고 있었다. 삼각형의 중심에 해당하는 곳까지는 각 지점에서 일직선으로 난 길이 있었는데, 어느 지점에서 걷기 시작해도 도보로 10분 정도 걷다보면 수도원 바로 옆에 만들어진 작은 광장이 나타났다.

안개처럼 자욱하게 영험한 기운이 서려 있는 광장에는 나무로 만든 아주 오래된 게시판이 있었다. 마을에 전해야 할 중요하고 긴급한 소식이 발생하면 가장 먼저 게시판에 방(榜)이 붙었다. 그리고 게시판에 중요한 전달사항이나 긴급한 소식을 붙일 수 있는 이는 마을 이장 한 사람뿐이었다. 사람들은 이젠 신문이나 라디오를 통해서 소식을 보고 듣는 것이 더 익숙하지만, 여전히 이곳에 이장이 방을 붙이는 것은 상징적인 의례 같은 것이었다.

게시판에 중요한 전달사항이 붙은 모양이었다. 많은 사람들이 게시판 앞에 모여 웅성거리고 있었다. 우미는 자전거를 멈추고 사람들 뒤로 슬그머니 다가갔다. 나지막한 꺽쇠 모양을 한 사다리 위에서 하얀 종이로 된 방을 붙이는 사람들이 보였다. 우미도 까치발을 하고 사람들 어깨너머로 고개를 죽 내밀어보았지만 방의 글씨는 보이지 않았다. 다만 다른 글씨가 먼저 눈에 들어왔다. 처음 게시판을 세울 때 주임신부가 게시판 위에 새겨놓은 문구였다.

사람에게서 나오는 것이 그 사람을 더럽히는 것이다. (마르코 7:16)

몇몇 사람은 우미를 알아보고 반갑게 웃으며 인사를 건넸다. 그러나 그들은 우미에게 인사를 건네면서도 정신은 온통 게시판에 쏠려 있는 것 같았다. 우미는 게시판을 보고 있는 사람들 등 뒤를 몇 번 맴돌다 수도원으로 들어갔다. 건물 안에서 성가가 흘러나왔다. 우미는 조용히 편지 묶음을 편지함 안에 넣어두고 다시 숲을 빠져나와 철길을 건넜다. 건널목 초소를 지키는 역무원이 우미를 보자 빨간 깃발을 크게 흔들며 인사를 했다. 우미도 손을 흔들며 환하게 웃었다.

우미는 논길을 빠르게 지나 마을로 들어섰다. 웬일인지 거리가 한산했다. 지나치는 사람들의 발걸음은 모두 바쁘고 빨랐다. "안녕하세요" 하며 인사를 건네도 듣지 못한 듯 발걸음을 재촉해 어디론가 바삐 사라졌다. 등기우편을 받으러 집에서 나오는 사람들의 표정도 어두워 보였다.

사람들은 걱정스러운 표정으로 우미에게 "뭐 들은 거 없어?" 하고 물었다. 무슨 영문인지 알 수 없었던 우미는 외려 그들에게 "무슨 일이라도 있어요?" 되물어보았지만 아무도 특별한 대답 없이 씨익, 웃을 뿐이었다. 그러다가 그들은 다시 "정말 뭐 들은 거 없어?" 물었다. "아, 무슨 일인데요?" 우미가 물어봤지만 별 대답도 없이 손을 흔들며 "아냐, 수고 많네, 잘 가"라고 할 뿐이었다.

문을 닫기 전 사람들의 얼굴, 그런데 그게 또 이상했다. 다들 얼굴에는 미열처럼 옅은 웃음이 깃들어 있었지만 어딘가 모르게 어두운 잠에 빠져 있는 것처럼 보였다.

30분 전 정오. 평소보다 조금 일찍 오전 일을 마친 우미는, 점심 먹고 낮잠도 한숨 잘 수 있겠어, 생각하며 시장의 단골식당으로 발걸음을 옮겼다. 이마에 맺힌 땀방울을 손수건으로 닦으며 걷기 시작한 지 얼마 되지 않아서 낡은 식당 간판이 보였다.

우미는 문을 열고 식당 안으로 들어섰다. "안녕하세요, 아주머니." 열심히 음식을 만들던 아주머니는 우미를 보자 주방에서 손을 흔들었다. 아주머니는 따로 주문도 받지 않고 요일마다 다른 음식을 내놓았다. 단골손님들은 매일 음식값을 낼 필요도 없이 한 달에 한 번 식비를 지불하곤 했는데 우미는 매달 음력 28일, 그러니까 우미의 해독일 다음 날에 그달 치 식비를 냈다.

하얀 회벽에 걸린 일일달력이 바람에 팔랑거렸다. 우미는 늘 앉는 자리인 커다란 괘종시계 옆 테이블에 앉았다. "어제 달력이 그대로네요? 늦잠 주무셨나 봐요?" 우미는 아주머니 앞으로 온 우편봉투를 건네주며 말했다. 오전에 배달해야 할 마지막 편지였다. "아 그러게. 깜박했네." 아주머니가 앞치마를 두른 채 나와 일일달력을 한 장 찢자, 뒷장이 나왔다. 굵은 볼드체로 '30'이라 적힌 숫자가 황금색 원 안에 큼지막하게 들어 있었다.

아주머니는 커다란 은색 쟁반에 갓 지은 조밥과 데친 야채 그리고 노랗고 질척한 소스를 끼얹은 투명한 묵을 담아, 따뜻한 물수건과 함께 내왔다. 뽀얗게 김이 나는 물수건은 갓 헹군 듯 깨끗한 물 냄새가 났다. 흰 김이 모락모락 올라오는 음식을 보니 우미는 갑자기 배고픔이 밀려왔다.

"오늘 좀 일찍 왔네." 물수건으로 손을 닦은 뒤 밥과 야채를 손으로 뭉쳐서 입에 넣으며, 우미가 말했다. "일이 일찍 끝나서요. 오늘따라 말을 거는 사람도 별로 없고요. 길을 알려달라는 사람도 없네요." 벽에 걸린 괘종시계의 추가 째깍째깍, 단속적인 소리를 내며 흔들리고 있었다. 시침이 5분 전 정오를 가리킬 즈음 아주머니가 시계 옆 선반 위에 놓인 붉은색 라디오를 켰다. 지지직거리는 잡음 사이로 단선율의 음악이 흘러나왔다.

우미는 천천히 밥알을 씹었다. 그런데 씹으면 씹을수록 혀뿐만 아니라 잇몸과 입천장까지도 마치 밥알을 밀어내려고 애쓰는 것 같이, 밥알은 입안에서 빙빙 겉돌았다. 마치 이와 잇몸 사이를 이리저리 피하며 짓이겨지지 않으려 바둥거리는 것 같았다. 다른 반찬들, 접시 가득 뿌려진 소스도 마찬가지였다. 모든 음식물이 우미의 이를 피하고 잇몸과 입천장은 음식을 밀어냈다. 그 난데없는 입안에서의 추격과 도피 끝에 모든 음식물은 잘근잘근 씹혀 목구멍으로 조용히 흘러 내려갔다.

꾸울꺽.

그때, 괘종시계의 추가 철봉선수의 착지 동작처럼 휘익, 흔들리더니 정오를 알렸다.

땡, 땡, 땡, 땡, 땡, 땡, 땡, 땡, 땡, 땡, 땡, 때앵.

쇳소리가 귀를 때리고, 시끄럽게 울리던 매미 소리가 갑자기 뚝 그쳤다. 익숙한 시그널음악과 함께 뉴스가 시작되었다. 이 마을의 하나뿐인 라디오 채널이었다. 그리고 속보가 전해졌다.

"아주머니." 멍한 표정으로 창밖을 바라보고 있는 아주머니에게 우미가 손을 흔들었다. "아주머니. 저 가볼게요." 그제야 아주머니는 정신을 차린 듯 어두운 눈빛으로 우미를 바라보았다. "걱정 마세요. 잘 해결될 거예요." 우미는 식당 문을 나섰다.

긴 가방 끈이 우미의 어깨를 무겁게 짓눌렀다. 습한 마을 공기의 무게가 얹힌 듯 가방은 축 처진 빨래처럼 무거웠다. 거리는 좀 전보다 더 한적했다. 식당 맞은편 공사장에는 인부들이 땀을 흘리며 무언가를 분주히 옮기고 있고, 시장에서 산 물건을 머리에 이고 지나가는 여인들도 드문드문 보였다.

우미는 그들이 아직 뉴스를 듣지 못했을 거라 짐작했다. 뉴스를 들었다면 그렇게 편안한 표정으로 평소와 다를 바 없이 행동할 리가 없었다. 그런데 잠깐, 잠깐만, 이제 어디로 가지? 우선 어디로 갈 것인지를 정해야겠어. 우미는 자전거를 세웠다. 오후에 배달해야 할 편지부터 차분하게 정리할까. 아니야, 그냥 오늘 일은 여기까지 할까. 지금 사람들은 편지 따위엔 관심도 없을 테지. 우선 우체국으로 돌아가야겠어. 국장님에게서 더 많은 뒷얘기들을 들을 수 있을지도 몰라.

우미는 자전거를 돌려 우체국으로 향했다. 마을의 공기는 바람 한 점 없이 낮게 가라앉아 있었다. 아무리 페달을 세게 밟아도 속도감이 느껴지지 않았다. 마을의 모든 공기가 전혀 움직이지 않고 한자리에 가만히 머물러 있는 것 같았다.

눈을 떴다. 한 시간 정도 낮잠을 잤을까. 그사이 사무실의 하얀 벽은 온통 노을빛으로 물들었다. 우미는 근무복을 벗어놓고 건물 밖으로 나갔다. 마찬가지였다. 아무도 보이지 않았다. 우체국 입구 경비실은 불이 켜진 채 텅 비어 있고, 지하차고에는 우체국장의 관용차가 그대로 주차되어 있었다. 차 앞 유리에서는 알 수 없는 붉은 불빛 하나가 깜박거렸다.

우미는 자전거를 세워둔 곳으로 걸어갔다. 자전거의 거울에 비친 얼굴이 주홍빛 하늘을 배경으로 검고 볼록하게 보였다. 우미는 자전거의 자물쇠를 풀고 강가로 달려갔다. 최근 비가 오지 않아 강은 바싹 말라 있었다. 강변에는 얼룩무늬 강아지 몇 마리가 뛰어다니고 있었다. 칠흑처럼 검은 수탉과 하얀 암탉이 이리저리 병아리를 데리고 다니며 열심히 땅을 쪼고 있기도 했다. 갈대밭 위로는 커다란 검은 날개에 녹청색 비늘가루가 반짝이는 산제비나비 한 떼가 어지럽게 날아다녔다. 자전거가 다리를 건넌 뒤 다시 왼쪽으로 논을 끼고 돌자 푸드덕, 하얀 뺨의 박새 한 마리가 하늘로 날아갔다. 하지만 그 어디에도 사람은 보이지 않았다.

인적이 뜸해진 마을은 또 다른 기운으로 가득 차 보였다. 이상했다. 사람들은 보이지 않는데, 크고 작은 마을의 동물들은 예전보다 더 생생하게 움직이며 저마다 바쁜 몸짓으로 무언가를 말하려는 듯 보였다. 큰일이 벌어질 거야, 큰일이 벌어진다구. 강아지도 닭도 병아리도 나비도 박새도 다들 끊임없이 분주하게 우미에게 말을 거는 것 같았다. 심지어 말라버린 강물마저도.

우미는 다양한 색의 천 다발이 칭칭 감긴 느티나무 옆을 지난 뒤 다시 모퉁이를 돌아 소나무 숲으로 향했다. 조금 더 달리자 텅 빈 광장과 게시판이 눈에 들어왔다. 게시판에는 새로운 방이 붙어 있었다. 하얀 종이의 한쪽 모서리가 게시판에 제대로 붙지 않아 바람에 펄럭였다. 두 줄의 진청색 문장 아래에는 마을 이장의 붉은 인장이 선명하게 찍혀 있었다.

'대책을 마련 중이니 다음 소식이 있을 때까지,
바깥출입을 자제해줄 것을 요망.'

집으로 이어지는 붉은 벽돌 골목 여기저기에도 얇은 갱지로 급히 만든 듯한 신문들이 흩뿌려져 있었다. 호외였다. 우미는 호외 한 부를 들고 대문을 들어서며 눈으로 기사를 훑었다. 호외의 내용 역시 짤막했다.

'오늘의 중대 발표: 독이 실종되었다. 예정된 세례는 무한 연기되었고, 당분간 사당 주변 출입을 금한다. 곧 문제가 해결될 것임을

확신하며 그때까지 해독이 불가하므로 외부활동을 멈추고 집에서 시간을 보내며 다음 뉴스를 기다릴 것.'

원로회의 결과를 발표하는 이장 하요의 사진이 호외의 헤드라인 아래 절반을 차지했는데 그의 얼굴은 라디오 뉴스에서 흘러나온 목소리로 추측했던 것보다 훨씬 더 어두워 보였다. 우미는 집 안으로 들어가 수돗물을 한 잔 따라 마시고 침대에 누웠다. 식당 아주머니의 목소리가 자꾸 귀에 맴돌았다. '우리는 어떻게 되는 거니? 우리는 어떻게 되는 거니? 우리는 어떻게 되는 거니?' 우미는 침대에 누워 갓 탄 솜이불을 얼굴 위까지 끌어 올리며 생각에 빠졌다.

우미를 포함한 마을 사람들에게 독이란 곧 섭리였다. 사람들은 매달 자신이 태어난 날과 같은 모양의 달이 뜨는 날, 그러니까 태어난 날과 같은 음력날에 맞춰 한 달 동안 몸에 쌓인 독을 해독하는 것을 당연하게 여기고 살았다. 해독일이 되면 사람들은 소나무 숲의 사당 안에 고이 모셔온 독 안에다가 몸에 쌓인 독을 내뱉으며 해독해왔다. 이는 성인이 된 70세 미만의 모든 사람들에게 하나의 생리현상과 같은 것이고, 매달 그믐 자정이면 마을 이장은 한 달간 쌓인 독을 비우는 세례(洗禮)를 하게 되어 있었다. 이날이 바로 그날이었다. 그런데 독이 사라졌다는 것이다.

어떻게 사라졌는지, 누가 가져갔는지, 부서진 건지, 잃어버린 건지, 아무도 말해주지 않았다. 천구(天球)에 박힌 별들처럼 수많은 물음표가 암흑 같은 이불 속에 둥둥 떠다녔다. 그러고 보니 지금까지 우미는 단 한 번도 독에 대해 의문을 품은 적이 없었다. 그저 학교에서 배운 대로 남들처럼 한 달에 한 번씩 꼬박꼬박 해독을 하며 살아왔을 뿐, 한 번도 왜, 라는 질문을 던져본 적이 없었다. 질문이 없었으니, 대답을 해줄 사람도 당연히 없었다.

다음 날 아침 우미는 지하 서재로 내려가 학교 다닐 때 쓰던 교과서를 꺼내왔다. 바랜 종이 여기저기에 어지럽게 밑줄이 그어져 있는 책장을 한 장씩 넘기다가 노란색 밑줄이 그어진 글을 찾았다.

'해독일에서 5일을 넘기면 보통 사람의 경우 신체적, 정신적 문제가 생기기 시작한다. 비교적 건강한 사람은 일주일까지는 정상 생활이 가능하다.'

우미는 책을 덮고 대문을 나섰다. 멀리 언덕에서 흡사 울음소리 같은 바람 소리가 들려왔다. 골목 좌우로 늘어선 집 굴뚝에서는 여전히 연기가 모락모락 피어올랐지만 사람은 보이지 않았다. 몸 안의 기운을 아끼기 위해 사람들은 당분간 집 밖으로 나오거나 다른 사람을 만나려 하지 않겠구나 싶었다.

천천히 자전거를 끌고 백여 미터를 더 걷자 골목 끝 언덕바지에 커다란 상수리나무가 보이고 그 왼편에 외딴 나무집이 한 채 보였다. 새로 지은 집인가? 붉은 지붕을 인 집의 반쯤 열린 창 밖으로 낮게 음악소리가 흘러나왔다. 집 뒤에는 언덕과 경계를 지은 감나무들이 늘어서 있었다.

그때 감나무 뒤로 무언가가 움직이는 것이 보였다. 우미는 걸음을 멈췄다. 그 물체는 그림자처럼 짙었는데 길쭉한 팔이 달린 듯했고 양쪽 팔에는 밝은 초록색과 주황색 점이 하나씩 찍혀 있었다. 산짐승 같기도 하고 완장을 찬 덩치 큰 사람 같기도 했다.

우미는 자전거를 길가에 세워두고 나무집의 담벼락으로 다가갔다. 그때 휙, 하며 검은 물체가 언덕 너머로 사라졌다. 동시에 창문 밖으로 창백하고 길쭉한 두 팔이 쑥, 뻗어 나오더니 푸른색 나무덧문을 거칠게 쾅, 닫았다. 팔은 빠르게 집 안으로 사라지고 쾅, 유리문 닫히는 소리가 덧문을 뚫고 들리더니, 돌쩌귀에 박힌 나사 한 개가 바닥으로 탱, 떨어졌다. 그러곤 덧문을 고정하는 금색 사자 장식 쇠뭉치가 휘청, 반 바퀴를 돌아 마당 바닥으로 떨어지며 다시 팅, 짧고 둔탁한 금속성 소리가 울렸다.

잠시 후 까아악, 시커먼 새 세 마리가 우미의 머리 위로 낮게 활공하다 덧문 비받이 위로 사뿐히 내려앉는 듯하더니 까악, 반대편으로 날아갔다. 이가 잘 안 맞는 듯 덧문이 다시 터억, 열리며 바람에 바르르, 떨렸다. 그 짧은 순간 보이고 들린 모든 것들이 온 세상의 에너지를 순식간에 정반대로 흘려보내는 것 같았다. 등골이 오싹해진 우미는 급히 집으로 되돌아갔다.

독이 사라진 지 사흘째 되는 날, 우편물은 한 줌 손에 잡힐 정도로 눈에 띄게 줄어들었다. 그나마 대부분은 공과금 고지서였다.

우체국장의 자리는 비어 있었다. 그동안 출근하지 않은 것이 분명했다. 우미는 우편물을 가죽가방에 몰아넣고 다시 마을로 돌아와 집집마다 초인종을 눌렀다. 우미의 벨소리에 대답하는 사람은 아무도 없었다. 하지만 우미가 지나가고 난 뒤, 사람들은 몰래 문밖으로 나와 재빠르게 우편물을 챙기고 다시 집 안으로 들어가는 모양이었다. 돌아볼 때마다 모든 우편함은 금세 비어 있었다.

우미는 집마다 달려 있는 우편함에 음각으로 새겨진 마을의 이름을 멍하게 쳐다보았다. 마을 이름은 오래전부터 전승된 고문서에서 유래됐다. 고어 그대로 풀자면, '거룩한 사람들이 사는 곳'이라는 뜻이다. 그만큼 대대로 이 마을 사람들은 상냥했고 배려심이 넘쳤으며 늘 활기찼다. 그래서 치안 시스템은 이미 오래전부터 형식적으로 남아 있을 뿐이고, 군대도 마을의 큰 행사를 지원하거나, 자연재해가 발생했을 때 도와주는 역할을 할 뿐이었다.

이는 마을에 전승되는 관습을 군말 없이 잘 따라준 사람들의 천성 때문이었다. 온기와 활기로 가득 차 있던 마을을 떠올릴수록 우미는 지금 이 상황을 어떻게 받아들여야 할지 난감했다. 사람들을 만나고 사람들과 이야기하는 것이 가장 큰 즐거움이었던 우미는 이런 심상치 않은 마을 분위기를 도무지 받아들일 수가 없었다.

일주일째. 우미는 간절한 심정으로 아침신문을 기다렸지만 호외 이후 모든 신문 배달은 끊겼고, 라디오 채널에서도 정규 프로그램은 모두 사라진 채 하루 종일 음악만 흘러나왔다. 혹시라도 속보가 나올까, 하는 마음에 온 종일 라디오를 켜놓았지만 방송국에서는 이미 자료를 만들어놓은 듯 같은 시각에 정확하게 똑같은 노래가 흘러나왔다. 윤초나 윤분도 없는 듯 정확했다.

우미는 빨래를 널면서도 다림질을 하면서도 음식을 만들면서도 라디오를 끄지 않았다. 그러다가 귀가 지칠 때면 라디오를 껐다가 침묵을 견딜 수 없을 때면 다시 라디오를 켰다. 하지만 아무것도 듣지 않는 거나 반복되는 음악만 듣는 거나 결국 똑같았다. 반복되는 음악과 반복되는 침묵, 둘 중 하나를 선택해야 한다는 건 아무 선택이 없는 것과 마찬가지였다.

아무 집이나 초인종을 눌러볼까, 생각이 들었지만 그럴 때마다 우미는 며칠 전 골목에서의 기억이 떠올랐다. 창문 밖으로 뻗어 나오던 하얀 팔뚝, 덧문 닫히는 소리, 탱, 하며 돌쩌귀의 나사가 떨어지는 소리, 사자 머리 모양 쇠붙이가 단두대 위에서 잘린 목처럼 텅, 떨어지는 소리, 검은 새가 휘익, 날아가던 모습. 우미는 옆집 초인종을 누르면 그 하얀 팔뚝이 인터폰 스피커 밖으로 주욱, 뻗어나와 목을 죄고 흔들 것만 같아 이웃들의 집에 선뜻 찾아갈 용기가 나지 않았다. 이웃들 역시 우미를 찾아오지 않았다.

사건이 발생한 지 열흘째가 되었다. 집에는 수도가 끊겼고 마련해둔 음식과 식재료도 드디어 바닥을 드러냈다. 일주일 전부터 하늘은 계속 흐렸다. 우미는 빗물을 받기 위해 마당에 커다란 양동이 여러 개를 두었다. 빗물은 식수로 쓰고 차를 마시기 위해서도 꼭 필요했다. 아주 어둡지도 밝지도 않게 애매한, 황톳빛 하늘에선 곧 비가 쏟아질 것 같았지만 기다리던 비는 오지 않았다.

이런 상황이 언제까지 계속될는지 기약이 없긴 마찬가지였다. 라디오에서는 여전히 같은 음악이 흘러나오고 있었지만, 간혹 음악이 끊기거나 노래 순서가 뒤죽박죽이 되기도 했다.

그때 대문 너머 인기척이 들렸다. 저벅. 우미는 반가움에 현관문을 열어젖히고 뛰어나갔다. 저벅. 저벅. 하지만 발자국 소리는 빠른 템포로 저벅. 저벅. 저벅. 저벅… 골목 어귀를 이미 빠져나간 뒤였다. 대문을 열었지만 골목엔 아무도 없었고 등사기로 복사한 종이 한 장이 발아래 떨어져 있었다.

우미는 종이를 집어 들었다. 누군가 급히 쓴 듯한 손 글씨였다.

'외부출입을 엄격하게 금지함.'

그리고 몇 분이 더 지나고, 무기한 휴가를 시작한다는 국장의 메시지가 우체국의 핫라인을 통해 도착했다. 상황은 더 나빠지고 있는 것이 분명했다. 우미는 지하실로 내려가서 1단계 예비식량 상자를 꺼내왔다.

먼지가 쌓인 상자를 칼로 가르자 그 안에 서른 개의 작은 소포장으로 묶인 비상식량이 은색 봉투 속에 차곡차곡 들어 있었다. 한 치의 오차도 없이 정확한 크기였다. 한 개의 포장 안에는 다시 세 개의 노란색 봉투와 차가 든 두 개의 작은 봉투가 밀봉된 채 들어 있었다.

우미는 차 봉투를 입으로 찢었다. 차향이 온 집에 가득 퍼졌다. 우미는 남은 물을 끓여 차를 우렸다. 잔에 찻물을 따르자 차를 따르는 소리가 온 집을 울렸다. 갓 뜯은 봉투 속 찻잎향이 나비처럼 집 안 구석구석을 날며 공기를 가득 채웠다.

해독일을 넘긴 사람들은 분명히 문제가 생겼을 거야. 이러다가는 설령 다시 독을 찾는다고 해도 그 소식을 전해줄 사람마저 없어질 테지. 어떤 일이 벌어지든 상관없어. 우미는 마을을 두 눈으로 똑똑히 보고 싶었다. 아직 해독일이 많이 남은 터라 정신도 또렷했고 몸에도 별다른 문제가 없었다.

골목에 늘어선 대문들은 여전히 굳게 닫혀 있었고 간혹 불이 켜진 집들도 있기는 했다. 불이 꺼진 집 안의 사람들은 긴 잠에 빠져 있는 걸까. 아니면 벌써 큰 일이 생긴 걸까. 사람들은 몸의 기운을 아끼려 억지로 잠을 청하고 있을지도 몰라. 그리고 눈을 뜨면 모든 것이 꿈이었어, 기분 좋게 기지개를 펴고 싶을 거야. 일상으로 다시 돌아가 집 밖을 나서고 일터로 향하고 사람들도 만나고 아이들을 돌보고 빨래를 하고 시장도 가고 싶을 거야.

마을의 중심가로 이어지는 도로에 이르자 멀리 주황색 신호등이 깜박거렸다. 그 옆으로 하얀 표지판이 보이고, '항시점멸'이란 글씨가 쓰여 있었다. 나머지 신호등은 아예 꺼져 있었다. 마른 나뭇잎들이 옅은 마찰음을 내며 거리를 이리저리 굴러다니고, 그 어디에도 사람의 흔적은 보이지 않았다.

우미는 길을 따라 조금 더 걸었다. 그때 먼발치에서 인기척이 났다. 우미는 걸음을 멈췄다. 사람들을 통제하는 경비대일지도, 야산에서 인적 드문 거리로 내려온 곰이나 여우 같은 산짐승일는지도 모른다. 혹은 이웃 마을에서 나쁜 마음을 먹고 이 마을에 잠입한 침입자인지도 모른다.

그는 한 번 더 암흑 속을 뚫어져라 바라보았다. 자세히 보이진 않았지만, 무언가가 분명히 움직이고 있었다. 사람 같았다. 그가 점점 더 가까이 다가오고 있었다. 그런데 그가 가까이 올수록 반가움 대신 두려움이 조금씩 조금씩 온몸으로 파고들었다. 게다가 그도 우미를 발견했는지 더 빠른 걸음으로 우미를 향해 저벅저벅 저벅, 다가오고 있었다. 그가 주황색 신호등 아래를 지날 때쯤에서야 팔뚝만 한 병을 들고 비틀거리며 다가오는 한 사내가 선명하게 보였다. 독한 에테르 냄새가 콧속으로 밀려 들어왔다. 냄새에 취한 듯 우미는 그 자리에서 꼼짝도 할 수 없었다. 사내가 더 가까이 다가왔다. 우미는 그제야 키가 크고 호리호리한 몸집의 사내를 알아볼 수 있었다. 깃이 넓고 주머니가 여기저기 달린 베이지색 점퍼를 입은 익숙한 복장의 그는, 우체국장이었다.

그가 몸을 던지듯 전봇대 앞으로 고꾸라지며 무릎을 털썩 꿇었다. 그는 우는 것 같기도 웃는 것 같기도 했다. 푹 숙인 고개 아래로 알 수 없는 액체 방울들이 뚝, 뚝, 흘러내렸다. 그는 알아들을 수 없을 만큼 작고 늘어지는 목소리로 계속 중얼거렸다. 우미는 발걸음이 떨어지지 않았다. 몸을 돌리지도 못했다. 지금… 내가 뭘 보고 있는 거지. 지금 내가. 뭘…. 그의 몸에서 흘러나온 액체가 바닥을 흥건하게 적시고 유리병에서는 계속 독한 에테르 냄새가 뿜어 나왔다.

우미는 몸이 서서히 굳으며 두 발바닥이 에테르에 녹아 아스팔트 위에 단단히 접착되어버린 것만 같았다. 그의 말은 이제 아예 알아들을 수조차 없었다. 그건 목소리라기보다 차라리 소음에 가까웠다. 입안의 기관들이 무질서하게 부딪히고 쓸리며 내는 소리들이 점점 작아지더니 그가 손에 쥔 유리병이 떨어졌다.

탱, 우미의 발끝까지 파편이 튀고 쨍…그렁, 그 소리에 우미는 정신이 번쩍 들어 화들짝 뒤로 물러났다. 국장…님…. 그 순간, 깨진 병 조각 위로 그의 몸이 고꾸라지며 병이 깨지는 소리보다 더 괴기한 소리를 냈다. 얼굴의 모든 구멍에서 분수처럼 토사물이 뿜어져 나왔다. 몇 초의 시간이 지나고 부르르 몸을 떨던 경련이 조금씩 약해지더니, 구토물 위로 긴 몸뚱이가 축 늘어졌다. 우미는 두 손으로 입을 가렸다. 한번 입에서 무엇이라도 튀어나오면 걷잡을 수 없이 게워내고는 결국 그처럼 우미도 검붉은 토사물을 뿜으며 죽어갈 것만 같았다.

우미는 구역질을 간신히 참으며 정신없이 뒤돌아 달렸다. 깜박, 깜박, 점멸하는 '항시점멸' 신호등을 다시 지나 한참을 달리자 기찻길이 보였다. 철길 건널목에는 안전바가 내려와 있었다. 그때 건널목 맞은편에서 다시 알 수 없는 소리가 들려왔다. 한 명의 소리가 아니었다. 우미는 안전바를 뛰어 넘어 철길을 따라 달렸다.

손톱만 한 땀방울이 땅으로 뚝뚝, 떨어졌다. 하지만 이내 소리는 우미에게 점점 더 가까이 다가왔다. 울부짖는 소리 웃음소리 게워내는 소리. 우미의 등에 점점 바싹 따라붙고 있었다. 우미는 소리를 지르며 달리고 또 달렸다. 달리는 것 말고는 할 수 있는 일이 없었다. 잠시라도 멈춰서면 곧바로 누군가의 하얀 팔뚝이 튀어나와 우미의 목덜미를 채갈 것 같았다. 그리고 우미의 목이 마치 금빛 사자 머리 장식처럼 툭, 잘려나가 텅, 바닥에 떨어질 것만 같았다. 우미는 한 손으로 뒷목을 감싸고 한 손을 앞으로 휘저으며 달려갔다.

앞을 가로막는 나뭇가지를 정신없이 손으로 제치며 뛰고 또 뛰었다. 약수터를 지나 삼나무 숲을 빠져나오자 멀리 집 앞 골목의 벽돌길이 보였다. 하얀 가로등 하나가 깜박, 깜박, 거리며 간헐적으로 바닥을 비추고 있었다. 우미는 한달음에 골목을 내달려 집으로 뛰어 들어갔다. 그러곤 대문을 사정없이 집어 던지듯 쾅, 닫았다.

순간 문밖에서 알 수 없는 금속성 소리가 탱, 들리더니 다시 조용해졌다. 마당 입구에 쓰러진 우미는 가쁘게 숨을 내쉬었다. 검은 하늘엔 아무것도 보이지 않았다. 마당에 드러누운 우미는 자신이 지금 눈을 뜬 건지 감은 건지 분간이 가지 않았다. 그때 우미의 머리 위로 유성 하나가 휘이이익, 불빛 하나 없는 세상 너머로 길고 긴 여운을 남기며 서서히 멀어져갔다.

탁, 타악, 타아악…, 우미는 눈도 뜨지 못한 채 하늘을 향해 입을 벌렸다. 눈으로 코로 귀로 입으로 빗물이 쏟아졌다. 살아 있는 것이 분명했다. 소리도 들렸고 얼굴의 감각도 살아 있었다. 우미는 한참 동안 온몸으로 빗물을 들이마셨다. 그리고 엉금엉금 기어 집 안으로 들어갔다.

현관문을 닫자 번쩍, 번개가 쳤다. 바지 무릎 부분에는 구멍이 나 있고 양 손바닥에 선홍색 피가 잔뜩 묻어 있었다. 우미는 옷을 벗고 속옷을 찢어 손바닥을 감고 이불 속으로 들어갔다. 몸을 웅크렸지만 차갑게 식은 몸은 좀처럼 데워지지 않았다. 몸속 깊숙이 있는 무언가가 모조리 식어버린 것 같았다.

우미는 팔을 뻗어 침대 옆에 놓인 책장의 서랍을 열었다. 마을 의원에게서 받아둔 주황색 봉투는 텅 비어 있었다. 이럴 리가 없는데…. 그때 서랍 구석진 곳에 놓여 있는 초록색 약이 한 알 보였다. 우미는 재빨리 알약을 집어 혀 아래로 밀어 넣었다.

우미는 침대 위에 축 늘어졌다. 아릿한 약맛이 혀의 아래에서 위로 다시 아래턱 전체로 퍼지자 입안의 감각이 서서히 무뎌졌다. 이대로 조금만 더 있으면 약 기운은 위로 올라가겠지. 약 기운이 코를 지나면 아무 냄새도 맡지 못할 것이고, 귀를 지나면 아무것도 들리지 않을 것이고, 눈을 지나면 아무것도 보이지 않겠지.

서서히 양 볼을 타고 약 기운이 스멀스멀 올라왔다. 지금 만일 무언가가 존재한다면 아주 간신히 존재하는 것 같았다. 마을도 사람들도 우편배달 가방도 자전거도 길도 바람도 우미 자신도. 만일 살아 있는 거라면 간신히 살아 있는 것 같았다. 아무도 남아 있지 않거나 아니면 우미만 남아 있지 않은 것 같았다.

약 기운이 광대뼈를 지나 콧잔등을 타고 올라오더니 다시 이마에서 수직으로 갈라지면서 양 갈래 관자놀이를 타고 귀를 지났다. 아무 소리도 들리지 않았다. 다시 약 기운은 마치 장마철 진흙더미 사이를 흐르는 물길처럼 눈썹 아래를 비집고 눈두덩을 지나 눈 속 깊이 파고들었다. 그러자 아무것도 보이지 않았다. 잠시 주춤하는 듯하던 약 기운은 눈 아래 깊숙한 곳에서 올라와 미간으로 모이더니 머리 한가운데를 가로질러 정수리로 올라가며 서서히 약해졌다. 그때 즈음 이불 끝자락을 쥐고 있던 우미의 주먹이 스르르 풀렸다.

음악 소리였다. 머리 위로 한 갈래 음악 소리가 파고들더니 온몸으로 쏟아져 내렸다. 라디오에서 음악이 흘러나오고 있었던 것이다. 그러나 우미가 침대에서 몸을 일으켰을 때 갑자기 음악 소리가 멈추고, 귀에 익은 디제이의 목소리가 라디오에서 흘러나왔다. 우미는 믿을 수 없었다. 우물거리는 디제이의 목소리도 무언가를 듣고 있는 자기 자신도.

모든 것을 믿을 수 없었다. 뉴스가 끝난 후 나오는 똑같은 로고 음악도 믿을 수 없었다. 쾌청한 창밖 날씨도 믿을 수 없었다. 우미는 화장실로 달려가 전등을 켜고 거울 앞에 섰다. 얼굴은 초췌했지만 두 눈빛은 선명했다. 그제야 우미는 마음을 놓았다. 다시 돌아왔어, 긴 잠 끝에 모든 것이 원래대로 돌아온 거야. 독을 찾은 거야. 나만 잠에 빠져 있느라 몰랐던 거야!

우미는 부엌으로 가서 수돗물을 틀었다. 치익, 가스가 새는 듯한 둔탁한 소리와 함께 탁한 녹물이 흘러나왔다. 우미는 수도꼭지에 입을 대고 조금씩 맑아지는 물을 꿀떡, 꿀떡, 꿀떡, 하염없이 마셨다. 맑은 수돗물을 마셔본 게 얼마 만이야. 그리고 비상식량 봉투에 든 마른 과일과 빵을 허겁지겁 먹었다. 그렇게 정신없이 배를 채우고 나서야 피에 흥건히 젖은 손이 보였다.

피 묻은 천을 벗겨내고 우미는 욕실로 가서 손바닥을 씻었다. 붉은 핏물이 세면대 안으로 소용돌이치며 떠내려갔다. 하지만 다시 피가 맺혔다. 이상했다. 손바닥에는 아무런 흉터가 없었음에도 슬며시 피가 다시 고여 아무리 씻어도 핏물이 계속 흘러내렸다. 마치 손금에서 피가 스며 나오는 것 같았다.

집 안으로 쏟아지는 햇살 탓인지 온몸에 열기가 돌았다. 우미는 옷장 속에서 짧은 셔츠를 꺼내 입었다. 거울 속의 우미는 예전보다 조금 해쓱해졌지만 그래도 여전히 건강해 보였다. 오랜만에 본 자신의 얼굴이 반갑고도 신기했다. 대문 앞에는 열흘 치의 신문이 쌓여 있었다. 우미는 자신이 열흘 동안 잠들어 있었던 건지, 열흘간 밀려 있던 신문이 한꺼번에 온 건지 알 수 없었다.

신문 뭉치는 묵직했다. 그런데 신문을 한 장 한 장 꼼꼼히 읽어 보았지만 그 어디에도 독에 대한 이야기는 없었다. 행성 탐사선 소식, 전소된 신축빌딩, 서바이벌 최종 승자에 대한 이야기, 정수기 광고 등 일상적인 기사로 가득 채워져 있을 뿐이었다. 꿈이었을까…. 하늘은 화창했고 밝은 햇살 사이로 몇 방울의 비가 지나가듯 후둑, 떨어져 내렸다.

아직 몸의 감각이 온전히 되돌아오지 않은 때문인지 허공에 둥둥 뜨는 기분이 들었다. 두 손을 놓고 페달만 밟아도 원하는 곳으로 알아서 데려다줄 것 같았다. 아무리 달려도 길바닥의 요철이 느껴지지 않았다. 한 마리 새처럼 유유히 땅 위를 활공하는 것 같았다.

시장 입구로 들어서자 낯익은 사람들이 하나둘씩 보였다. 우미는 반가움에 하마터면 소리를 지를 뻔했지만, 애써 태연한 척 천천히 그들을 살펴보았다. 모두 그대로였다. 아이의 손을 잡은 아줌마, 책을 읽으며 정류장에서 버스를 기다리는 학생들, 목욕 가방을 든 부부와 나란히 길을 걷는 강아지 두 마리, 배낭을 멘 채 자전거를 타고 어디론가 향하는 아이, 멍하니 서서 하늘을 보고 있는 비쩍 마른 턱수염의 남자, 상점 쇼윈도를 기웃거리는 사람들, 신발가게에서 나오는 예쁜 꼬마 아가씨. 모두 예전처럼 밝은 표정이었다.

그런데 이상했다. 다들 똑같이 입꼬리를 치켜들고 웃는 듯하다가 어느 순간 웃음을 멈췄다. 그리고 무엇보다 웃음소리가 들리지 않았다. 이를 꽉 다문 채 웃는 모습과 부릅뜬 눈빛까지도 똑같았다. 모두 충격에서 벗어나려면 시간이 필요할 거야, 생각하며 우미는 식당 앞에 멈춰 섰다. 대낮인데도 식당 안은 노란 형광등 불빛으로 환했다.

우미가 문을 여는 순간 한 여자가 우미의 어깨를 툭 치며 황급히 식당을 빠져나갔다. 아야…! 우미는 어깨를 움켜잡으며 뒤를 돌아보았다. 하지만 그녀는 이미 사라지고 없었다. 어깨가 욱신거렸다. 몸이 아직 정상으로 돌아오지 않은 것 같아…. 우미는 식당 문을 열었다.

식당에는 손님은 없고, 아주머니 혼자 방금 식사가 끝난 식탁 위의 그릇과 물수건을 치우느라 분주해 보였다. 선반 위에 놓인 라디오에서 흘러나오는 음악 소리가 식당을 가득 채웠다. 우미는 한 손으로 어깨를 계속 주무르며 자리에 앉았다. "아주머니…" 우미는 아주머니를 불렀다. "…그간 안녕하셨어요?" 하지만 아주머니는 아무런 대답 없이 금속 쟁반에 야채와 밥 물수건 그리고 작은 그릇 하나를 들고 나와 우미 앞에 하나씩 툭, 툭, 올려놓고 파란 타일로 장식된 계산대 뒤로 사라졌다.

우미의 양손을 감싼 수건이 다시 피로 흥건해졌다. 이상해. 우미는 양손을 감싼 수건을 천천히 풀고 물수건으로 손바닥을 닦았다. 하지만 닦아도 닦아도 다시 손금 사이로 피가 스며들었다.

어깨는 점점 더 아렸다. 너무 아파. 그런데 도대체 오늘이 며칠인 거야? 하지만 시계 옆 벽에 걸려 있던 일일달력도 사라지고 없었다. 그때 정오를 알리는 괘종시계 소리가 들려왔다. 라디오의 음악 소리가 멈추더니 정오 뉴스가 시작되었다. 우미는 다시 손에 수건을 감고 밥과 야채를 손끝으로 집어삼켰다.

밥맛은 여전했다. 디제이의 목소리는 저번보다 더 우물거리는 것처럼 들렸지만, 아침뉴스를 똑같은 톤으로 반복하고 있었다. 밥을 다 먹고 우미는 물수건으로 입술을 훔쳤다. 그런데 물수건에 붉은 핏자국이 묻어 나왔다. 우미는 괘종시계 앞으로 가서 얼굴을 비춰보았다. 입술을 벌리자 이 사이사이가 붉게 물들어 있었다. 혀끝으로 찝찌름한 맛이 스며들었다. 우미는 더 바짝 가까이 다가가 얼굴을 비췄다. 이번에는 한쪽 콧구멍에서 끈적한 피가 흘러나오는 것이 보였다. 우미는 다른 물수건을 집어와서 코와 입을 막았다. "아주머니…" 대답이 없었다. 우미는 일어나 계산대 위에 놓인 은색 벨을 눌렀지만 소리가 나지 않았다. 이미 고장이 난 것 같았다. "저… 우미예요. 아주머니." 아무리 불러도 아주머니는 나오지 않았다. 방 안 불은 여전히 켜져 있고 계산대 한쪽 끝 메모지 더미 옆에는 텅 빈 주황색 봉투가 입을 벌린 채 놓여 있었다. 우미는 주방 뒷문을 나와 식당 뒤뜰을 살펴보았다. 역시 아무도 없었다.

귀와 코를 물수건으로 막은 채 우미는 식당 뒤뜰을 지나 옆 블록에 있는 병원으로 달려갔다. 하얀 삼층 건물 파사드의 절반을 채운 긴 직사각형 유리창 안으로 샹들리에 조명이 보였다. 우미는 출입구 스피커폰 옆에 있는 벨을 눌렀지만 대답이 없었다. 우미는 다시 벨을 눌렀다. 그때 스피커폰 너머로 누군가가 수화기를 드는 듯한 소리가 들려왔다. "진료… 받으러 왔습니다. 우미예요, 집배원 우미입니다." 역시 대답이 없었다. 그때 문에서 전기식 버저 소리가 나며 덜컥, 문이 열렸다.

입구에 들어서자 왼쪽의 수납처에는 처음 보는 듯한 간호사 두 명이 멍한 표정으로 모니터를 보고 있었다. 우미는 수납처로 가서 진료 등록을 했다. "저… 처음 보는 분들인데… 우미예요. 집배원 우미…" 간호사는 우미의 기록을 찾아보는 듯하더니 집게손가락 끝으로 오른쪽 복도 맨 끝에 있는 의원실을 두어 번 콕, 콕, 찌르며 가리켰다.

우미는 비틀거리며 복도를 걸어갔다. 터벅, 터벅, 발자국 소리가 천장이 높은 복도를 울렸다. 복도 맨 끝 오른편에 있는 진료실 문틈으로 하얀 백발을 한 의원의 뒷머리가 보였다. 우미는 노크를 하고 안으로 들어갔다. 하지만 의원은 우미가 자신의 책상 앞에 앉을 때까지도 여전히 등을 돌리고 창밖을 응시하고 있었다. "의원님. 저 우미예요." 의원은 움직임이 없었다. "저… 우미예요." 그제야 그가 의자를 천천히 180도로 돌리며 우미를 마주보았다.

의원의 얼굴은 끔찍했다. 그는 거리의 사람들처럼 입술을 부들부들 떨며 이를 꽉 다문 채 눈을 부릅뜨고 우미를 쳐다보았다. 그의 두 눈은 마치 우미의 손을 감싼 물수건처럼 붉은빛으로 물들어 있었다. 의원은 아무 말도 없이 핏발 선 커다란 눈동자를 아래위로 굴리며 우미의 모습을 하나하나 뜯어보았다.

"의원님." 그는 말이 없었다. "…피가 안 멈춰요. 도와주세요." 입을 물수건으로 가린 우미가 겨우 입을 열고 말했다. "저 우미예요…" 입과 코를 막은 물수건도 이미 피로 물든 지 오래였다. 우미의 말이 끝나자 의원의 입가가 씰룩, 거리더니 입술을 파르르 떨며 입을 벌렸다. 양 입술을 조금씩 천천히 길게 옆으로 찢으며 윗입술을 위로 올리는 순간, 우미는 검붉은 피떡이 그의 누런 이 사이에 잔뜩 끼어 있는 것을 보았다. 그날 밤 우미 앞에서 죽어가던 우체국장의 토사물처럼 짙고 검붉은 색이었다.

의원은 다시 입술을 닫고 입을 움찔움찔거렸다. 작은 코털 하나가 콧구멍 밖으로 삐져나왔다 들어갔다를 반복했다. 의원은 우미를 계속 응시한 채 서랍을 열어 차트를 꺼냈다. 두 팔을 천천히 들어 차트를 수직으로 세우고 아래위로 눈을 굴리며 몇 번 읽더니 다시 차트를 스윽, 서랍 속으로 밀어 넣고 서랍을 닫았다. 스으윽 엷게 긁히는 서랍 소리.

"…뭐…?" 의원은 입과 눈을 조금도 움직이지 못한 채 힘겹게 말했다. "선생님 저 우미예요, 우미… 어깨가 너무 아파요." 우미는 피가 흐르는 입을 막은 채 다급하게 말했다. 의원은 전혀 표정 변화 없이 짧게 말했다. "…뭐…?" 그러더니 오른손을 뻗어 인터폰 스위치를 눌렀다. 그는 말하는 것이 많이 힘든지 잠시 끄응, 하며 얼굴이 붉어졌다.

순간 진료실 문이 활짝 열리면서 입구 수납처에 앉아 있던 건장한 체격의 간호사들이 우르르 들어와 우미의 뒤에 섰다. 우미는 머리를 돌려 간호사들을 보았다. 그들의 눈도 의원의 눈처럼 붉게 충혈되어 있었다. 의원은 미동도 없이 입꼬리를 계속 위로 올린 채 입술 사이로 큭큭, 큭큭, 소리를 냈다. 그리고 입을 꽉 다물고 눈을 부릅뜬 채 손가락을 퉁기고 있었다. 텅, 텅 책상 위 유리판을 때리는 손톱 소리가 우미의 귀를 울리자 귓속이 울컥, 하며 뜨거워졌다.

우미는 자신도 모르게 코와 입을 막고 있던 물수건을 바닥에 툭, 떨어뜨렸다. 긴 갈색머리의 간호사 한 명이 냉큼 물수건을 집어 들더니 우미의 셔츠 주머니에 쑤셔 넣었다. 그러곤 옆에 서 있는 다른 간호사에게 아주 가는 목소리로 중얼거렸다. "…얘… 좀… 이상해…" 우미는 벌떡 일어나 뒷걸음질을 쳤다. 앉아 있던 의자가 우당탕, 넘어지고 우미는 미친 듯이 뒤돌아 뛰었다. 우미의 등 뒤로 세 명이 한꺼번에 큭큭큭, 큭큭큭, 소리를 내며 달려오는 듯했다. 그들의 웃음소리는 점점 더 큰 파열음이 되어 공기를 관통해 우미의 귀에 꽂혔다. 우미는 귀를 막고 병원을 뛰쳐나왔다.

정신을 차리고 일어났을 때 우미는 식당 옆 한구석에 쓰러져 있었다. 어깨 통증이 이젠 온몸으로 번져 아무 감각도 없는 것 같았다. 우미는 천천히 일어나 하얀 백토가 깔린 인도 위를 절뚝거리며 걸어갔다. 발바닥에서도 아무런 느낌이 나지 않아 마치 하얀 솜이 깔린 담요 위를 둥둥 떠다니는 것 같았다. 그때 따뜻한 빗방울이 우미의 머리 위로 떨어졌다. 이상해… 비가 더워. 건물 모퉁이에는 붉은색 들꽃들이 고개를 쑥 내밀고 있었다.

우미는 자전거 앞바퀴 옆에 쭈그리고 앉았다. 우체국에 가봐야지…. 빗방울이 점점 잦아졌다. 자전거 앞에 털썩 주저앉은 우미는 자전거 바퀴에 감은 체인을 풀기 위해 비밀번호를 눌렀다. 그러나 아무리 비밀번호를 눌러도 체인 자물쇠는 열리지 않았다. 거리의 사람들이 우산을 편 채 이리저리 빠르게 뛰어다니고, 하늘엔 브이 자 모양으로 떼를 지은 검은 새들이 날아가고 있었다. 우미는 저린 팔을 겨우 뻗어 돌멩이 하나를 들었다. 그리고 자물쇠가 달린 가는 체인을 내리찍었다. 자전거 바퀴 위로 붉은 핏방울이 튀었다. 철삿줄을 끊은 우미는 손을 감싼 수건을 길 위에 던져버렸다.

엉덩이를 통해 길바닥의 요철과 자갈 하나하나의 진동이 느껴졌다. 조금씩 조금씩 속도를 낼수록 빗방울은 더 거세게 얼굴을 때렸다. 붉은 잠자리 떼 한 무리가 우미의 뒤를 따라왔다. 속도를 더 내자 자전거의 앞바퀴가 심하게 흔들리기 시작했다. 페달을 더 세게 밟았다. 눈을 뜰 수 없을 만큼 비가 몰아치고, 우미를 쫓아오지 못한 잠자리 떼가 등 뒤로 서서히 사라졌다. 바람 소리가 거칠게 귀를 때렸다.

그때 손잡이에 달린 거울에 우미의 얼굴이 비쳤다. 어디선가 우릉, 천둥소리가 들리고 양쪽 귀에서 흘러나온 검붉은 핏방울이 바람에 휘날리는 것이 보였다. 우루루룽, 천둥소리가 다시 들리고, 바람 소리, 빗소리가 조금씩 조금씩 멀어지더니 더 이상 아무 소리도 들리지 않았다.

내리막길에 들어선 자전거는 더 심하게 흔들렸다. 멀리 마른 강가에는 아이들이 모래집을 지으며 놀고 있고, 바싹 마른 갈대들이 하늘거렸다. 그리고 눈앞이 조금씩 붉어졌다. 벌써 해가 질 리가 없는데…. 황톳빛 강가. 그리고 하늘은 처음에는 옅은 분홍빛으로 그리고 붉게 점점 더 붉게 변해가더니 이윽고 온 세상은 마치 의원의 누런 이 사이에 잔뜩 낀 피떡처럼 검붉게 변해버렸다.

우미는 이제 아무것도 보이지 않았다. 더듬거리며 브레이크를 움켜쥐어도 자전거는 멈추지 않았다. 손아귀 사이로 더운 피가 계속 스며 나왔다. 다시 한 번 더 온 힘을 다해 브레이크를 힘껏 움켜쥐어 보았지만, 파르르 더 크게 떨릴 뿐이었다. 굵고 더운 빗방울이 온몸을 때렸다. 우미는 소리를 지르지 않았다. 그저 자전거에 실린 채 불어난 빗물과 함께 아래로 쓸려 내려갈 뿐이었다. 이제는 아무것도 멈출 수 없었다.

발문

웰컴 투
루시드폴 월드

최재봉(문학평론가)

출처 불명, 개성 만발

"너무 따지지 마. 이거 소설이야 소설. (…) 그것도 음악 하는 애가 쓰는 소설이라고. 뭘 그리 따지니?"(96쪽)

루시드폴의 소설집 『무국적 요리』에 실린 작품 「기적의 물」에서 주인공 목군에게 '기적의 물'이 하는 말이다. 어린 시절 집에 있던 우물의 물맛을 잊지 못하던 목군이 오랜 방황 끝에 다시 만난 바로 그 물이 기적의 물이다. 인용한 말은, 가수로만 알고 있던 이가 처음으로 내는 소설책에 발문을 쓰려는 내게 작가 자신이 하는 말처럼 들린다. 문학담당 기자로 20년 남짓 읽고 써오는 동안 알게 모르게 몸에 익은 문학적 규범과 틀로 자신의 작품을 재단하지 말라고 작가가 일찌감치 방어막을 쳐두었다고나 할까.

그럴 만도 하겠다 싶게 루시드폴의 소설은 다양한 개성을 과시한다. 책에는 모두 여덟 단편이 묶였는데 그 소재와 주제, 문법이 우리가 익히 알던 소설들과는 판이하다. 아니, 루시드폴 소설의 개성은 제목에서부터 확연히 드러난다. '탕' '똥' '독'처럼 한 글자로 된 제목이 있는가 하면, '행성이다' 같은 심오한(?) 제목, 그리고 '애기'처럼 동화를 연상시키는 제목도 있다. '싫어!'나 '추구' 역시 소설 제목으로는 어쩐지 낯선 느낌을 준다. '기적의 물' 정도가 그나마 소설 제목답달까(목군이나 마유(「탕」) 같은 주인공들 이름도 낯설기는 마찬가지다. 동물우화 형식 소설 「똥」의 주인공인 요수는 친칠라토끼에 어울리는 이름이라 쳐도, 「독」의 주인공인 우체부 우미의 성별이 남자인지 여자인지는 끝내 불확실하다. 직업으로 보아 남자일 것으로 짐작되는데, 이름은 여성에 가깝기 때문에 더 그렇다). 그러고 보면 '무국적 요리'라는 소설집 전체의 제목이야말로 이 출처 불명, 개성 만발의 소설들을 아우르는 이름으로 맞춤하다 싶다.

상실, 그리고 회복

수록작 가운데 「기적의 물」과 「탕」은 본원적 가치의 훼손과 상실, 그리고 그 회복을 향한 몸부림이라는 주제로 한데 묶어 얘기해볼 수 있겠다. 「기적의 물」에서 주인공 목군은 어린 시절 마셨던 우물물의 맛을 그리워한다. "정말 '맛있는 물'을 마시는 것"(84쪽)이 소원이었지만, "하지만 옛 집을 떠난 이후로 목군은 어릴 적 그 물만큼 달고 시원한 물을 마신 기억이 없었다."(85쪽) 그러던 어느 날, 그는 별 기대를 하지 않고 설치한 정수기에서 그토록 찾아 헤매던 바로 그 물을 만난다. 기적의 물이었다. 문제는 자신의 벅찬 감동을 타인과 나눌 수 없다는 것. 사랑하는 여자친구 화영을 불러 정수기 물맛을 보여주지만 화영의 반응은 뜨악하다. 정수기의 물맛과 가게에서 산 생수의 맛을 구분하지 못하는 것이다. 그뿐만이 아니다. 화영은 그렇게 물맛을 구분하는 목군을 두고 '예민하다'고 하는데, 목군이 보기에 화영이 말하는 '예민함'이란 '까탈스러움'의 다른 말이다. 물맛에 이어 '예민함'과 '까탈스러움'까지 구분해가면서 따지는 목군에게 화가 난 나머지 화영은 집을 뛰쳐나가 버리고, 내처 전화 통화조차 거부하는 화영에게 실망하고 좌절한 목군은 홧김에 소주를 마신다. 그가 정수기 물탱크에 든 기적의 물과 대화를 나눈 것은 이렇게 술에 취한 상태에서였거니와, 글머리에 인용한 기적의 물의 말이 이때 나온 것이다. 기적의 물은 더 나아가, 화영이 예민하다고 했던 목군의 특질을 '섬세함'이라고 수정해준다. 그리고 격려한다. "백만 명 중에 두 명. 알지? 그것만 잊지 마. 그리고 (…) 감사한 줄 알아."(98쪽)

「기적의 물」의 결말은 앞서 요약한 이야기가 모두 목군이 꾼 꿈이었으며 따라서 화영과 목군의 관계에도 아무런 이상이 없다는 일종의 해피엔딩으로 처리된다. 그러나 독자로서는 소설 말미에 부록처럼 붙은 '현실'보다는 작품의 몸통에 해당하는 '꿈' 쪽이 더 친숙하며 더 현실 같다는 생각을 떨치기 어렵다. 이 모든 게 꿈이었다면 목군은 결국 기적의 물을 만나지 못한 것이며, 꿈이 아닌 현실이었다면 그와 화영의 관계는 파탄으로 치달은 것이니 목군은 일종의 딜레마에 빠진 셈이 된다. 그것이 꿈이었다고 쳐도 목군과 화영의 갈등은 근본적으로 해결된 것이 아니기 때문에 언제고 현실에서 재연될 수 있는 것이다. 그렇다면 이 작품에서 더 그럴듯한 것은 현실의 해피엔딩이 아니라 꿈의 형태로 제시된 파국의 시뮬레이션 쪽이 아닐까.

「탕」의 주인공을 괴롭히는 상실과 결핍의 느낌 역시 물과 관련된다. 할아버지에 이어 아버지가 이대째 운영하던 목욕탕 집에서 성장한 주인공 마유에게 목욕탕은 공기처럼 자연스러운 환경이었다. 그러나 고향을 떠나 도시로 와서 아침 일찍부터 밤 늦게까지 고된 노동을 하는 마유에게는 "일이 끝난 밤이나 주말 혹은 휴일에 뜨뜻하게 지친 몸을 풀어줄 수 있는 그런 목욕탕"을 집 가까이에서 찾을 수 없다는 사실이 또 다른 고통의 근거가 된다. 그러던 어느 날 밤 그는 단골 구멍가게 주인 아저씨가 알려준 목욕탕을 찾아내고서 "여기서 모든 걸 견뎌낼 수 있는 희망 하나가 생긴 것 같았다."(22쪽) "하지만 이렇게 매일 목욕을 할 수만 있다면 손을 찌르는 유리섬유며 허벅지에 난 발진이며, 전부 싹 없앨 수 있을 것만 같았다."(26쪽)

마유가 모처럼 맛본 행복감은 그러나 오래 가지 못한다. 목욕탕에서 마주친 이상한 노인의 등쌀에 견디다 못한 그는 같은 처지로 내쫓긴 초면의 두 사람과 일행이 되어 술을 마시러 간다. 시간이 흐르고 밖에서는 천둥 번개를 수반한 비가 내리는 가운데 마유가 마시는 술의 양이 늘어감에 따라 소설은 점점 파국을 향해간다. 모처럼 만난 목욕탕에서 충분히 시간을 보내지 못했다는 분한 마음에 마유는 무절제하게 술을 들이켜고, 급기야 취한 채 행패를 부리기에 이른다. 마유에게 유난히 친절하게 굴면서 마지막까지 대작을 해주던 중년 아저씨가 그런 마유를 꼭 안으며 말한다. "자기 (…) 인자, 연애하러… 가까…?"(51쪽) 갑자기 술이 확 깬 마유가 아저씨의 머리를 빈 술병으로 내리치는 것이 이 소설의 돌연한 결말이다.

배신 또는 파국

「기적의 물」의 꿈속 상황과 「탕」의 빗속 결말이 보여주는 파국과 배신은 이 소설집 전체를 관류하는 모티프라 할 법하다. 다음 작품인 「똥」을 보자. 주인공인 친칠라토끼 요수가 2년 전 도시생활을 청산하고 내려온 시골 마을에는 모든 동물이 변소를 공유하는 독특한 문화가 있다. 변비 증세가 있는 그가 텅 빈 공동변소에서 볼일을 보려는데, 마침 마을 이장이자 차기 이장 선거에서 재선이 유력한 안경곰 하요가 들어와 옆칸에 자리잡는다. 기자 출신으로 지금은 프리랜서 칼럼니스트인 요수는 일을 보면서 동장 하요와 마을 생활의 이모저모에 관해 이야기를 나누는 동안 다음 칼럼을 구상한다. 진지하고 믿음직하며 겸손하기까지 한 하요의 인품에 매료된 요수는 조심스럽게 인터뷰를 요청하는데, 그에 대한 하요의 반응이 갑작스럽고 폭력적이다. 요수를 두 손에 들고 화장지 삼아 자신의 항문을 닦은 다음 냅다 반대편 벽으로 던져 버린 것. 요수와 하요가 나눈 대화에서 이런 파국을 예감하게 하는 별다른 조짐을 찾을 수 없었던 독자로서는 당혹스러울 수밖에 없는 결말이다. 순진하고 선량한 시민이 정치인의 위선에 속아 넘어가 잔인한 배신을 당하게 되는 상황에 대한 알레고리라면 납득이 될까(하요의 폭력적 반응이 어디에서 연유했는지는 다음 장에서 설명하기로 하자).

「행성이다」에서 주인공 안드레는 요양병원에서 돌아가신 아버지의 유언을 듣고 직장에 사직서를 낸다. 아버지의 유언인즉, 인류 최초의 여성 우주인으로 소행성 탐사 프로젝트에 참가했다가 행방이 묘연해진 엄마가 "지금 행성에 살고 있다"(143쪽)는 것이었고, 안드레는 그 자신 행성 탐사요원 선발 시험에 합격해 엄마를 다시 만나고자 직장을 그만둔 것. 그렇게 행성 탐사요원 시험을 준비하는 동안 그는 역시 행성 탐사와 관련되어 실종된 이들의 가족들을 만나고 '오래된 진실: 행성으로 떠난 사람들'이라는 잡지 기사도 접하게 된다. 우여곡절 끝에 탐사요원으로 선발된 안드레는 마침내 행성에 도착하고, 거기서 엄마가 보낸 편지를 전해 받는다. 안드레로 하여금 "미친 듯이 웃다가 울다가 다시 웃다가, 다시 또 꺼이꺼이 울"(180쪽)게 만든 그 편지의 내용은 어떤 것이었을까. '사랑하는 나의 아들아'로 시작하는 편지의 말미에 모든 답이 들어 있다. "사랑한다 아들아. 엄마를 용서해다오. 엄마가 맛있는 쇠고기 요리를 준비해두마. 횡성에서 엄마가."(181쪽) 편지는 이렇게 끝나며, 편지의 끝이 곧 이 소설의 끝이기도 하다.

안드레의 성이 '유'인 것으로 보아 그가 한국계일 가능성을 배제할 수는 없지만 그렇다고 해서 이 소설의 배경이 한국이거나 소설 속 기본 언어가 한국어라는 보장은 없다(비록 이 소설 자체는 한국어로 쓰였지만 말이다). 메이 오키드, 아브리우 오키드, 사바루 오키드, 닝엔, 음베차 고르바, 마리자, 피에르장 같은 주변 인물들의 이름은 이들이 한국이나 한국어와 필연적 관련을 지니지는 않으리라는 추측을 가능케 한다. 심지어는 안드레의 엄마 이름 타티 역시 한국 이름으로 보기에는 많은 무리가 따른다. 그럼에도 작가는 이런 개연성의 틀을 가볍게 뛰어넘는다. '행성'과 '횡성'이라는, 발음이 비슷한 두 개의 한국어 낱말을 이용한 말장난(펀, pun)으로 소설을 마무리하는 과감성이라니! 나 같은 보통의—그러니까 관습적이고 상식적인— 소설 독자에게 이 책에서 가장 충격적인 장면을 꼽으라면 바로 「행성이다」의 결말을 들겠다. 나쁘게 말하자면 루시드폴은 소설을 말장난의 수준으로 끌어내린 것이고, 좋게 말하자면 말장난을 소설의 차원으로 끌어올린 것이다(방송을 통해서도 잘 알려진 그의 '스위스 개그'와 관련해서는 나중에 다시 언급하기로 하자). 기존 소설 문법에서 자유로운, '출처 불명, 개성 만발'의 루시드폴 표 소설의 한 극단을 이 작품은 보여준다.

「싫어!」라는 작품이 "싫어!"로 시작해서 "좋아!"로 끝난 것은 분명 작가의 의도일 것이다. 이 소설 주인공인 여섯 살 소년 문수(루시드폴의 노래 '문수의 비밀'의 주인공인 강아지 이름!^^)가 싫어하는 것은 온천. 일요일 아침, 엄마 아빠는 온 가족이 함께 온천에 가기로 결정한다. 문수는 물론 얄미운 여동생 보현이까지 같이. 온천을 싫어하는 문수는 어떻게 해서든 온천행을 피하거나 늦추려 애써보지만 결국 끌려가다시피 온천에 도착하고, 거기서 가족을 기다린 것은 '내부 수리중'이라는 안내문. 식구들은 온천 대신 문수가 가고 싶어했던 동네 목욕탕 봉래탕에 가기로 한다. 그에 대한 문수의 반응이 바로 "좋아!"(여기 나오는 봉래탕이 앞서 살펴본 소설 「탕」의 주인공 마유의 할아버지와 아버지가 운영하던 목욕탕과 같은 이

름이라는 사실!^^)

「싫어!」는 이렇듯 일가족이 온천 하러 갔다가 허탕치고 돌아온다는, 이렇다 할 것 없는 이야기를 들려주는데, 이 소설에서 정작 작가가 심혈을 기울인 것은 따로 있다. 작가의 고향인 부산 특유의 억양을 높낮이 표시로 시각화한 것이 그것이다. 이런 식이다. "니가(_/) 오빠가(¯¯\) 돼가꼬(¯_) 동생을(_¯_) 갚아가(¯_) 되겠나(_¯_)?"(185쪽) "문수야(¯_). 밥 빨리 묵고(_¯\¯\), 아빠하고(¯¯_) 엄마하고(¯¯_) 온천 가까(_/¯\)?"(193쪽) 가령 2000년대에 등장한 박민규의 소설에서 글자 크기를 달리함으로써 목소리가 크거나 작은 상태를 구분하는 식의 실험은 있었지만, 외국어 학습 교재에서나 볼 법한 높낮이 표시를 시도한 소설은 나로서는 달리 기억이 나지 않는다. 소설을 열고 닫는 문수의 두 번의 외침 "싫어!"와 "좋아!"를 제외한 나머지 대부분의 대사에 높낮이 표시를 붙임으로써 독자로 하여금 입체감 있는 독서를 하도록 했다는 점은 루시드폴 득의의 착안이라 하겠다.

「싫어!」는 이어지는 「애기」과 함께 어린아이를 주인공으로 등장시킨 소설이다. 아이가 주인공인 만큼 심각한 파국이나 배신으로 이야기가 마무리되지는 않는다. 아니, 결말만을 놓고 보면 두 소설은 오히려 해피엔딩에 가까운 면모를 보인다. 그렇지만 두 소설을 뜯어보면 거기에는 어린아이로서는 감당하기 힘든 나름의 고통과 시련이 바탕에 깔려 있음을 알 수 있다. 「싫어!」의 문수는 온천에 가기 싫다는 마음을 부모에게 이해받지 못하는데다, 자기보다 한 살 어리지만 더 영악한 여동생을 향한 열등감과 질투로 고통받는다. 「애기」의 주인공인 초등학생 산이는 부모님과 떨어져 할아버지를 모시고 혼자 사는 '소년 가장'. 부모님은 전당포를 운영하다가 망하는 바람에 빚쟁이에게 쫓기게 되고 속 깊은 아이 산이는 빚쟁이들이 찾아올까 봐 할아버지의 존재를 한사코 숨기며 보호하려 한다. 빚쟁이들과 잘난체쟁이 짝 우현이 같은 적대적인 외부 세계 속에서 그래도 마음이 맞는 동급생 소훈이와 짝사랑하는 여자아이 야화의 존재가 따뜻한 보호막이 되어주지만, 산이의 일상은 초조와 불안에서 자유롭지 못하다.

「추구」의 결말을 파국이나 배신의 모티프로 설명하기는 어려울지도 모르겠다. 쌈 요리 경연에 나선 최종 후보 두 사람이 나노 기술을 비롯한 과학적 연구 성과를 동원한 요리 대결을 펼친다는 이야기 자체는 제목에 걸맞은 실험과 도전 정신을 한껏 과시한다. 눈여겨보아야 할 것은 이 소설의 마지막 장면이다. 경연이 끝나고 배심원들의 심사 결과가 나오기 전 무대에서 가수와 백댄서들의 공연이 펼쳐지는 동안 정체를 알 수 없는 예닐곱 사람이 무대 위로 올라간다. "나이트릴 보호 장갑과 분진 마스크를 끼고 일체형 보호복"(252쪽) 차림인 그들이 경연 후보들의 요리 작품과 그 작품이 놓인 식탁보를 "노란 비닐봉투" 속에 황급히 쓸어 넣어서는 어디론가 사라져버린다는 결말에서는 어쩐지 수상쩍은 파국의 조짐이 느껴지지 않겠는가.

소설집 마지막 작품인 「독」은 그야말로 파국 자체를 다룬 소설이다. 우편배달부 우미가 사는 마을 주민들은 각자 한 달에 한 번씩 날을 정해서 몸 안에 쌓인 독을 내뱉는 의식을 치른다. 그렇게 해독을 해야만 다음 한 달을 넘길 수 있는 것. 그러던 어느 날 몸속 독을 받아주던 사당의 독이 어디론가 사라져버린다. 마을은 충격과 공포에 휩싸이고, 해독을 하지 못한 사람들은 차례로 끔찍한 죽음을 맞는다. 결국은 주인공 우미 역시 온몸으로 피를 흘리다가는 "온 세상이 (…) 피떡처럼 검붉게 변"(288쪽)한 끝에 최후를 맞는다…. 「독」은 평화롭던 일상이 느닷없이 재앙으로 바뀌고 종말로 치닫는 불가해하고 불가역적인 움직임을 그린다. 재앙과 종말을 초래한 구체적인 원인이 제시되지 않으니, 독자로서는 이 상황으로부터 어떤 윤리적 가르침도 취할 수 없다. 끔찍한 종말을 하릴없이 추체험할 따름이다.

스위스 개그 또는 독특한 언어 감각

앞서 「행성이다」에 관한 이야기를 하면서 루시드폴의 이른바 '스위스 개그'에 관한 추후의 언급을 약속한 바 있다. 인터넷 포털에서 검색을 해보면 알겠지만, 스위스 개그란 스위스 유학을 다녀온 루시드폴이 구사하는 썰렁한(?!) 말장난을 가리키는 표현이다. 그가 〈유희열의 스케치북〉과 〈놀러와〉 같은 텔레비전 프로그램에 나가 선보였던 이 개그에 어떤 이들은 허탈감과 분노조차 표했지만, 더 많은 이들은 묘한 중독성을 느끼며 열광한 바 있다. 가령 〈

유희열의 스케치북〉에서 처음으로 고정 코너를 맡은 소감을 묻자 "전라남도 영광이구요. 가슴이 경상북도 울릉거립니다"라고 답한다든가, 〈놀러와〉에서 "자꾸 칭찬하시니 전남 무안하네요"라는 멘트를 날리는 식이다. 눈앞에서 그런 말을 들은 이들이 오만상을 찌푸리고 손발을 오그리며 심지어 비명을 지르든 말든 꿋꿋하게 제 길을 간다는 데에 스위스 개그의 묘미가 있다. 굳이 따지자면 동음이의어를 이용한 말장난인 셈인데, 여기에 재미를 붙인 팬들이 새로운 버전을 추가하면서 바야흐로 이 세계는 한껏 확장되고 있다. "그렇게 생각하신다면 경기도 오산입니다" "사랑한다면 모든 걸 경기도 용인할 수 있죠" "충청북도 청주 한잔 하러 가죠" 등등.

루시드폴의 스위스 개그에 익숙한 이라면 그의 첫 소설집 『무국적 요리』에서 특유의 말장난 또는 언어 감각을 만나는 게 어색하거나 당혹스럽지 않을 것이다. 가령 「똥」에서 친칠라토끼 요수는 자신이 변소에서 볼일을 보면서 읽는 책 『정이란 무엇인가』(이 책 제목이 하버드대 교수 마이클 샌델의 베스트셀러 『정의란 무엇인가』의 패러디라는 사실을 강조할 필요가 있을까?)에 안경곰 동장 하요가 관심을 보이자 이렇게 말한다. "아 네. 올해 아주 선풍기적인 인기를 끌었다고 해서…"(65쪽) 이런 멘트를 할 때 요수에게 썰렁 개그의 원조 루시드폴이 빙의되었음은 말할 나위도 없다. 루시드폴 자신의 스위스 개그가 다수의 열광과 소수의 뜨악함이라는 반응을 낳은 데 반해, 요수의 개그는 심각한 결과로 이어진다. 이 소설 마지막 대목에서 동장 하요가 갑작스러운 폭력을 분출했을 때 하요의 무당개구리 비서 두 마리는 요수의 귀에 대고 이렇게 말하지 않겠는가. "그런 개그 하지 말란 말이야~"(79쪽) 그러니까 유권자이기도 한 이웃 주민을 한갓 밑씻개로 쓰고 던져 버릴 정도로 정치인을 화나게 한 것이 바로 "그런"(=썰렁, 스위스) 개그였던 것.

「똥」의 주인공으로 하여금 그토록 학을 떼게 만든 썰렁 개그였건만, 그렇다고 해서 그만둘 루시드폴이 아니다. 앞서 논의한 「행성이다」의 결말을 보라. 말하자면 「행성이다」는 「똥」의 파국적인 결말에 대한 작가 나름의 항변이라고 할 수 있지 않을까.

썰렁 개그와는 조금 다르지만, 작가의 언어 감각을 보여주는 사례들은 더 있다. 「탕」이라는 작품에서 제목 '탕'은 물론 주인공 마유가 그토록 그리워하는 목욕탕을 뜻하지만, 거기에서 그치지 않는다. 소설 앞부분에서 그것은 우선 마유의 학교 동창이었던 배불뚝이 홈런 타자의 타격 소리를 가리키는 의성어로 동원된다. 다음으로 마유가 찾아 들어간 목욕탕의 문을 여닫을 때 나는 소리로 '탕'이 등장하며, 중후반부에서는 마유와 아저씨가 술을 마시러 간 식당의 아줌마가 식탁에 반찬 그릇을 내려놓을 때 "탕, 탕, 탕" 소리가 난다. 그리고 마지막으로, 분노한 마유가 아저씨의 머리를 빈 술병으로 내리치는 소리 역시 '탕'으로 표현된다. 이처럼 적어도 다섯 개의 서로 다른 대상 및 소리를 이 한 글자짜리 제목은 담고 있는 것이다. 마지막 작품 「독」의 제목 역시 마을 사람들의 몸 안에 쌓인 독을 가리킴과 동시에 그 독을 내뱉는 항아리라는 이중의 의미를 감당한다.

　작가의 언어 감각이 이렇듯 동음이의어를 활용한 말장난에만 머무는 것은 아니다. 그의 개그가 단순히 표피적인 음성학적 재치의 소산일 뿐만 아니라 언어 자체에 대한 관심과 탐구심의 표출이라는 사실을 이 소설집은 잘 보여준다. 「기적의 물」에서 주인공 목군이 몇 개의 물맛을 표현하는 대목을 보라. "1번 물은, 뭐랄까… 봄 같았다. 아주 나른한 봄. 나비가 날고 벌이 몰려들 만큼 꽃이 피지는 않았지만 그래도 조금씩 꽃망울이 맺어가는 그 3월 말, 4월 초의 봄 말이다."(89쪽) "2번 물은 썼다. (…) 굳이 표현하자면, 마치 화영이 전화를 받지 않는 한밤의 기분 같다고 해야 할까."(89쪽) "우리 집 물맛은 뭐랄까. 마구 달아. 달거든. 어떻게 다냐면 그건 꼭 느지막한 여름 오후 햇살에 말린 빨래에 얼굴을 파묻었을 때, 딱 그때의 느낌이야."(90쪽) 물맛을 이런 식으로 감정과 피부에 와 닿게 표현하는 경지란 결코 쉬운 것이 아니다. 「탕」에서 까닭을 알 수 없게 마유를 노려보는 이상한 노인의 시선을 묘사하는 이런 문장은 어떤가. "노인의 시선이 마치 볼록렌즈처럼 마유의 등 위 한 점으로 모여들면서 등가죽이 타들어 가는 것 같았다."(32~33쪽) 또는 같은 작품에서, 난생 처음 타지에서 살게 된 마유의 심정을 "문 앞에 던져진 택배박스처럼 누군가의 손에 의해 낯선 어딘가에 내려진 기분"(43~44쪽)이라거나 "아이들도 못 찾는 장외홈런 볼이 된 기분"(44쪽)으로 표현한다거나, 「행성이다」에서 행성 탐사 우주인 시험을 앞두고 안드레가 "자신이 마치 썰매에 매달린 산타클로스의 선물꾸러미 (…) 어디로 갈지 모르는 선물꾸러미"(168쪽) 같다는 생각을 하는 대목에서도 작가의 언어 감각은 예사롭지 않게 발휘된다.

무국적 소설

작가의 당부(?)도 있었던지라 심각하게 따질 의도는 아니었지만, 고질인 것일까, 쓰다 보니 글이 생각보다 길어졌다. 멀리서 노래로만 좋아하던 가수가 내게는 친숙한 소설이라는 세계에 처음 발을 들여놓았다는 데 대한 나 나름의 반가움의 표시로 이해해주신다면 고맙겠다. 마지막으로 이 책의 제목에 대한 이야기로 글을 마무리하려 한다. 예외가 없지는 않지만 소설집의 제목은 수록작 중 한 편의 제목에서 따오는 것이 일반적이다(시집의 경우에는 제목이 아닌 본문 중 한 구절을 활용하기도 한다). 그런데 알다시피 이 책에는 '무국적 요리'라는 제목의 작품은 들어 있지 않다. 그렇다면 이 제목은 어디서 온 것일까.

쌈 요리 경연 대회를 다룬 「추구」가 가장 근접한 대답일 것이다. 나라 안팎에서 340만 명이 참가해 3개월 동안 이어져온 요리 경연 대회의 최종 후보 두 사람이 회심의 작품 두 점씩을 선보이고 배심원단과의 토론을 거쳐 우승자가 결정되는 과정을 이 소설은 그린다. 이 경연에서 최종 후보작으로 출품된 네 개의 요리, '리버스밤부' '평범하지 않아요' '나는 짜장면이에요!' '마셔볼까, 내 고향!'이야말로 '무국적 요리'라는 소설집 제목에 어울리는 작품들인 것이다. 효소를 넣고 숙성시킨 뒤 동결건조한 대나무 조직 사이에 점성 액상으로 만든 양고기 지방을 넣는다거나, 나노 양념 쇠고기 입자를 차조기와 양배추 잎맥에 주입한 요리, 짬뽕 형태에 짜장면 맛을 내는 요리, 또는 미역과 마늘과 말린 청어로 구성된 과메기를 나노 기법을 활용해 떠먹거나 마실 수 있는 컵 음식으로 만든 요리까지…. 스위스 유학에 빛나는 이 화학도의 전공을 활용한 '과학 구라'가 돋보이는 작품이 「추구」라 하겠다. 여기서 묘사된 요리들이 실재하거나 또는 가능할 것이라고 믿는 독자는 아마도 없겠지만, '무국적'이라는 형용에 어울리는 두 후보의 요리는 '출처 불명, 개성 만발'이라는 점에서 루시드폴의 소설을 닮았다. 그렇다. 루시드폴의 첫 소설집 『무국적 요리』는 문단의 영향과 경향에서 자유로운, 독자적인 상상력과 스타일로 무장한 '무국적 소설'이다.